遥远的
怀念

季羡林 著

作家出版社

目　录

第一编　遥远的怀念

第四编　笑着走

第一编　遥远的怀念

纪念一位德国学者西克灵教授

昨天晚上接到我的老师西克先生（Prof. Dr. Emil Sieg）从德国来的信，说西克灵教授（W. Siegling）已经于去年春天死去，看了我心里非常难过。生死本来是一种自然现象，值不得大惊小怪。但死也并不是没有差别。有的人死去了，对国家，对世界一点影响都没有。他们只是在他们亲族的回忆里还生存一个时期，终于也就渐渐被遗忘了。有的人的死却是对国家，对世界都是一个损失。连不认识他们的人都会觉得悲哀，何况认识他们的朋友们呢？

西克灵这名字，对许多中国读者大概还不太生疏，虽然他一生所从事研究的学科可以说是很偏僻的。他是西克先生的学生。同他老师一样，他也是先研究梵文，然后才转到吐火罗语去的。转变点就正在四十年前。当时德国的探险队在 Grünwedel 和 Von Le Coq 领导之下从中国的新疆发掘出来了无量珍贵的用各种文字写的残卷运到柏林去。德国学者虽然还不能读通这些文字，但他们却意识到这些残卷的重要。当时柏林大学的梵文正教授 Pischel 就召集了许多年轻的语言学者，尤其是梵文学者，来从事研究。西克和西克灵决心合作研究的就是后来定名为"吐火罗语"的一种语言。当时他们有的是幻想和精力，这种稍稍带有点冒险意味，有的时候简直近于猜谜式的研究工作，更提高了他们的兴趣。他们日夜地工作，前途充满了光明。在三十多年以后，西克先生每次谈起来还不禁眉飞色舞，仿佛他自己又走回青春里去，当时热烈的情景就可以想见了。

他们这合作一直继续了几十年。他们终于把吐火罗语读通。在这期间，他们发表的震惊学术界的许多文章和书，除了在第一次世界大战西克灵被征从军的一个期间外，都是用两个人的名字。西克灵小心谨慎，但没有什么创造的能力，同时又因为住在柏林，在普鲁士学士院（Preussische Akademie der Wissenschaften）里做事情，所以他的工作就偏重在只是研究抄写 Brāhmi 字母。他把这些原来是用 Brāhmi 字母写成的残卷用拉丁字母写出来寄给西克，西克就根据这些拉丁字母写成的稿子来研究文法，确定字义。但我并不是说西克灵只懂字母而西克只懂文法。他们两方面都懂的，不过西克灵偏重字母而西克偏重文法而已。

两个人的个性也非常不一样。我已经说到西克灵小心谨慎，其实这两个形容词是不够的。他有时候小心到我们不能想象的地步。根据许多别的文字，一个吐火罗字的字义明明是毫无疑问地可以确定了，但他偏怀疑，偏反对，无论如何也不承认。在这种情形下，西克先生看到写信已经没有效用，便只好自己坐上火车到柏林用三寸不烂之舌来说服他了。我常说，西克先生就像是火车头的蒸汽机，没有它火车当然不能走。但有时候走得太猛太快也会出毛病，这就用得着一个停车的闸。西克灵就是这样的一个让车停的闸。

他们俩合作第一次出版的大著是 *Tocharische Sprachreste*（1921）。两本大书充分表现了这合作的成绩。在这书里他们还很少谈到文法，只不过把原来的 Brāhmi 字母改成拉丁字母，把每个应该分开来的字都分了而已。在 1931 年出版的 *Tocharische Grammatik* 里面他们才把吐火罗语的文法系统地整理出来。这里除了他们两个人以外，他们还约上了大比较语言学家柏林大学教授舒尔慈（Wilhelm Schulz）来合作。结果这一本五百多页的大著就成了欧洲学术界划时代的著作，一直到现在研究中亚古代语言和比较语言的学者还不能离开它。

写到这里，读者或者以为西克灵在这些工作上都没有什么不得了的贡献，因为我上面曾说到他的工作主要是在研究抄写 Brāhmi 字母。这种想法是错的。Brāhmi 字母并不像我们知道的这些字母一样。它是非常复杂的。有时候两个字母的区别非常细微，譬如说 t 同 n，稍一不小心，立刻就发生错误。法国的梵文学家莱维（Sylvain Lévi）在别的方面的成绩不能不算大，但看他出版的吐火罗语 B（龟兹语）的残卷里有多少读错的地方，就可以知道只是读这字母也并不容易了。在这方面西克灵的造诣是非常惊人的，可以说是并世无二。

也是为了读 Brāhmi 字母的问题，我在 1942 年的春天到柏林去看西克灵。我在普鲁士学士院他的研究室里找到他。他正在那里埋首工作，桌子上摆的墙上挂的全是些 Brāhmi 字母的残卷，他就用他特有的蝇头般的小字一行一行地抄下来。在那以前，我就听说，只要有三个学生以上，他就一句话也说不出来了。所以他一生就只在学士院里工作，只有很短的一个时间在柏林大学里教过吐火罗语，终于还是辞了职。见了面他给我的印象同传闻的一样，人很沉静，不大说话。问他问题，他却解释无遗。我从他那里学到了不少读 Brāhmi 字母的秘诀。我发现他外表虽冷静，但骨子里却是个很热情的人，正像一切良好的德国人一样。

以后，我离开柏林，回到哥廷根（Goettingen），战争愈来愈激烈，我也就再也没能到柏林去看他。战争结束后，自己居然还活着，听说他也没被炸死，心里觉得非常高兴。我也就带了这高兴在去年夏天里回了国来。一转眼就过了半年。在这期间，因为又接触了一个新环境，终天糊里糊涂的，连回忆的余裕都没有了。最近，心情方面渐渐安静下来，于是又回忆到以前的许多事情，在德国遇到的这许多师友的面影又不时在眼前晃动，想到以前过的那个幸福的时期，恨不能立刻再回到德国去。然而正在这时候，我接到西克先生的信，说西克灵已经去世了。即便我能立刻回到德国，师友里面已经少了一个了。对学术界，尤其是对我自己，这个损失是再也不能弥补的了。

我现在唯一的安慰就是在西克先生身上了。他今年已经八十多岁，但他的信上说，他的身体还很好。德国目前是既没有吃的穿的，也没有烧的。六七个人挤在一个小屋里，又以他这样的高龄，但他居然还照常工作。他四十年来的一个合作者西克灵，比他小二十多岁的一个朋友，既然先他而死了，我只希望上苍还加佑他，让他再壮壮实实多活几年，把他们未完成的大作完成了，为学术，为他死去的朋友，我替他祝福。

1947 年 1 月 29 日于北平

西谛先生

西谛先生不幸逝世，到现在已经有二十多年了。听到飞机失事的消息时，我正在莫斯科。我仿佛当头挨了一棒，惊愕得说不出话来。我是震惊多于哀悼，惋惜胜过忆念，而且还有点惴惴不安。当我登上飞机回国时，同一架飞机中就放着西谛先生等六人的骨灰盒。我百感交集。当时我的心情之错综复杂可想而知。从那以后，在这样漫长的时间内，我不时想到西谛先生。每一想到，都不禁悲从中来。到了今天，震惊、惋惜之情已逝，而哀悼之意弥增。这哀悼，像烈酒，像火焰，燃烧着我的灵魂。

倘若论资排辈的话，西谛先生是我的老师。三十年代初期，我在清华大学读西洋文学系。但是从小学起，我对中国文学就有浓厚的兴趣。西谛先生是燕京大学中国文学系的教授，在清华兼课。我曾旁听过他的课。在课堂上，西谛先生是一个渊博的学者，掌握大量的资料，讲起课来，口若悬河泄水，滔滔不绝。他那透过高度的近视眼镜从讲台上向下看挤满了教室的学生的神态，至今仍宛然如在目前。

当时的教授一般都有一点所谓"教授架子"。在中国话里，"架子"这个词儿同"面子"一样，是难以捉摸，难以形容描绘的，好像非常虚无缥缈，但它又确实存在。有极少数教授自命清高，但精神和物质待遇却非常优厚。在他们心里，在别人眼中，他们好像是高人一等，不食人间烟火，而实则饱餍粱肉，进可以攻，退可以守，其中有人确实也是官运亨通，青云直上，成了令人羡慕的对象。存在决定意识，因此就产生了架子。

这些教授的对立面就是我们学生。我们的经济情况有好有坏，但是不富裕的占大多数，然而也不至于挨饿。我当时就是这样一个学生。处境相同，容易引起类似同病相怜的感情；爱好相同，又容易同声相求。因此，我就有了几个都是爱好文学的伙伴，经常在一起，其中有吴组缃、林庚、李长之等等。虽然我们所在的系不同，但却常常会面，有时在工字厅大厅中，有时在大礼堂里，有时又在荷花池旁"水木清华"的匾下。我们当时差不多都才二十岁左右，阅世未深，尚无世故，正是天不怕、地不怕的时候。我们经常高谈阔论，臧否天下人物，特别是古今文学家，直抒胸臆，全无顾忌。幼稚恐怕是难免的，但是没有一点框框，却也有可爱之处。我们好像是《世说新语》中的人物，任性纵情，毫不矫饰。我们谈论《红楼梦》，我们谈论《水浒》，我们谈论《儒林外史》，每个人都努力发一些怪论，"语不惊人死不休"。记得茅盾的《子夜》出版时，我们间曾掀起一场颇为热烈的大辩论，我们辩论的声音在工字厅大厅中回荡。但事过之后，谁也不再介意。我们有时候也把自己写的东西，什么诗歌之类，拿给大家看，而且自己夸耀哪句是神来之笔，一点也不脸红。现在想来，好像是别人干的事，然而确实是自己干的事。这样的率真只在那时候能有，以后只能追忆珍惜了。

在当时的社会上，封建思想弥漫，论资排辈好像是天经地义。一个青年要想出头，那是非常困难的。如果没有奥援，不走门子，除了极个别的奇才异能之士外，谁也别想往上爬。那些少数出身名门贵阀的子弟，他们丝毫也不担心，毕业后爷老子有的是钱，可以送他出洋镀金，回国后优缺美差在等待着他们。而绝大多数的青年经常为所谓"饭碗问题"担忧，我们也曾为"毕业即失业"这一句话吓得发抖。我们的一线希望就寄托在教授身上。在我们眼中，教授简直如神仙中人，高不可攀。教授们自然也是感觉到这一点的，他们之所以有架子，同这种情况是分不开的。我们对这种架子已经习以为常，不以为怪了。

我就是在这样的气氛中认识西谛先生的。

最初我当然对他并不完全了解。但是同他一接触，我就感到他同别的教授不同，简直不像是一个教授。在他身上，看不到半点教授架子。他也没有一点论资排辈的恶习。他自己好像并不觉得比我们长一辈，他完全是以平等的态度对待我们。他有时就像一个大孩子，不失其赤子之心。他说话非常坦率，有什么想法就说了出来，既不装腔作势，也不以势吓人。他从来不想教训人，任何时候都是亲切和蔼的。当时流行在社会上的那种帮派习气，在他身上也找不到。只要他认为有一技之长的，不管是老年、中年还是青年，他都一视同仁。因此，我们在背后就常常说他是一个宋江式的人物。他当时正同巴金、靳以主编一个大型的文学刊物《文学季刊》，按照惯例是要找些名人来当主编或编委的。这样可以给刊物镀上一层金，增加号召力量。他确实也找了一些名人，但是像我们这样一些无名又年轻之辈，他也绝不嫌弃。我们当中有的人当上了主编，有的人当上特别撰稿人。自己的名字都煌煌然印在杂志的封面上，我们难免有些沾沾自喜。西谛先生对青年人的爱护，除了鲁迅先生外，恐怕并世无二。说老实话，我们有时候简直感到难以理解，有点受宠若惊了。

在这样的情况下，我们既景仰他学问之渊博，又热爱他为人之亲切平易，于是就很愿意同他接触。只要有机会，我们总去旁听他的课。有时也到他家去拜访他。记得在一个秋天的夜晚，我们几个人步行，从清华园走到燕园。他的家好像就在今天北大东门里面大烟筒下面。现在时过境迁，房子已经拆掉，沧海桑田，面目全非了。但是在当时给我的印象却是异常美好、至今难忘的。房子是旧式平房，外面有走廊，屋子里有地板，我的印象是非常高级的住宅。屋子里排满了书架，都是珍贵的红木做成的，整整齐齐地摆着珍贵的古代典籍，都是人间瑰宝，其中明清小说、戏剧的收藏更在全国首屈一指。屋子的气氛是优雅典丽的，书香飘拂在画栋雕梁之间。我们都狠狠地羡慕了一番。

总之，我们对西谛先生是尊敬的，是喜爱的。我们在背后常常谈到他，特别是他那些同别人不同的地方，我们更是津津乐道。背后议论人当然并不能算是美德，但是我们一点恶意都没有，只是觉得好玩而已。比如他的工作方式，我们当时就觉得非常奇怪。他兼职很多，常常奔走于城内城外。当时交通还不像现在这样方便。清华、燕京，宛如一个村镇，进城要长途跋涉。校车是有的，但非常少，有时候要骑驴，有时候坐人力车。西谛先生挟着一个大皮包，总是装满了稿子，鼓鼓囊囊的。他戴着深度的眼镜，跨着大步，风尘仆仆，来往于清华、燕京和北京城之间。我们在背后说笑话，说郑先生[①]走路就像一只大骆驼。可是他一坐上校车，就打开大皮包拿出稿子，写起文章来。

据说他买书的方式也很特别。他爱书如命，认识许多书贾，一向不同书贾讲价钱，只要有好书，他就留下，手边也不一定就有钱偿付书价。他留下以后，什么时候有了钱就还账，没有钱就用别的书来对换。他自己也印了一些珍贵的古籍，比如《插图本中国文学史》《玄览堂丛书》之类。他有时候也用这些书去还书债。书贾愿意拿什么书，就拿什么书。他什么东西都喜欢大，喜欢多，出书也有独特的气派，与众不同。所有这一切我们也都觉得很好玩，很可爱。这更增加我们对他的敬爱。在我们眼中，西谛先生简直像长江大河，汪洋浩瀚；泰山华岳，庄严敦厚。当时的某一些名人同他一比，简直如小水洼、小土丘一般，有点微不足道了。

但是时间只是不停地逝去，转瞬过了四年，大学要毕业了。清华大学毕业以后，我回到故乡去，教了一年高中。我学的是西洋文学，教的却是国文，用现在的话说，就是"不结合业务"，因此心情并不很愉快。在这期间，我还同西谛先生通过信。他当时在上海，主编《文学》。我寄过一篇散文给他，他立即刊登了。他还写信给我，说他编了一个什么丛书，要给我出一本散文

---

① "西谛"是郑振铎的字。

集。我没有去搞，所以也没有出成。过了一年，我得到一份奖学金，到很远的一个国家里去住了十年。从全世界范围来看，这正是一个天翻地覆的时代。在国内，有外敌入侵，大半个祖国变了颜色。在国外，正在进行着第二次世界大战。我在国外，挨饿先不必说，光是每天躲警报，就真够呛。杜甫的诗："烽火连三月，家书抵万金。"我的处境是"烽火连十年，家书无从得"。同西谛先生当然失去了联系。

一直到了1946年的夏天，我才从国外回到上海。去国十年，漂洋万里，到了那繁华的上海，连个落脚的地方都没有。我曾在克家的榻榻米上睡过许多夜。这时候，西谛先生也正在上海。我同克家和辛笛去看过他几次，他还曾请我们吃过饭。他的老母亲亲自下厨房做福建菜，我们都非常感动，至今难以忘怀。当时上海反动势力极为猖獗。郑先生是他们的对立面。他主编一个争取民主的刊物，推动民主运动。反动派把他也看作眼中钉，据说是列入了黑名单。有一次，我同他谈到这个问题。完全出乎我的意料，他的面孔一下子红了起来，怒气冲冲，声震屋瓦，流露出极大的义愤与轻蔑。几十年来他给我的印象是和蔼可亲，平易近人，光风霁月，菩萨慈眉。我万万没有想到，他还有另一面：疾恶如仇，横眉冷对，疾风迅雷，金刚怒目。原来我只是认识了西谛先生的一面，对另一面我连想都没有想过。现在总算比较完整地认识西谛先生了。

有一件事情，我还要在这里提一下。我在上海时曾告诉郑先生，我已应北京大学之聘，担任梵文讲座。他听了以后，喜形于色，他认为，在北京大学教梵文简直是理想的职业。他对梵文文学的重视和喜爱溢于言表。1948年，他在他主编的《文艺复兴·中国文学专号》的《题辞》中写道："关于梵文学和中国文学的血脉相通之处，新近的研究呈现了空前的辉煌。北京大学成立了东方语文学系，季羡林先生和金克木先生几位都是对梵文学有深刻研究的。……在这个'专号'里，我们邀约了王重民先生、季羡林先生、万斯年先生、戈宝权先生和其他几位先生们写这个'专题'。我们相信，这个工作一定会给国内许多的做研究工作者们以相当的感奋的。"西谛先生对后学的鼓励之情洋溢于字里行间。

解放后不久，西谛先生就从上海绕道香港到了北京。我们都熬过了寒冬，迎来了春天，又在这文化古都见了面，分外高兴。又过了不久，他同我都参加了新中国开国后派出去的第一个大型文化代表团，到印度和缅甸去访问。在国内筹备工作进行了半年多，在国外和旅途中又用了四五个月。我认识西谛先生已经几十年了，这一次是我们相聚最长的一次，我认识他也更清楚了，他那些优点也表露得更明显了。我更觉得他像一个不失其赤子之心的大孩子，胸怀坦荡，耿直率真。他喜欢同人辩论，有时也说一些歪理。但他自己却一本正经，他同别人抬杠而不知是抬杠。我们都开玩笑说，就抬杠而言，他已达到出神入化的境界，应该选他为"抬杠协会主席"，简称之为"杠协主席"。出国前在检查身体的时候，他糖尿病已达到相当严重的程度，有几个"+"号。别人替他担忧，他自己却丝毫不放在心上，喝酒吃点心如故。他那豁达大度的性格，在这里也表现得非常鲜明。

回国以后，我经常有机会同他接触。他担负的行政职务更重了。有一段时间，他在北海团城里办公，我有时候去看他，那参天的白皮松给我留下了难忘的印象。这时候他对书的爱好似乎一点也没有减少。有一次他让我到他家去吃饭。他像从前一样，满屋堆满了书，大都是些珍本的小说、戏剧、明清木刻，满床盈案，累架充栋。一谈到这些书，他自然就眉飞色舞。我心里暗暗地感到庆幸和安慰，我暗暗地希望西谛先生能够这样活下去，多活上许多年，多给人民做一些好事情……

但是正当他充满了青春活力，意气风发，大踏步走上前去的时候，好像一声晴天霹雳，西谛先生不幸过早地离开我们了。他逝世时的情况是什么样子，谁也说不清楚。我时常自己描绘，让幻想驰骋。我知道，这样幻想是毫无意义的，但是自己无论如何也排除不掉。过了几年就爆发了"文化大革命"。我同许多人一样被卷了进去。在以后的将近十年中，我是如临深渊，如履薄冰，天天在战战兢兢地过日子，想到西谛先生的时候不多。间或想到他，心里也充满了矛盾：一方面希望他能活下来，另一方面又庆幸他没有活下来，否则他一定也会同我一样戴上种种的"帽子"，说不定会被关进牛棚。他不幸早逝，反而成了塞翁失马了。

现在，恶贯满盈的"四人帮"终于被打倒了。普天同庆，朗日重辉。但是痛定思痛，我想到西谛先生的次数反而多了起来。将近五十年前的许多回忆，清晰的、模糊的、整齐的、零乱的，一齐涌入我的脑中。西谛先生的一举一动，一颦一笑，时时奔来眼底。我越是觉得前途光明灿烂，就越希望西谛先生能够活下来。像他那样的人，我们是多么需要啊。他一生为了保存祖国的文化，付出了多么巨大的劳动！如果他还能活到现在，那该有多好！然而已经发生的事情是永远无法挽回的。"念天地之悠悠"，我有时甚至感到有点凄凉了。这同我当前的环境和心情显然是有矛盾的，但我无论如何也抑制不住自己。我常常不由自主地低吟起江文通的名句来：

> 春草暮兮秋风惊，秋风罢兮春草生；
> 绮罗毕兮池馆尽，琴瑟灭兮丘垄平。
> 自古皆有死，莫不饮恨而吞声。

呜呼！生死事大，古今同感。西谛先生只能活在我们回忆中了。

1980 年 1 月 8 日初稿

1981 年 2 月 2 日修改

我和济南

——怀鞠思敏先生

说到我和济南，真有点不容易下笔。我六岁到济南，十九岁离开，一口气住了十三年之久，说句夸大点的话，济南的每一寸土地都会有我的足迹。现在时隔五十年，再让我来谈济南，真如古话所说的，一部十七史不知从何处说起了。

我想先谈一个人，一个我永世难忘的人，这就是鞠思敏先生。

我少无大志。小学毕业以后，不敢投考当时大名鼎鼎的一中，觉得自己只配入"破正谊"，或者"烂育英"。结果我考入了正谊中学，校长就是鞠思敏先生。

同在小学里一样，我在正谊也不是一个用功勤奋的学生。从年龄上来看，我是全班最小的之一。实际上也还是一个孩子。上课之余，多半是到校后面大明湖畔去钓蛙、捉虾。考试成绩还算可以，但是从来没有考过甲等第一名、第二名。对这种情况我根本就不放在心上。

但是鞠思敏先生却给了我极其深刻的印象。他个子魁梧，步履庄重，表情严肃却又可亲。他当时并不教课，只是在上朝会时，总是亲自对全校学生讲话。这种朝会可能是每周一次或者多次，我已经记不清楚。他讲的也无非是处世待人的道理，没有什么惊人之论。但是从他嘴里讲出来，那缓慢而低沉的声音，认真而诚恳的态度，真正打动了我们的心。以后在长达几十年中，我每每回忆这种朝会，每一回忆，心里就油然起幸福之感。

以后我考入山东大学附设高中，校址在北园白鹤庄，一个林木茂密、绿水环绕、荷池纵横的好地方。这时，鞠先生给我们上课了，他教的是伦理学，用的课本就是蔡元培的《中国伦理学史》。书中道理也都是人所共知的，但是从他嘴里讲出来，似乎就增加了分量，让人不得不相信，不得不去遵照执行。

鞠先生不是一个光会卖嘴皮子的人。他自己的一生就证明了他是一个言行一致、极富有民族气节的人。听说日本侵略者占领了济南以后，慕鞠先生大名，想方设法，劝他出来工作，以壮敌伪的声势。但鞠先生总是严加拒绝。后来生计非常困难，每天只能吃开水泡煎饼加上一点咸菜，这样来勉强度日，终于在忧患中郁郁逝世。他没有能看到祖国的光复，更没有能看到祖国的解放。对他来说，这是天大的憾事。我也在离开北园以后没有能再看到鞠先生，对我来说，这也是天大的憾事。这两件憾事都已成为铁一般的事实，我将为之抱恨终天了。

然而鞠先生的影像却将永远印在我的心中，时间愈久，反而愈显得鲜明。他那热爱青年的精神，热爱教育的毅力，热爱祖国的民族骨气，我们今天处于社会主义建设中的中国人民，不是还要认真去学习吗？我每次想到济南，必然会想到鞠先生。他自己未必知道，他有这样一个当年认识他时还是一个小孩子、而今已是皤然一翁的学生在内心里是这样崇敬他。我相信，我绝不会是唯一的这样的人，在全济南，在全山东，在全中国还不知道有多少人怀有同我一样的感情。在我们这些人的心中，鞠先生将永远是不死的。

1982 年 10 月 12 日

遥远的怀念

华东师范大学出版社编辑部出了这样一个绝妙的题目，实在是先得我心。我十分愉快地接受了写这篇文章的任务。

唐代的韩愈说："古之学者必有师。师者，所以传道、授业、解惑也。"今之学者亦然。各行各业都必须有老师。"师父领进门，修行在个人。"虽然修行要靠自己，没有领进门的师父，也是不行的。

我这一生，在过去的六十多年中，曾有过很多领我进门的师父。现在虽已年逾古稀，自己也早已成为"人之患"（"人之患，在好为人师"），但是我却越来越多地回忆起过去的老师来。感激之情，在内心深处油然而生。我今天的这一点点知识，有哪一样不归功于我的老师呢？从我上小学起，经过了初中、高中、大学一直到出国留学，我那些老师的面影依次浮现到我眼前来，我仿佛又受了一次他们的教诲。

关于国内的一些老师，我曾断断续续地写过一些怀念的文章。我现在想选一位外国老师，这就是德国的瓦尔德施密特教授。

我于 1934 年从清华大学西洋文学系毕业，在故乡济南省立高中当了一年国文教员。1935 年深秋，我到了德国，在哥廷根大学学习。从 1936 年春天起，我从瓦尔德施密特教授学习梵文和巴利文。我在清华大学读书时曾旁听过陈寅恪先生的"佛经翻译文学"。我当时就对梵文发生了兴趣。但那时在国内没有人开梵文课，只好画饼充饥，徒唤奈何。到了哥廷根以后，终于有了学习的机会，我简直是如鱼得水，乐不可支。教授也似乎非常高兴。他当时年纪还很轻，看上去比他的实际年龄更年轻，他刚在哥廷根大学得到一个正教授的讲座。他是研究印度佛教史的专家，专门研究新疆出土的梵文贝叶经残卷。除了梵文和巴利文外，还懂汉文和藏文，对他的研究工作来说，这都是不可缺少的。我一个中国人为什么学习梵文和巴利文，他完全理解。因此，他从来也没有问过我学习的动机和理由。第一学期上梵文课时，班上只有三个学生：一个乡村牧师，一个历史系的学生，第三个就是我。梵文在德国也是冷门，三人成众，有三个学生，教授就似乎很满意了。

教授的教学方法是典型的德国式的。关于德国教外语的方法我曾在几篇文章里都谈到过，我口头对人"宣传"的次数就更多。我为什么对它如此地偏爱呢？理由很简单：它行之有效。我先讲一讲具体的情况。同其他外语课一样，第一年梵文（正式名称是：为初学者开设的梵文）每周两次，每次两小时。德国大学假期特长特多。每学期上课时间大约只有二十周，梵文上课时间共约八十小时，应该说是很少的。但是，我们第一学期就学完了全部梵文语法，还念了几百句练习。在世界上已知的语言中，梵文恐怕是语法变化最复杂、最烦琐，词汇量最大的语言。语法规律之细致、之别扭，哪一种语言也比不上。能在短短的八十个小时内学完全部语法，是很难想象的。这同德国的外语教学法是分不开的。

第一次上课时，教授领我们念了念字母。我顺便说一句，梵文字母也是非常啰唆的，绝对不像英文字母这样简明。无论如何，第一堂我觉得颇为舒服，没感到有多大压力。我心里满以为就会这样舒服下去的。第二次上课就给了我当头一棒。教授对梵文非常复杂的连声规律根本不加讲解。教科书上的阳性名词变化规律他也不讲，一下子就读起书后面附上的练习来。这些练习都是一句句的话，是从印度梵文典籍中选出来的。梵文基本上是一种死文字，不像学习现代语言那样一开始先学习一些同生活有关的简单的句子，什么"我吃饭""我睡觉"等等。梵文练习题里面的句子多少都脱离现代实际，理解起来颇不容易。教授要我读练习句子，字母有些还面生可疑，语法概念更是一点也没有。读得结结巴巴，译得莫名其妙，急得头上冒汗，心中发火。下了课以后，就拼命预习。一句只有五六个字的练习，要查连声，查语法，往往要做一两个小时。准备两小时的课，往往要用上一两天的时间。我自己觉得，个人的主观能动性真正是充分调动起来了。过了一段时间，自己也逐渐适应了这种学习方法。头上的汗越出越少了，心里的火越发越小了。我尝到了甜头。

除了梵文和巴利文以外，我在德国还开始学习了几种别的外语。教学方法都是这个样子。相传19世纪德国一位语言学家说过这样的话："拿学游泳来打个比方，我教外语就是把学生带到游泳池旁，一下了把他们推下水去。如果他们淹不死，游泳就学会了。"这只是一个比方，但是也可以看出其中的道理。虽然有点夸大，但道理不能说是没有的。在"文化大革命"中，我自己跳出来，成了某一派"革命"群众的眼中钉、肉中刺，被"打翻在地，踏上了一千只脚"，批判得淋漓尽致。我宣传过德国的外语教学法，成为大罪状之首，说是宣传德国法西斯思想。当时一些"革命小将"的批判发言，百分之九十九点九是胡说八道，他们根本不知道，这种教学法兴起时，连希特勒的爸爸都还没有出世哩！我是"死不改悔"的顽固分子，今天我仍然觉得这种教学法能充分调动学生的积极性，尽早独立自主地"亲口尝一尝梨子"，是行之有效的。

这就是瓦尔德施密特教授留给我的第一个也是最深的一个印象。从那以后，一直到1939年第二次世界大战爆发，他被征从军为止，我每一学期都必选教授的课。我在课堂上（高年级的课叫作"习弥那尔"①）读过印度古代的史诗、剧本，读过巴利文，解读过中国新疆出土的梵文贝叶经残卷。他要求学生极为严格，梵文语法中那些古里古怪的规律都必须认真掌握，绝不允许有半点马虎和粗心大意，连一个字母他也绝不放过。学习近代语言，语法没有那样繁复，有时候用不着死记，只要多读一些书，慢慢地也就学通了。但是梵文却绝对不行。梵文语法规律有时候近似数学，必须细心地认真对付。教授在这一方面是十分认真的。后

---

① 习弥那尔：英文 Seminar 的音译，研讨课。

来我自己教学生了，我完全以教授为榜样，对学生要求严格。等到我的学生当了老师的时候，他们也都没有丢掉这一套谨严细致的教学方法。教授的教泽真可谓无远弗届，流到中国来，还流了几代。我也总算对得起我的老师了。

瓦尔德施密特教授的专门研究范围是新疆出土的梵文贝叶经。在这一方面，他是蜚声世界的权威。他的老师是德国的梵文大家吕德斯教授，也是以学风谨严著称的。教授的博士论文以及取得在大学授课资格的论文，都是关于新疆贝叶经的。这两本厚厚的大书，里面的材料异常丰富，处理材料的方式极端细致谨严。一张张的图表，一行行的统计数字，看上去令人眼花缭乱，令人头脑昏眩。我一向虽然不能算是一个马大哈，但是也从没有想到写科学研究论文竟然必须这样琐细。两部大书好几百页，竟然没有一个错字，连标点符号，还有那些稀奇古怪的特写字母或符号，也都是个个确实无误，这实在不能不令人感到吃惊。德国人一向以彻底性自诩。我的教授忠诚地保留了德国的优良传统，留给我的印象让我终生难忘，终生受用不尽。

但是给我教育最大的还是我写博士论文的过程。按德国规定，一个想获得博士学位的学生必须念三个系：一个主系和两个副系。我的主系是梵文和巴利文，两个副系是斯拉夫语文系和英国语文系。指导博士论文的教授，德国学生戏称之为"博士父亲"。怎样才能找到博士父亲呢？这要由教授和学生两个方面来决定。学生往往经过在几个大学中获得的实践经验，最后决定留在某一个大学跟某一个教授做博士论文。德国教授在大学里至高无上，他说了算，往往有很大的架子，不大肯收博士生，害怕学生将来出息不大，辱没了自己的名声。越是名教授，收徒弟的条件越高。往往经过几个学期的习弥那尔，教授真正觉得孺子可教，他才点头收徒，并给他博士论文题目。

对我来讲，我好像是没有经过那样漫长而复杂的过程。第四学期念完，教授就主动问我要不要一个论文题目。我听了当然是受宠若惊，立刻表示愿意。他说，他早就有一个题目《〈大事〉伽陀中限定动词的变化》，问我接不接受。我那时候对梵文所知极少，根本没有选择题目的能力，便满口答应。题目就这样定了下来。佛典《大事》是用所谓"混合梵文"写成的，既非梵文，也非巴利文，更非一般的俗语，是一种乱七八糟杂凑起来的语言。这种语言对研究印度佛教史、印度语言发展史等都是很重要的。我一生对这种语言感兴趣，其基础就是当时打下的。

题目定下来以后，我一方面继续参加教授的习弥那尔，听英文系和斯拉夫语文系的课，另一方面就开始读法国学者塞那校订的《大事》，一共厚厚的三大本，我真是争分夺秒，"开电灯以继晷，恒兀兀以穷年"。我把每一个动词形式都做成卡片，还要查看大量的图书杂志，忙得不可开交。此时国际环境和生活环境越来越恶劣。吃的东西越来越少，不但黄油和肉几乎绝迹，面包和土豆也仅够每天需要量的三分之一至四分之一。黄油和面包都掺了假，吃下肚去，咕咕直叫。德国人是非常讲究礼貌的，但在当时，在电影院里，屁声相应，习以为常。天上还有英美的飞机，天天飞越哥廷根上空。谁也不知道，什么时候会有炸弹落下，心里终日危惧不安。在自己的祖国，日本军国主义者奸淫掳掠，杀人如麻。"烽火连三年，家书抵亿金。"我是根本收不到家书的。

家里的妻子老小，生死不知。我在这种内外交迫下，天天晚上失眠。偶尔睡上一点，也是噩梦迷离。有时候梦到在祖国吃花生米，可见我当时对吃的要求已经低到什么程度。几粒花生米，连龙肝凤髓也无法比得上了。

我的论文就是在这种情况下慢慢地写下去的。我想，应当在分析限定动词变化之前写上一篇有分量的长的绪论，说明"混合梵语"的来龙去脉以及《大事》的一些情况。我觉得，只有这样，论文才显得有气派。我翻看了大量用各种语言写成的论文，做笔记，写提纲。这个工作同做卡片同时并举，经过了大约一年多的时间，终于写成了一篇绪论，相当长。自己确实是费了一番心血的。"文章是自己的好"，我自我感觉良好，觉得文章分析源流，标列条目，洋洋洒洒，颇有神来之笔，值得满意的。我相信，这一举一定会给教授留下深刻印象，说不定还要把自己夸上一番。当时欧战方殷，教授从军回来短期休假。我就怀着这样的美梦，把绪论送给了他。美梦照旧做了下去。隔了大约一个星期，教授在研究所内把文章退还给我，脸上含有笑意，最初并没有说话。我心里咯噔一下，直觉感到情势有点不妙了。我打开稿子一看，没有任何改动。只是在第一行第一个字前面画上了一个前括号，在最后一行最后一个字后面画上了一个后括号。整篇文章就让一个括号括了起来，意思就是说，全不存在了。这真是"坚决、彻底、干净、全部"消灭掉了。我仿佛当头挨了一棒，茫然、懵然，不知所措。这时候教授才慢慢地开了口："你的文章费劲很大，引书不少。但是都是别人的意见，根本没有你自己的创见。看上去面面俱到，实际上毫无价值。你重复别人的话，又不完整准确。如果有人对你的文章进行挑剔，从任何地方都能对你加以抨击，而且我相信你根本无力还手。因此，我建议，把绪论统统删掉。在对限定动词进行分析以前，只写上几句说明就行了。"一席话说得我哑口无言，我无法反驳。这引起了我激烈的思想斗争，心潮滚滚，冲得我头晕眼花。过了好一阵子，我的脑筋才清醒过来，仿佛做了黄粱一梦。我由衷地承认，教授的话是完全合情合理的。我由此体会到：写论文就应该是这个样子。

这是我一生第一次写规模比较大的学术论文，也是我第一次受到剧烈的打击。然而我感激这一次打击，它使我终生头脑能够比较清醒。没有创见，不要写文章，否则就是浪费纸张。有了创见写论文，也不要下笔千言，离题万里。空洞的废话少说不说为宜。我现在也早就有了学生了。我也把我从瓦尔德施密特教授那里接来的衣钵传给了他们。

我的回忆就写到这里为止。这样一个好题目，我本来希望能写出一篇像样的东西。但是却是事与愿违，文章不怎么样。差幸我没有虚构，全是大实话，这对青年们也许还不无意义吧。

1987 年 3 月 18 日晨

悼念曹老

几个月以前，北京大学召开了庆祝曹老（靖华）九十华诞座谈会。我参加了，发了言，我说，曹老的道德文章，可以为人师表。《关东文学》编辑部的同志要我写一篇祝贺文章，我答应了，立即动笔。但是，只写了一半，便有西安、香港之行，没有来得及写完。回京以后，听到曹老病情转恶。但我立刻又有北戴河之行，没能到医院去看望他。不意他竟尔仙逝。老辈学人中又弱一个，给我连年来对师友的悼念又增添一份沉重的力量，让我把祝贺文章腰斩，来写悼念文字，不禁悲从中来了。

记得在大约四年以前，我还在学校工作，曹老的家属从医院打电话给学校领导，说曹老病危，让学校派人去见"最后一面"。我奉派前往，看到他的病并不"危"，谈笑风生。我当时心情十分矛盾，我把眼泪硬压在内心里，陪他谈笑。他不久就出了院，而且还参加了一个在京西宾馆召开的会。我们见面，彼此兴奋。我一想到"最后一面"，心里就觉得非常有趣。他则怡然坦然，坐在台阶上，同我谈话。以后，听说他又进了医院，出出进进，记不清有多少次了。时光流逝，一晃就是几年，他终于度过了自己的九十周岁诞辰。我原以为他还能奇迹般地出出进进几次，而终无危险，向着百岁迈进，可他终于一病不起了。

同很多人一样，我认识曹老有一个曲折的过程。我是先读他的书，然后闻知他的英勇事迹，最后才见面认识。我在大学读书期间，曾读过曹老的一些翻译作品。1946年夏天，我在离开祖国十一年之后，终于经历了千辛万苦，回到了祖国的怀抱里。我当时心情十分矛盾，一个年轻的游子又回到母亲跟前，心里感到特别温暖。但是在所谓胜利之后，国民党的"劫收"大员，像一群蝗虫，无法无天，乱抢乱夺。我又不禁忧从中来。我在上海停留期间，夜里睡在克家的榻榻米上，觉得其乐无穷。有一天，忽然听到传闻，国民党警察在南京下关车站蛮横地毒打了进京请愿的进步人士，其中就有曹老。从此曹靖华（我记得当时是曹联亚）这个名字就深深地印在我的记忆中。

一直到解放以后，我才在北京大学见到曹老。他在俄语系工作，我在东语系。由于行当不同，接触并不多。但是，他留给我的印象是非常好的。他长我十四岁，论资排辈，他应该算是我的老师。他为人淳朴无华，待人接物，诚挚有加，彬彬有礼，给人以忠厚长者的印象。他不愧是中国旧文化精华的一个代表人物，同他交往，使人如坐春风化雨中。

但是，这只是他性格的一个方面。在另一方面，他却如金刚怒目，对待反动派绝不妥协。他通过翻译苏联的革命文学，哺育了一代代的革命新人。他的功绩将永远为中国人民所记忆。而他自己也以身作则。早年他冒风险同鲁迅先生交往，支持人民的正义斗争，坚贞不屈，数十年如一日，终于经历了严霜烈日，走过了不知多少独木小桥，迎来了次第春风。他真正做到了"横眉冷对千夫指，俯首甘为孺子牛"。

在以后长达几十年的交往中，我对他的敬意与日俱增。有很长的一段时间，他是《世界文学》的主编，我是编委之一。每隔几个月，总要召开一次编委会，大家放言高论，其乐融融。解放以后，我参加的会议真可谓多矣。我绝不是一个"开会迷"，有一些会让我苦不堪言。但是，对《世界文学》的会，我却真有一点"迷"了。同老友见面，同曹老见面，成为我的一大乐事。

我曾在悼念朱光潜先生的文章中提到，我最不喜欢拜访人。即使是我最尊敬的老师和老友，我也难得一访。我自己知道，这是一种怪癖，想改之者久矣。但是山难改，性难移，至今没有什么改进。对待曹老，我也是如此。尽管我对他有深厚的敬意和感情，但是曹老的家我却一次也没有去过。平常在校园中见了面，总要问寒问暖，说上一阵子话，看来彼此都是兴奋而又欣慰。在外面开会时碰到，更要促膝长谈。我往往暗自庆幸：北大是一个出百岁老人的地方。我们的老校长马寅初先生，活到一百多岁。我的美国老师温德教授也庆祝过自己的一百周岁。曹老为什么不能活到一百岁呢？

然而曹老毕竟没有活到一百岁。这对中国文学艺术界来说是一大损失，对他的学生和朋友来说是一件无法弥补的憾事。有生必有死，这是自然规律，我辈凡人谁也无法抗御。我们只能用这个来安慰自己。同时，我又想到，年过九十，也算是寿登耄耋，在世界上，自古以来，就是十分罕见的。曹老可以安息了。

北大以老教授多闻名全国。我自己虽然久已年逾古稀，但是抬眼向前看，比我年纪大的还有一大排，我只能算是小弟弟，不敢言老，心中更无老意，常常感到，在燕园中，自己是幸福的人。然而近二三年以来，老成颇多凋谢，蓦抬头：我眼前的队伍逐渐缩短了，宛如深秋古木，在不知不觉中，叶片一片片地飘然落下。我虽然自谓能用唯物的态度对待生死问题，然而内心深处也难免引起一阵阵的颤抖了。

嗟乎，死者已矣。我们生者的责任更大起来了。我感到自己肩头沉重了起来。

1987 年 9 月 13 日

我记忆中的老舍先生

　　老舍先生含冤逝世已经二十多年了。在这一段相当长的时间内，我经常想到他，想到的次数远远超过我认识他以后直至他逝世的三十多年。每次想到他，我都悲从中来。我悲的是中国失去一个热爱祖国、热爱人民的正直的大作家，我自己失去一位从年龄上来看算是师辈的和蔼可亲的老友。目前，我自己已经到了晚年，我的内心再也承受不住这一份悲痛，我也不愿意把它带着离开人间。我知道，原始人是颇为相信文字的神秘力量的，我从来没有这样相信过。但是，我现在宁愿做一个原始人，把我的悲痛和怀念转变成文字，也许这悲痛就能突然消逝掉，还我心灵的宁静，岂不是天大的好事吗？

　　我从高中时代起，就读老舍先生的著作，什么《老张的哲学》《赵子曰》《二马》，我都读过。到了大学以后，以及离开大学以后，只要他有新作出版，我一定先睹为快，什么《离婚》《骆驼祥子》等等，我都认真读过。最初，由于水平的限制，他的著作我不敢说全都理解。可是我总觉得，他同别的作家不一样。他的语言生动幽默，是地道的北京话，间或也夹上一点山东俗语。他没有许多作家那种扭扭怩怩作态让人读了感到浑身难受的非常别扭的文体，一种新鲜活泼的力量跳动在字里行间。他的幽默也同林语堂之流的那种着意为之的幽默不同。总之，老舍先生成了我毕生最喜爱的作家之一，我对他怀有崇高的敬意。

但是，我认识老舍先生却完全出于一个偶然的机会。三十年代初，我离开了高中，到清华大学来念书。当时老舍先生正在济南齐鲁大学教书。济南是我的老家，每年暑假我都回去。李长之是济南人，他是我的唯一的一个小学、中学、大学"三连贯"的同学。有一年暑假，他告诉我，他要在家里请老舍先生吃饭，要我作陪。在旧社会，大学教授架子一般都非常大，他们与大学生宛然是两个阶级。要我陪大学教授吃饭，我真有点受宠若惊。及至见到老舍先生，他却全然不是我心目中的那种大学教授。他谈吐自然，蔼然可亲，一点架子也没有。特别是他那一口地道的京腔，铿锵有致，听他说话，简直就像是听音乐，是一种享受。从那以后，我们就算是认识了。

以后是激烈动荡的几十年。我在大学毕业以后，在济南高中教了一年国文，就到欧洲去了，一住就是十一年。中国胜利了，我才回来，在南京住了一个暑假。夜里睡在国立编译馆长之的办公桌上；白天没有地方待，就到处云游，什么台城、玄武湖、莫愁湖等等，我游了一个遍。老舍先生好像同国立编译馆有什么联系。我常从长之口中听到他的名字，但是没有见过面。到了秋天，我也就离开了南京，乘海船绕道秦皇岛，来到北平。

以后又是更为激烈震荡的三年。用美式装备武装到牙齿的国民党反动军队，被彻底消灭。蒋介石一小撮逃到台湾去了。中国人民苦斗了一百多年，终于迎来了解放的春天。我们这一群知识分子都亲身感受到，我们确实已经站起来了。就在这样的情况下，我在当时所谓"故都"又会见了老舍先生，上距第一次见面已经有二十多年了。

我现在已经记不清楚我们重逢时的情景。但是我却清晰地记得起五十年代初期召开的一次汉语规范化会议时的情景。当时语言学界的知名人士，以及曲艺界的名人，都被邀请参加，其中有侯宝林、马增芬姊妹等等。老舍先生、叶圣陶先生、罗常培先生、吕叔湘先生、黎锦熙先生等等都参加了。这是解放后语言学界的第一次盛会。当时还没有达到会议成灾的程度，因此大家的兴致都很高，会上的气氛也十分亲切融洽。

有一天中午，老舍先生忽然建议，要请大家吃一顿地道的北京饭。大家都知道，老舍先生是地道的北京人，他讲的地道的北京饭一定会是非常地道的，都欣然答应。老舍先生对北京人民生活之熟悉，是众所周知的。有人戏称他为"北京土地爷"。他结交的朋友，三教九流都有。他能一个人坐在大酒缸旁，同洋车夫、旧警察等旧社会的"下等人"开怀畅饮，亲密无间，宛如亲朋旧友，谁也感觉不到他是大作家、名教授、留洋的学士。能做到这一步的，并世作家中没有第二人。这样一位老北京想请大家吃北京饭，大家的兴致哪能不高涨起来呢？商议的结果是到西四砂锅居去吃白煮肉，当然是老舍先生做东。他同饭馆的经理一直到小伙计都是好朋友，因此饭菜极佳，服务周到。大家尽兴地饱餐了一顿。虽然是一顿简单的饭，然而却令人毕生难忘。当时参加宴会今天还健在的叶老、昌先生大概还都记得这一顿饭吧。

还有一件小事，也必须在这里提一提。忘记了是哪一年了，反正我还住在城里翠花胡同没有搬出城外。有一天，我到东安市场北门对门的一家著名的理发馆里去理发，猛然瞥见老舍先生也在那里，正躺在椅子上，下巴上白糊糊的一团肥皂泡沫，正让理发师刮脸。这不是谈话的好时机，只寒暄了几句，就什么也不说了。等我坐在椅子上时，从镜子里看到他跟我打招呼，告别，看到他的身影走出门去。我理完发要付钱时，理发师说，老舍先生已经替我付过了。这样芝麻绿豆的小事殊不足以见老舍先生的精神，但是，难道也不足以见他这种细心体贴人的心情吗？

老舍先生的道德文章，光如日月，巍如山斗，用不着我来细加评论，我也没有那个能力。我现在写的都是一些小事。然而小中见大，于琐细中见精神，于平凡中见伟大，豹窥一斑，鼎尝一脔，不也能反映出老舍先生整个人格的一个缩影吗？

中国有一句俗话："好死不如赖活着。"这一句话道出了一个真理。一个人除非万不得已，绝不会自己抛掉自己的生命。印度梵文中"死"这个动词，变化形式同被动态一样。我一直觉得非常有趣，非常有意思。印度古代语法学家深通人情，才创造出这样一个形式。死几乎都是被动的。有几个人主动地去死呢？老舍先生走上自沉这一条道路，必有其不得已之处。有人说，人在临死前总会想到许多许多东西，他会想到自己的一生的。可惜我还没有这个经验，只能在这里胡思乱想。当老舍先生徘徊在湖水岸边决心自沉时，眼望湖水茫茫，心里悲愤填膺，唤天天不应，唤地地不答，悠悠天地，仿佛只剩下自己孤身一人，他会想到自己的一生吧！这一生是忠诚于祖国、忠诚于人民的一生，然而到头来却落到这等地步。为什么呢？究竟是为什么呢？如果自己留在美国不回来，著书立说，优游自在，洋房、汽车、声名禄利，无一缺少，舒舒服服地过一辈子，说不定能寿登耄耋，富埒王侯。他不是为了热爱自己的祖国母亲，才毅然历尽艰辛回来的吗？是今天祖国母亲无法庇护自己那远方归来的游子了呢？还是不愿意庇护了呢？我猜想，老舍先生绝不会埋怨自己的祖国母亲，祖国母亲永远是可爱的，在任何情况下都是可爱的。他也绝不会后悔回来的。但是，他确实有一些问题难以理解，他只有横下一条心，一死了之。这样的问题，我们今天又有谁能够理解呢？我想，老舍先生还会想到自己院子里种的柿子树和菊花。他当然也会想到自己的亲人，想到自己的朋友。所有这一些都是十分美好可爱的。对于这一些难道他就一点也不留恋吗？绝不会的，绝不会的。但是，有一种东西哽在他的心中，像大毒蛇缠住了他，他只能纵身一跳，投入波心，让弥漫的湖水给自己带来解脱了。

两千多年以前，屈原自沉于汨罗江。他行吟泽畔，心里想的恐怕同老舍先生有类似之处吧。他想到："蝉翼为重，千钧为轻；黄钟毁弃，瓦釜雷鸣。"他又想到："世人皆浊我独清，众人皆醉我独醒。"难道老舍先生也这样想过吗？这样的问题，有谁能够答复我呢？恐怕到了地球末日也没有人能答复了。我在泪眼模糊中，看到老舍先生戴着眼镜，在和蔼地对我笑着；我耳朵里仿佛听到了他那铿锵有节奏的北京话。我浑身颤抖，连灵魂也在剧烈地震动。

呜呼！我欲无言。

1987 年 10 月 1 日晨

《王力先生纪念论文集》序

要论资排辈，了一先生应该是我的老师。如果我记忆不错的话，他是 1932 年从法国回国到清华大学来任教的。我当时是西洋文学系三年级的学生。因为行当不同，我们没有什么接触。只有一次，我们的老师吴雨僧（宓）教授请我们几个常给《大公报》文学副刊写文章的学生吃饭，地点是在工字厅西餐部，同桌有了一先生。当时师生之界极严，学生望教授高入云天，我们没能说上几句话。

以后是漫长的将近二十年。1950 年，我随中国文化代表团访问印度和缅甸。因为是解放后第一个大型的出国代表团，所以筹备的时间极长。周总理亲自过问筹备工作，巨细不遗。在北京筹备了半年多，又到广州待了一段时间。在此期间，我们访问了岭南大学。了一先生是那里的文学院院长，他出来招待我们。由于人多，我们也没能说上多少话。我同时还拜谒了我的老师陈寅恪先生，他也在那里教书。那是我第一次到广州。时令虽已届深秋，但是南国花木依然蓊郁，绿树红花，相映成趣。我是解放后第一次出国，心里面欣慰、惊异、渴望、自满，又有点忐忑不安，说不出是一种什么滋味，甜甜的，又有点酸涩。在岭南大学校园里，看到了含羞草一类的东西，手指一戳，叶子立即并拢起来，引起了我童心般的好奇。再加上见到了了一先生和寅恪先生，心里感到很温暖。此情此景，至今历历如在目前。

以后又是数年的隔绝。1952年高等学校进行了院系调整。1954年中山大学语言学系调整到北京大学中文系，了一先生也迁来北京，从此见面的时间就多起来了。

从宏观上来看，了一先生和我都是从事语言研究的。解放以后，提倡集体主义精神，成立机构，组织学会，我同了一先生共事的机会大大地多了起来。首先是国务院（最初叫政务院）文字改革委员会。了一先生和我从一开始就都参加了。了一先生重点放在制定汉语拼音方案方面，我参加的是汉字简化工作。在相当长的时间内，我们经常在一起开会，常常听到他以平稳缓慢的声调，发表一些卓见。其次是《中国大百科全书·语言文字卷》的编纂工作。了一先生是中国语言学界的元老之一。在很多问题上，我们都要听他的意见。在编纂过程中，我们在一起开了不少的会。了一先生还承担了重要词条的编写工作。智者千虑，必有一失。他写的词条别人提出了意见，他一点权威架子也没有，总是心平气和地同年轻的同志商谈修改的意见。这一件事给我留下了极其深刻的印象，我将毕生难忘。最后是中国语言学会的工作。为这一个重要的学会，他也费了不少的心血，几次大会，即使不在北京，他也总是不辞辛劳，亲自出席。大家都很尊敬他，他在会上的讲话或者发言，大家都乐意听。

通过了这样一些我们共同参加的工作，我对了一先生的为人认识得越来越具体，越来越清楚了。我觉得，他禀性中正平和，待人亲切和蔼。我从来没见他发过脾气，甚至大声说话，疾言厉色，也都没有见过。同他相处，使人如坐春风中。他能以完全平等的态度待人，无论是弟子，还是服务人员，他都一视同仁。北大一位年轻的司机告诉我说：有一次，他驱车去接了一先生，适逢他在写字，他请了一先生也给他写一幅。了一先生欣然应之，写完之后，还写上某某同志正腕，某某是司机的名字。这一幅珍贵的字条，这位年轻的司机至今还珍重保存。一提起来，他欣慰感激之情还溢于言表。

谈到了一先生的学术成就，说老实话，我实在没有资格来说三道四。虽然我们同属语言学界，但是研究的具体对象却悬殊很大。了一先生治语音学、汉语音韵学、汉语史、中国古文法、中国语言学史、汉语诗律学、中国语法理论、中国现代语法、同源字等等。我自己搞的则是印度佛教梵文以及新疆古代语言文字、吐火罗文之类。二者搭界的地方微乎其微。了一先生学富五车，著作等身。我确实读过不少他的著作，但是并没有读完他所有的著作。以这样一个水平来发表意见，只能算是管窥蠡测而已。可是我又觉得非发表一点意见不行。所以我现在只能从低水平上说一点个人的意见，至于是否肤浅甚至谬误，就无法过多地考虑了。

我想用八个字来概括了一先生的学风或者学术成就：中西融会，龙虫并雕。

什么叫中西融会呢？我举一个比较明显的例子。了一先生治中国音韵学用力甚勤，建树甚多。原因何在呢？在中国音韵学史上，从明末清初起，直至20世纪二三十年代，大师辈出，成就远迈前古。顾炎武、戴东原等启其端。到了乾嘉时代，钱大昕、段玉裁、王念孙、王引之诸大师出，辉煌如日中天。清末以后，章太炎、黄季刚、王静庵等，追踪前贤，多所创获。这些大师审音之功既勤，又师承传授，汉语古音体系基本上弄清楚了。但是，他们也有不足之处，他们对于发音部位、发音方法缺乏近代科学的审析方法，因而间或有模糊之处。而这一点正是西方汉学家的拿手好戏。瑞典高本汉研究中国汉语古音，自成体系，成绩斐然，受到中国学者如胡适、林语堂等的尊崇，叹为得未曾有。实际上欧洲学者的成就正是中国学者的不足之处。了一先生一方面继承了中国的优秀传统，特别是乾嘉大师的衣钵，另一方面又精通西方学者的近代的科学方法，因而在汉语音韵学的研究中走出了一条新路。所以我说他是中西融会。至于他在汉语史等方面的研究上也表现出融会中西两方的优点的本领，并且取得了重大的成就。

什么叫龙虫并雕呢？了一先生把自己的书斋命名为"龙虫并雕斋"。意思十分清楚：既雕龙，又雕虫，二者同样重要，无法轩轾，或者用不着轩轾。他的著作中有《龙虫并雕斋诗集》《龙虫并雕斋文集》《龙虫并雕斋琐语》等。可见了一先生志向之所在。这一件事情，看似微末，实则不然。从中国学术史上来看，学者们大别分为两类。一类专门从事钻研探讨，青箱传世，白首穷经，筚路蓝缕，独辟蹊径，因而名标青史，举世景仰。一类专门编写通俗文章，用现在的话来说，就是做普及工作。二者之间是有矛盾的，前者往往瞧不起后者，古人说："雕虫小技，壮夫不为。"可以充分透露其中消息。实际上，前者不乐意、不屑于做后者的工作，往往是不善于做。能兼此二者之长的学者异常地少，了一先生是其中之一。在前者中，他是巨人；对于后者，不但乐意做，而且善于做。他那许多通俗的文章起了很大的作用。他的著作《江浙人怎样学习普通话》《广东人怎样学习普通话》，对于普及普通话工作所起的推动作用，是难以估量的。从这里也可以看出了一先生的远大的眼光和广阔的胸怀。我认为，这是非常非常难得的，是值得我们大家都去学习的。"阳春白雪"，我们竭诚拥护，这是不可缺少的。难道说"国中和者数千人"的"下里巴人"就不重要，就是可以缺少的吗？

我在上面谈了我对了一先生为人和为学的一些看法。在世界和中国学术史上，常常碰到一种现象，那就是：一个学者的为人和为学两者之间有矛盾。有的人为学能实事求是，朴实无华，而为人则诡谲多端，像神龙一般，令人见首不见尾。另外一些人则正相反，为学奇诡难测，而为人则淳朴坦荡。我觉得，在了一先生身上，为人与为学则是完全统一的。他真正是文如其人，或者人如其文。在这两个方面他给人的印象都是本本分分，老老实实，只有实事求是之心，毫无哗众取宠之意。大家都会承认，这一点是非常难得的。

多少年来，我曾默默地观察、研究中国的知识分子，了一先生也包括在里面。我觉得，中国知识分子实在是一群很特殊的人物。他们的待遇并不优厚，他们的生活并不丰足。比起其他国家来，往往是相形见绌。在过去几十年的所谓"政治运动"中，被戴上了许多离奇荒诞匪夷所思的"帽子"，磕磕碰碰，道路并不平坦。在"十年浩劫"中，更是登峰造极，受到了不公正的冲撞。了一先生也没能幸免。但是，时过境迁，到了今天，我从知识分子口中没有听到过多少抱怨的言谈。从了一先生口中也没有听到过。他们依然是任劳任怨，勤奋工作，"焚膏油以继晷，恒兀兀以穷年"。他们中的很多人真正做到了"淡泊以明志，宁静以致远"，为培养青年学生，振兴祖国学术而拼搏不辍。在这样一些人中，了一先生是比较突出的一个。如果把这样一群非常特殊的人物称为"世界上最好的知识分子"，难道还有什么不妥之处吗？

人们不禁要问：原因何在呢？难道中国知识分子是一群圣人、神人、不食人间烟火的仙人吗？当然不是。我个人认为，只有在过去是半殖民地半封建的中国，这样的知识分子才能出现。在这些人身上，爱国主义是根深蒂固、血肉相连的。帝国主义国家的某一些（不是全体）知识分子，不管在国家兴旺时多么高谈爱国，义形于色，只要稍有风吹草动，立即远走高飞，把自己的国家丢到脖子后面，什么爱国主义，连一点影子都没有了。在中国则不然。知识分子在旧社会吃过苦头，受到过帝国主义者的压迫。今天得到了解放，当然会由衷地欢畅和感激。要说他们对当前的情况完全满意，那也不是事实。但是，只要向前看，就可以看到，不管我们目前还有多少困难和问题，不管还有多少大风大浪，总起来说，我们的社会还是向上的，前途是光明的。因此，中国知识分子的爱国之情绝不会改变。这一点，在了一先生身上，在许多知识分子身上，显得非常突出。我觉得，这是中国知识分子的最可宝贵的品质，年轻一代人应该永远保持下去。

了一先生离开我们了。但是，他的人品、他的学术却永远不会离开我们。他留给我们的一千多万字的学术著作是我们的宝贵财富。我们要认真学习、研究，再从而发扬光大之，使中国的语言研究更上一层楼。这不是我一个人的想法。从这一册琳琅满目的纪念论文集中，我仿佛听到了我们大家的共同的心声。

　　愿了一先生为人和治学的精神永存。

1987 年 11 月 4 日

回忆梁实秋先生

    我认识梁实秋先生，同他来往，前后也不过两三年，时间是很短的。但是，他留给我的回忆却是很长很长的。分别之后，到现在已经四十年了。我仍然时常想到他。

    1946年夏天，我在离开了祖国十一年之后，受尽了千辛万苦，又回到了祖国怀抱，到了南京。当时刚刚打败了日本侵略者，国民党的"劫收"大员正在全国满天飞，搜刮金银财宝，兴高采烈。我这一介书生，"无条无理"，手里没有几个钱，北京大学还没有开学，拿不到工资，住不起旅馆，只好借住在我小学同学李长之在国立编译馆的办公室内。他们白天办公，我就出去游荡，晚上回来，睡在办公桌上。早晨一起床，赶快离开。国立编译馆地处台城下面，我多半在台城上云游。什么鸡鸣寺、胭脂井，我几乎天天都到。再走远一点，出城就到了玄武湖。山光水色，风物怡人。但是我并没有多少闲情逸致观赏风景。我的处境颇像旧戏中的秦琼，我心里琢磨的是怎样卖掉黄骠马。

我这样天天游荡，梦想有朝一日自己能安定下来，有一间房子，有一张书桌。别的奢望，一点没有。我在台城上面看到郁郁葱葱的古柳，心头不由得涌出了古人的诗：

江雨霏霏江草齐，
六朝如梦鸟空啼。
无情最是台城柳，
依旧烟笼十里堤。

这里讲的仅仅是六朝。从六朝到现在，又不知道有多少朝多少代过去了。古柳依然是葱茏繁茂，改朝换代并没有影响了它们的情绪。今天我站在古柳面前，一点也没有觉得它们"无情"，我觉得它们有情得很。我天天在六月的炎阳下奔波游荡，只有在台城古柳的浓荫下才能获得片刻的清凉，让我能够坐下来稍憩一会儿。我难道不该感激这些古柳而还说三道四吗？

又过了一些时候，有一天长之告诉我，梁实秋先生全家从重庆复员回到南京了。梁先生也在国立编译馆工作。我听了喜出望外。我不认识梁先生，论资排辈，他大我十几岁，应该算是我的老师。他的文章我在清华大学读书时就读过不少，很欣赏他的文才，对他潜怀崇敬之情。万万没有想到竟在南京能够见到他。见面之后，立刻对他的人品和谈吐十分倾倒。没有经过什么繁文缛节，我们成了朋友。我记得，他曾在一家大饭店里宴请过我。梁夫人和三个孩子：文茜、文蔷、文骐，都见到了。那天饭菜十分精美，交谈更是异常愉快，给我留下了深刻的印象，至今忆念难忘。我自谓尚非馋嘴之辈，可为什么独独对酒宴记得这样清楚呢？难道自己也属于饕餮人王之列吗？这真叫作没有法子。

解放前夕，实秋先生离开了北平，到了台湾，文茜和文骐留下没有走。在那极"左"的时代，有人把这一件事看得大得不得了。现在看来，也没有什么了不起的。一个人相信马克思主义，这当然很好，这说明他进步；一个人不相信，或者暂时不相信，他也完全有自由，这也绝非反革命。我自己过去不是也不相信马克思主义吗？从来就没有哪一个人一生下就是马克思主义者，连马克思本人也不是，遑论他人。我们今天知人论事，要抱实事求是的态度。

至于说梁实秋同鲁迅有过一些争论，这是事实。是非曲直，暂作别论。我们今天反对对任何人搞"凡是"，对鲁迅也不例外。鲁迅是一个伟大人物，这谁也否认不掉。但不能说凡是鲁迅说的都是正确的。今天，事实已经证明，鲁迅也有一些话是不正确的，是形而上学的，是有偏见的。难道因为他对梁实秋有过批评意见，梁实秋这个人就应该永远打入十八层地狱吗？

实秋先生活到耄耋之年。他的学术文章，功在人民，海峡两岸，有目共睹，谁也不会有什么异辞。我想特别提出一点来说一说。他到了老年，同胡适先生一样，并没有留恋异国，而是回到台湾定居。这充分说明，他是热爱我们祖国大地的。至于他的为人毫无架子，像对我和李长之这样年轻一代的人，竟也平等对待，态度真诚和蔼，更令人难忘。这种作风，即使不是绝无仅有，也总算是难能可贵，对我们今天已经成为前辈的人，不是很有教育意义吗？

去年，他的女儿文茜和文蔷奉父命专门来看我。我非常感动，知道他还没有忘掉我。这勾引起我回忆往事。回忆虽然如云如烟，但是感情却是非常真实的。我原期望还能在大陆见他一面，不意他竟尔仙逝。我非常悲痛，想写点什么，终未果。去年，他的夫人从台湾来北京举行追思会。我正在南京开会，没能亲临参加，只能眼望台城，临风凭吊。我对他的回忆将永远保留在我的心中，直至我不能回忆为止。我的这一篇短文，他当然无法看到了。但是，我仿佛觉得，而且痴情希望，他能看到。四十年音问未通，这是仅有的一次也是最后一次通音问了。悲夫！

1988 年 3 月 26 日

悼念沈从文先生

去年有一天，老友肖离打电话告诉我，从文先生病危，已经准备好了后事。我听了大吃一惊，悲从中来。一时心血来潮，提笔写了一篇悼念文章，自诧为倚马可待，情文并茂。然而，过了几天，肖离又告诉我说，从文先生已经脱险回家。我心里一块石头落了地，又窃笑自己太性急，人还没去，就写悼文，实在非常可笑。我把那一篇"杰作"往旁边一丢，从心头抹去了那一件事，稿子也沉入书山稿海之中，从此"云深不知处"了。

到了今年，从文先生真正去世了。我本应该写点什么的。可是，由于有了上述一段公案，懒于再动笔，一直拖到今天。同时我注意到，像沈先生这样一个人，悼念文章竟如此之少，有点不太正常，我也有点不平。考虑再三，还是自己披挂上马吧。

我认识沈先生已经五十多年了。当我还是一个大学生的时候，我就喜欢读他的作品。我觉得，在所有的并世的作家中，文章有独立风格的人并不多见。除了鲁迅先生之外，就是从文先生。他的作品，只要读上几行，立刻就能辨认出来，绝不含糊。他出身湘西的一个破落小官僚家庭，年轻时当过兵，没有受过多少正规的教育。他完全是自学成家。湘西那一片有点神秘的土地，其怪异的风土人情，通过沈先生的笔而大白于天下。湘西如果没有像沈先生这样的大作家和像黄永玉先生这样的大画家，恐怕一直到今天还是一片充满了神秘的 terra incognita（没有人了解的土地）。

我同沈先生打交道，是通过一件不大不小的事情。丁玲的《母亲》出版以后，我读了觉得有一些意见要说，于是写了一篇书评，刊登在郑振铎、靳以主编的《文学季刊》创刊号上。刊出以后，我听说，沈先生有一些意见。我于是立即写了一封信给他，同时请郑先生在《文学季刊》创刊号再版时，把我那一篇书评抽掉。也许是由于这一个不能算是太愉快的因缘，我们就认识了。我当时是一个穷学生，沈先生是著名的作家。社会地位，虽不能说如云泥之隔，毕竟差一大截子。可是他一点名作家的架子也不摆，这使我非常感动。他同张兆和女士结婚，在北京前门外大栅栏撷英番菜馆设盛大宴席，我居然也被邀请。当时出席的名流如云。证婚人好像是胡适之先生。

从那以后，有很长的时间，我们并没有多少接触。我到欧洲去住了将近十一年。他在抗日烽火中在昆明住了很久，在西南联大任国文系教授。彼此音问断绝。他的作品我也读不到了。但是，有时候，不知是出于什么原因，我在饥肠辘辘、机声嗡嗡中，竟会想到他。我还是非常怀念这一位可爱、可敬、淳朴、奇特的作家。

一直到 1946 年夏天，我回到祖国。这一年的深秋，我终于又回到了别离了十几年的北平。从文先生也于此时从云南复员来到北大，我们同在一个学校任职。当时我住在翠花胡同，他住在中老胡同，都离学校不远，因此我们也相距很近，见面的次数就多了起来。他曾请我吃过一顿相当别致、毕生难忘的饭，云南有名的汽锅鸡。锅是他从昆明带回来的，外表看上去像宜兴紫砂，上面雕刻着花卉书法，古色古香，虽系厨房用品，然却古朴高雅，简直可以成为案头清供，与商鼎周彝斗艳争辉。

就在这一次吃饭时，有一件小事给我留下了深刻的印象。当时要解开一个用麻绳捆得紧紧的什么东西，只需用剪子或小刀轻轻地一剪一割，就能开开。然而从文先生却抢了过去，硬是用牙把麻绳咬断。这一个小小的举动，有点粗劲，有点蛮劲，有点野劲，有点土劲，并不高雅，并不优美。然而，它却完全透露了沈先生的个性。在达官贵人、高等华人眼中，这简直非常可笑，非常可鄙。可是，我欣赏的却正是这一种劲头。我自己也许就是这样一个"土包子"，虽然同那一些只会吃西餐、穿西装、半句洋话也不会讲偏又自认为是"洋包子"的人比起来，我并不觉得低他们一等。不是有一些人也认为沈先生是"土包子"吗？

还有一件小事，也使我忆念难忘。有一次我们到什么地方去游逛，可能是中山公园之类。我们要了一壶茶。我正要拿起壶来倒茶，沈先生连忙抢了过去，先斟出一杯，又倒入壶中，说只有这样才能把茶味调得均匀。这当然是一件微不足道的小事，然而在琐细中不是更能看到沈先生的精神吗？

小事过后，来了一件大事：我们共同经历了北平的解放。在这个关键时刻，我并没有听说，从文先生有逃跑的打算。他的心情也是激动的，虽然他并不故作革命状，以达到某种目的，他仍然是朴素如常。可是厄运还是降临到他头上来。一个著名的马列主义文艺理论家，在香港出版的一个进步的文艺刊物上，发表了一篇长文，题目大概是什么"文坛一瞥"之类，前面有一段相当长的修饰语。这一位理论家视觉似乎特别发达，他在文坛上看出了许多颜色。他"一瞥"之下，就把沈先生"瞥"成了粉红色的小生。我没有资格对这一篇文章发表意见。但是，沈先生好像是当头挨了一棒，从此被"瞥"下了文坛，销声匿迹，再也不写小说了。

一个惯于舞笔弄墨的人，一旦被剥夺了写作的权利，他心里是什么滋味，我说不清；他有什么苦恼，我也说不清。然而，沈先生并没有因此而消沉下去。文学作品不能写，还可以干别的事嘛。他是一个精力旺盛的人，他是一个闲不住的人，他转而研究起中国古代的文物来，什么古纸、古代刺绣、古代衣饰等等，他都研究。凭了他那一股惊人的钻研的能力，过了没有多久，他就在新开发的领域内取得了可喜的成绩。他那一本讲中国服饰史的书，出版以后，洛阳纸贵，受到国内外一致的高度的赞扬。他成了这方面的权威。他自己也写章草，又成了一个书法家。

有点讽刺意味的是，正当他手中的写小说的笔被"瞥"掉的时候，从国外沸沸扬扬传来了消息，说国外一些人士想推选他做诺贝尔文学奖的候选人。我在这里着重声明一句，我们国内有一些人特别迷信诺贝尔奖金，迷信的劲头，非常可笑。试拿我们中国没有得奖的那几位文学巨匠同已经得奖的欧美的一些作家来比一比，其差距简直有如高山与小丘。同此辈争一日之长，有这个必要吗！推选沈先生当候选人的事是否进行过，我不得而知。沈先生怎样想，我也不得而知。我在这里提起这一件事，只不过把它当作沈先生一生中一个小小的插曲而已。

我曾在几篇文章中都讲到，我有一个很大的缺点（优点？），我不喜欢拜访人。有很多可尊敬的师友，比如我的老师朱光潜先生、董秋芳先生等等，我对他们非常敬佩，但在他们健在时，我很少去拜访。对沈先生也一样。偶尔在什么会上，甚至在公共汽车上相遇，我感到非常亲切，他好像也有同样的感情。他依然是那样温良、淳朴，时代的风风雨雨在他身上，似乎没有留下什么痕迹，说白了就是没有留下伤痕。一谈到中国古代科技、艺术等等，他就喜形于色，眉飞色舞，娓娓而谈，如数家珍，天真得像一个大孩子。这更增加了我对他的敬意。我心里曾几次动过念头：去看一看这一位可爱的老人吧！然而，我始终没有行动。现在人天隔绝，想见面再也不可能了。

有生必有死，是大自然的规律。我知道，这个规律是违抗不得的，我也从来没有想去违抗。古代许多圣君贤相，聪明一世，糊涂一时，想方设法，去与这个规律对抗，妄想什么长生不老，结果却事与愿违，空留下一场笑话。这一点我很清楚。但是，生离死别，我又不能无动于衷。古人云：太上忘情。我是一个微不足道的凡人，无论如何也做不到忘情的地步，只有把自己钉在感情的十字架上了。我自谓身体尚颇硬朗，并不服老。然而，曾几何时，宛如黄粱一梦，自己已接近耄耋之年。许多可敬可爱的师友相继离我而去。此情此景，焉能忘情？现在从文先生也加入了去者的行列。他一生安贫乐道，淡泊宁静，死而无憾矣。对我来说，忧思却着实难以排遣。像他这样一个有特殊风格的人，现在很难找到了。我只觉得大地茫茫，顿生凄凉之感。我没有别的本领，只能把自己的忧思从心头移到纸上，如此而已。

1988 年 11 月 2 日写于香港中文大学会友楼

回忆雨僧先生①

雨僧先生离开我们已经十多年了。作为他的受业弟子，我同其他弟子一样，始终在忆念着他。

雨僧先生是一个奇特的人，身上也有不少的矛盾。他古貌古心，同其他教授不一样，所以奇特。他言行一致，表里如一，同其他教授不一样，所以奇特。别人写白话文、写新诗，他偏写古文、写旧诗，所以奇特。他反对白话文，但又十分推崇用白话写成的《红楼梦》，所以矛盾。他看似严肃、古板，但又颇有一些恋爱的浪漫史，所以矛盾。他能同青年学生来往，但又凛然、俨然，所以矛盾。

总之，他是一个既奇特又矛盾的人。

我这样说，不但丝毫没有贬义，而且是充满了敬意。雨僧先生在旧社会是一个不同流合污、特立独行的畸人，是一个真正的人。

---

① 此篇为《回忆吴宓先生》一书的序言。——编者注

当年在清华读书的时候，我听过他几门课："英国浪漫诗人""中西诗之比较"等。他讲课认真、严肃，有时候也用英文讲，议论时有警策之处。高兴时，他也把自己新写成的旧诗印发给听课的同学，十二首《空轩》就是其中之一。这引得编《清华周刊》的学生秀才们把他的诗译成白话，给他开了一个不大不小而又无伤大雅的玩笑。他一笑置之，不以为忤。他的旧诗确有很深的造诣，同当今想附庸风雅的、写一些根本不像旧诗的"诗人"，绝不能同日而语。他的"中西诗之比较"实际上讲的就是比较文学。当时这个名词还不像现在这样流行。他实际上是中国比较文学的奠基人之一，值得我们永远怀念的。

他坦诚率真，十分怜才。学生有一技之长，他绝不掩没，对同事更是不懂得什么叫忌妒。他在美国时，邂逅结识了陈寅恪先生。他立即驰书国内，说："合中西新旧各种学问而统论之，吾必以寅恪为全中国最博学之人。"也许就是由于这个缘故，他在清华作为西洋文学系的教授而一度兼国学研究院的主任。

他当时给天津《大公报》主编一个《文学副刊》。我们几个喜欢舞笔弄墨的青年学生，常常给副刊写点书评一类的短文，因而无形中就形成了一个小团体。我们曾多次应邀到他那在工字厅的住处"藤影荷声之馆"去做客，也曾被请在工字厅的教授们的西餐餐厅去吃饭。这在当时教授与学生之间存在着一条看不见但感觉到的鸿沟的情况下，是非常难能可贵的，至今回忆起来还感到温暖。

我离开清华以后，到欧洲去住了将近十一年。回到国内时，清华和北大刚刚从云南复员回到北平。雨僧先生留在四川，没有回来。其中原因，我不清楚，也没有认真去打听。但是，我心中却有一点疑团：这难道会同他那耿直的为人有某些联系吗？是不是有人早就把他看作眼中钉了呢？在这漫长的几十年内，我只在六十年代初期，在燕东园李赋宁先生家中拜见过他，以后就再没有见过面。

在"十年浩劫"中，他当然不会幸免。听说，他受过惨无人道的折磨，挨了打，还摔断了什么地方，我对此丝毫也不感到奇怪。以他那种奇特的特立独行的性格，他绝不会投机说谎，绝不会媚俗取巧，受到折磨，倒是合乎规律的。反正知识久已不值一文钱，知识分子被视为"老九"。在黄钟毁弃、瓦釜雷鸣的时代，我们又有什么话好说呢？雨僧先生受到的苦难，我有意不去仔细打听，不知道反而能减轻良心上的负担。至于他有什么想法，我更是无从得知。现在，他终于离开我们，走了。从此人天隔离，永无相见之日了。

雨僧先生这样一个奇特的人，这样一个不同流合污特立独行的人，是会受到他的朋友们和弟子们的爱戴和怀念的。现在编集的这一本《回忆吴宓先生》就是一个充分的证明。

他的弟子和朋友都对他有自己的一份怀念之情，自己的一份回忆。这些回忆不可能完全一样，因为每一个人都有自己观察事物和人物的角度和特点，但是又不可能完全不一样。因为回忆的毕竟是同一个人——我们敬爱的雨僧先生。这一部回忆录就是这样一部既不一样又不不一样的汇合体。从这个一样又不一样的汇合体中可以反照出雨僧先生整个的性格和人格。

我是雨僧先生的弟子之一，在贡献上我自己那一份回忆之余，又应编者的邀请写了这一篇序。这两件事都是我衷心愿意去做的。也算是我献给雨僧先生的心香一瓣吧。

1989 年 3 月 22 日

忆念胡也频先生

　　胡也频，这个在中国近代革命史上和文学史上宛如夏夜流星一闪即逝但又留下永恒光芒的人物，知道其名者很多很多，但在脑海中尚能保留其生动形象者，恐怕就很少很少了。

　　我有幸是其中的一个。

　　我初次见到胡先生是六十年前在山东济南省立高中的讲台上。我当时只有十八岁，是高中三年级的学生。他个子不高，人很清秀，完全是一副南方人的形象。此时日军刚刚退出了被占领一年的济南。国民党的军队开了进来，教育有了改革。旧日的山东大学附设高中改为省立高中。校址由绿柳红荷交相辉映的北园搬到车水马龙的杆石桥来，环境大大地改变了，校内颇有一些新气象。专就国文这一门课程而谈，在一年前读的还是《诗经》《书经》和《古文观止》一类的书籍，现在完全改为读白话文学作品。作文也由文言文改为白话文。教员则由前清的翰林、进士改为新文学家。对于我们这一批年轻的大孩子来说，顿有耳目为之一新的感觉。大家都兴高采烈了。

高中的新校址是清代的一个什么大衙门，崇楼峻阁，雕梁画栋，颇有一点威武富贵的气象。尤其令人难忘的是里面有一个大花园。园子的全盛时期早已成为往事。花坛不修，水池干涸，小路上长满了草。但是花木却依然青翠茂密，浓绿扑人眉宇。到了春天、夏天，仍然开满似锦的繁花，把这古园点缀得明丽耀目。枝头、丛中时有鸟鸣声，令人如入幽谷。老师们和学生们有时来园中漫步，各得其乐。

胡先生的居室就在园门口旁边，常见他走过花园到后面的课堂中去上课。他教书同以前的老师完全不同。他不但不讲《古文观止》，好像连新文学作品也不大讲。每次上课，他都在黑板上大书"什么是现代文艺？"几个大字，然后滔滔不绝地讲了起来，直讲得眉飞色舞，浓重的南方口音更加难懂了。下一次上课，黑板上仍然是七个大字："什么是现代文艺？"我们这一群年轻的大孩子听得简直像着了迷。我们按照他的介绍买了一些当时流行的马克思主义文艺理论书籍。那时候，"马克思主义"这个词儿是违禁的，人们只说"普罗文学"或"现代文学"，大家心照不宣，谁也了解。有几本书的作者我记得名叫弗里茨，以后再也没见到这个名字。这些书都是译文，非常难懂。据说是从日文转译的俄国书籍。恐怕日文译者就不太懂俄文原文，再转为汉文，只能像"天书"了。我们当然不能全懂，但是仍然怀着朝圣者的心情，硬着头皮读下去。生吞活剥，在所难免。然而"现代文艺"这个名词却时髦起来，传遍了高中的每一个角落，仿佛为这古老的建筑增添了新的光辉。

我们这一批年轻的中学生其实并不真懂什么"现代文艺"，更不全懂什么叫"革命"。胡先生在这方面没有什么解释。但是我们的热情却是高昂的，高昂得超过了需要。当时还是国民党的天下，学校大权当然掌握在他们手中。国民党最厌恶、最害怕的就是共产党，似乎有不共戴天之仇，必欲除之而后快。在这样的气氛下，胡先生竟敢明目张胆地宣传"现代文艺"，鼓动学生革命，真如太岁头上动土。国民党对他的仇恨是完全可以想象的。

胡先生却是处之泰然。我们阅世未深，对此完全是麻木的。胡先生是有社会经历的人，他应该知道其中的利害。可是他也毫不在乎。只见他那清瘦的小个子，在校内课堂上，在那座大花园中，迈着轻盈细碎的步子，上身有点向前倾斜，匆匆忙忙，仓仓促促，满面春风，忙得不亦乐乎。他照样在课堂上宣传他的"现代文艺"，侃侃而谈，视敌人如草芥，宛如走入没有敌人的敌人阵中。

他不但在课堂上宣传，还在课外进行组织活动。他号召组织了一个现代文艺研究会，由几个学生积极分子带头参加，公然在学生宿舍的走廊上，摆上桌子，贴出布告，昭告全校，踊跃参加。当场报名、填表，一时热闹得像是过节一样。时隔六十年，一直到今天，当时的情景还历历如在眼前，当时的笑语声还在我耳畔回荡，留给我的印象之深，概可想见了。

有了这样一个组织，胡先生还没有满足，他准备出一个刊物，名称我现在忘记了。第一期的稿子中有我的一篇文章，名叫《现代文艺的使命》。内容现在完全忘记了，无非是革命、革命、革命之类。以我当时的水平之低，恐怕都是从"天书"中生吞活剥地抄来了一些词句，杂凑成篇而已，绝不会是什么像样的文章。

正在这时候，当时蜚声文坛的革命女作家、胡先生的夫人丁玲女士到了济南省立高中，看样子是来探亲的。她是从上海去的。当时上海是全国最时髦的城市，领导全国的服饰的新潮流。丁玲的衣着非常讲究，大概代表了上海最新式的服装。相对而言，济南还是相当闭塞淳朴的。丁玲的出现，宛如飞来的一只金凤凰，在我们那些没有见过世面的青年学生眼中，她浑身闪光，辉耀四方。

记得丁玲那时候比较胖，又穿了非常高的高跟鞋。济南比不了上海，马路坑坑洼洼，高低不平。高中校内的道路，更是年久失修，穿平底鞋走上去都不太牢靠，何况是高跟鞋。看来丁玲就遇上了"行路难"的问题。胡先生个子比丁玲稍矮，夫人"步履维艰"，有时要扶着胡先生才能迈步。我们这些年轻的学生看了这情景，觉得非常有趣。我们就窃窃私议，说胡先生成了丁玲的手杖。我们其实不但毫无恶意，而且是充满了敬意的。在我们心中真觉得胡先生是一个好丈夫，因此对他更增加了崇敬之感。对丁玲我们同样也是尊敬的。

不管胡先生怎样处之泰然，国民党却并没有睡觉。他们的统治机器当时运转得还是比较灵的。国民党对抗大清帝国和反动军阀有过丰富的斗争经验，老谋深算，手法颇多。相比之下，胡先生这个才不过二十多岁的真正的革命家，却没有多少斗争经验，专凭一股革命锐气，革命斗志超过革命经验，宛如初生的牛犊不怕虎一样，头顶青天，脚踏大地，把活动都摆在光天化日之下。

这确实值得尊敬。但是，勇则勇矣，面对强大的掌握大权的国民党，是注定要失败的。这一点，我始终不知道，胡先生是否意识到了。这个谜将永远成为一个谜了。

事情果然急转直下。有一天，国文课堂上见到的不再是胡先生那瘦小的身影，而是一位完全陌生的老师。全班学生都为之愕然。小道消息说，胡先生被国民党通缉，连夜逃到上海去了。到了第二年，1931年，他就同柔石等四人在上海被国民党逮捕，秘密杀害，身中十几枪。当时他只有二十八岁。

鲁迅先生当时住在上海，听到这消息以后，他怒发冲冠，拿起如椽巨笔，写了这样一段话："我们现在以十分的哀悼和铭记，纪念我们的战死者，也就是要牢记中国无产阶级革命文学的历史的第一页，是同志的鲜血所记录，永远在显示敌人的卑劣的凶暴和启示我们的不断的斗争。"（《二心集》）这一段话在当时真能掷地作金石声。

胡先生牺牲到现在已经六十年了。如果他能活到现在，也不过八十七八岁，在今天还不算是太老，正是"余霞尚满天"的年龄，还是大有可为的。而我呢，在这一段极其漫长的时间内，经历了极其曲折复杂的行程，天南海北、神州内外，高山大川、茫茫巨浸；走过阳关大道，也走过独木小桥，在"空前的十年"中，几乎走到穷途。到了今天，我已由一个不到二十岁的中学生变成了皤然一翁，心里面酸甜苦辣，五味俱全。但是胡先生的身影忽然又出现在眼前，我有点困惑。我真愿意看到这个身影，同时却又害怕看到这个身影，我真有点诚惶诚恐了。我又担心，等到我这一辈人同这个世界告别以后，脑海中还能保留胡先生身影者，大概也就要完全彻底地从地球上消逝了。对某一些人来说，那将是一个永远无法弥补的损失。在这里，我又有点欣慰：看样子，我还不会在短期中同地球"拜拜"。只要我在一天，胡先生的身影就能保留一天。愿这一颗流星的光芒尽可能长久地闪耀下去。

1990 年 2 月 9 日

我的老师董秋芳先生

难道人到了晚年就只剩下回忆了吗？我不甘心承认这个事实，但又不能不承认。我现在就是回忆多于前瞻。过去六七十年不大容易想到的师友，现在却频来入梦。

其中我想得最多的是董秋芳先生。

董先生是我在济南高中时的国文教员，笔名冬芬。胡也频先生被国民党通缉后离开了高中，再上国文课时，来了一位陌生的教员，个子不高，相貌也没有什么惊人之处，一只手还似乎有点毛病，说话绍兴口音颇重，不很容易懂。但是，他的笔名我们却是熟悉的。他翻译过一本苏联小说《争自由的波浪》，鲁迅先生作序。他写给鲁迅先生的一封长信，我们在报刊上读过，现在收在《鲁迅全集》中。因此，面孔虽然陌生，但神交却已很久。这样一来，大家处得很好，也自是意中事了。

在课堂上，他同胡先生完全不同。他不讲什么"现代文艺"，也不宣传革命，只是老老实实地讲书，认真小心地改学生的作文。他也讲文艺理论，却不是弗里茨，而是日本厨川白村的《苦闷的象征》《出了象牙之塔》，都是鲁迅先生翻译的。他出作文题目很特别，往往只在黑板上大书"随便写来"四个字，意思自然是，我们愿意写什么，就写什么；愿意怎样写，就怎样写，丝毫不受约束，有绝对的写作自由。

我就利用这个自由写了一些自己愿意写的东西。我从小学经过初中到高中前半，写的都是文言文；现在一旦改变，并没有感到有什么不适应。原因是我看了大量的白话旧小说，对五四以来的新文学作品，鲁迅、胡适、周作人、郭沫若、郁达夫、茅盾、巴金等人的小说和散文几乎读遍了，自己动手写白话文，颇为得心应手，仿佛从来就写白话文似的。

在阅读的过程中，潜移默化，在无意识中形成了自己对写文章的一套看法。这套看法的最初根源似乎是来自旧文学，从庄子、孟子、《史记》，中间经过"唐宋八大家"，一直到明末的公安派和竟陵派，清代的桐城派，都给了我不同程度、不同方式的灵感。这些大家时代不同，风格迥异；但是却有不少共同之处。根据我的归纳，可以归为三点：第一，感情必须充沛真挚；第二，遣词造句必须简练、优美、生动；第三，整篇布局必须紧凑、浑成。三者缺一，就不是一篇好文章。文间的开头与结尾，更是至关重要。后来读了一些英国名家的散文，我也发现了同样的规律。我有时甚至想到，写文章应当像谱乐曲一样，有一个主旋律，辅之以一些小的旋律，前后照应，左右辅助，要在纷纭变化中统一，在统一中有错综复杂，关键在于有节奏。总之，写文章必须惨淡经营。自古以来，确有一些文章如行云流水，仿佛是信手拈来，毫无斧凿痕迹。但是那是长期惨淡经营终入化境的结果。如果一开始就行云流水，必然走入魔道。

我这些想法形成于不知不觉之中，自己并没有清醒的意识。它也流露于不知不觉之中，自己也没有清醒的意识。有一次，在董先生的作文课堂上，我在"随便写来"的启迪下，写了一篇记述我回故乡奔母丧的悲痛心情的作文。感情真挚，自不待言。在谋篇布局方面却没有意识到有什么特殊之处。作文本发下来了，却使我大吃一惊。董先生在作文本每一页上面的空白处都写了一些批注，不少地方有这样的话："一处节奏""又一处节奏"，等等。我真是如拨云雾见青天："这真是我写的作文吗？"这真是我的作文，不容否认。"我为什么没有感到有什么节奏呢？"这也是事实，不容否认。我的苦心孤诣连自己也没有意识到的，却为董先生和盘托出。知己之感，油然而生。这决定了我一生的活动。从那以后，六十年来，我从事研究的是一些稀奇古怪的东西，与文章写作风马牛不相及。但是感情一受到剧烈的震动，所谓"心血来潮"，则立即拿起笔来，写点什么。至今已到垂暮之年，仍然是积习难除，锲而不舍。这同董先生的影响是绝对分不开的。我对董先生的知己之感，将伴我终生了。

高中毕业以后，到北京来念了四年大学，又回到母校济南高中教了一年国文，然后在欧洲待了将近十一年，1946年才回到祖国。在这长达二十多年的时间内，我一直没有同董秋芳老师通过信，也完全不知道他的情况。五十年代初，在民盟的一次会上，完全出我意料之外，我竟见到了董先生，看那样子，他已垂垂老矣。我激动得说不出话来，他也非常激动。但是我平生有一个弱点：不善于表露自己的感情。董先生看来也是如此。我们每个人心里都揣着一把火，表面上却颇淡漠，大有君子之交淡如水之概了。

我生平还有一个弱点，我曾多次提到过，这就是，我不喜欢拜访人。这两个弱点加在一起，就产生了致命的后果：我同我平生感激最深、敬意最大的老师的关系，看上去有点若即若离了。

不记得是什么时候了，董先生退休了，离开北京回到了老家绍兴。这时候大概正处在"十年浩劫"期间，我是泥菩萨过河，自身难保。自顾不暇，没有余裕来想到董先生了。

又过一些时候，听说董先生已经作古，乍听之下，心里震动得非常剧烈。一霎时，心中几十年的回忆、内疚、苦痛，蓦地抖动起来。我深自怨艾，痛悔无已。然而已经发生过的事情是无法挽回的。看来我只能抱恨终天了。

我虽然研究佛教，但是从来不相信什么生死轮回，再世转生。可是我现在真想相信一下。我自己屈指计算了一下，我这一辈子基本上是一个善人，坏事干过一点，但并不影响我的功德。下一生，我不敢，也不愿奢望转生为天老爷，但我定能托生为人，不至走入畜生道。董先生当然能转生为人，这不在话下。等我们两个隔世相遇的时候，我相信，我的两个弱点经过地狱的磨炼已经克服得相当彻底，我一定能向他表露我的感情，一定常去拜访他，做一个程门立雪的好弟子。

然而，这一些都是可能的吗？这不是幻想又是什么呢？"他生未卜此生休。"我怅望青天，眼睛里溢满了泪水。

1990 年 3 月 24 日

诗人兼学者的冯至（君培）先生

君培先生一向只承认自己是诗人，不是学者。但是众多的师友和学生，也包括我在内，却认为他既是诗人，也是学者。他把这两种多少有点矛盾的行当融汇于一身，而且达到了高度统一与和谐的境界。

他的抒情诗曾受到鲁迅先生的赞扬。可惜我对于新诗，虽然已经读了六十多年，却自愧缺少这方面的细胞，至今仍然处在幼儿园阶段，更谈不到登堂入室。因此，对冯先生的新诗，我不敢赞一词。

可是为什么我也认为他是诗人呢？我根据的是他的抒情散文。散文，过去也一度被称作"小品文"，英国的所谓 familiar essay，就是这种东西。这个文学品种，同诗歌、小说、戏剧一样，也是国际性的。但又与后三者不完全相同：并不是每一个文学大国散文都很发达。过去，一讲到散文，首先讲英国，其次算是法国。这个说法基本上是正确的。英国确实出了不少的散文大家，比如兰姆（C. Lamb）、G. 吉辛（G. Gissing）、"鸦片烟鬼"德·昆西（De Quincey）等等，近代还出了像切斯特顿（Chesterton）等这样的散文作家，灿如列星，辉耀文坛。在法国，蒙田是大家都熟悉的散文大家。至于德国、俄国等文学大国，散文作家则非常稀见。我个人认为，这恐怕与民族气质和思维方式有关。兹事体大，这里不详细讨论了。

我只想指出一点，过去一讲到散文，开口必言英国的中外学者们，忘记了一个事实：中国实际上是世界上最大的散文大国。他们五体投地、诚惶诚恐地匍匐在英国散文脚下，望穿秋水，把目光转向英国，却忘记了，远在天边，近在眼前，居散文魁首地位者非中国莫属。

中国旧日把一切典籍分为四类：经、史、子、集。"经"里面散文比较少见；"史"里面则大量存在，司马迁是最著名的例子；"子"几乎全属于散文范畴；"集"比起"子"来更有过之。我们平常所说的"唐宋八大家"，明朝末年的公安派和竟陵派，清朝的桐城派，等等，都是地地道道的散文。我们读过的《古文辞类纂》《古文观止》等等，不都是散文吗？不但抒情和写景的文章属于散文，连一些议论文，比如韩愈的《论佛骨表》，苏轼的《范增论》《留侯论》以及苏洵的《辨奸论》等等，都必须归入散文范畴，里面弥漫着相当浓厚的抒情气息。我们童而习之，至今尚能成诵。可是，对我来说，一直到了接近耄耋之年，才仿佛受到"天启"，豁然开朗：这不是散文又是什么呢？古诗说"踏破铁鞋无觅处，得来全不费工夫"，岂是之谓欤？

因此，我说：中国是世界的散文大国。

而冯至先生的散文，同中国近代许多优秀的散文大家的作品一样——诸如鲁迅、郁达夫、冰心、朱自清、茅盾、叶圣陶、杨朔、巴金等的散文，是继承了中国优秀散文传统的。里面当然也有西方散文的影响，在欧风美雨剧烈的震动下，不这样也是不可能的。但其基调以及神情韵味等，则是中国的。恐怕没有人能够完全否认这一点。在这一点上，中国近代的散文，同诗歌、小说、戏剧完全不一样，其中国味是颇为浓烈的。后三者受西方影响十分显著。试以茅盾、巴金等的长篇而论，它们从形式上来看，是同《红楼梦》接近呢，还是类似《战争与和平》？明眼人一望便知，几乎没有争辩的余地。至于曹禺的戏剧，更是形式上与易卜生毫无二致，这也是一个无可争辩的事实。我这一番话丝毫没有价值衡量的意味，我并不想说孰是孰非，孰高孰低，我只不过指出一个事实而已。但是，散文却与此迥乎不同。读了英国散文家的作品，再读上面谈到的那几位中国散文家的作品，立刻就会感到韵味不同。在外国，只有日本的散文颇有中国韵味。这大概同日本接受中国文学的影响，特别是中国禅宗哲学的影响是分不开的。

中国散文已经有了几千年的历史传统，各种不同的风格，各种不同的流派，纷然杂陈。中国历代的散文文苑，花团锦簇，姹紫嫣红，赛过三春的锦绣花园。但是，不管风格多么不同，却有一点是共同的：所有散文家都不是率尔而作，他们写作都是异常认真的，简练揣摩，惨淡经营，遣词造句，谋篇布局，起头结尾，中间段落，无不精心推敲，慎重下笔。这情景在中国旧笔记里有不少的记载。宋朝欧阳修写《昼锦堂记》，对于开头几句，再三斟酌，写完后派人送走，忽觉不妥，又派人快马加鞭，追了回来，重新改写，是有名的例子。

我个人常常琢磨这个问题。我觉得，中国散文最突出的特点是同优秀的抒情诗一样，讲究含蓄，讲究蕴藉，讲究意境，讲究神韵，言有尽而意无穷，也可以用"羚羊挂角"来做比喻。借用印度古代文艺理论家的话来说就是，没有说出来的比已经说出来的更为重要，更耐人寻味。倘若仔细分析一下近代中国散文家的优秀作品，这些特点都是有的，无一不能与我的想法相印证。这些都是来自中国传统，这一点是不容置疑的。可惜，我还没有看到过这样分析中国散文的文章。有人侈谈，散文的核心精神就在一个"散"字上，换句话说就是，愿意怎样写就怎样写，不愿意写下去了，就立刻打住。这如果不是英雄欺人，也是隔靴搔痒，没搔到痒处。在我们散文坛上，确有这样的文章。恕我老朽愚钝，我期期以为不可。古人确实有一些读之如行云流水的文章，但那绝非轻率从事，而是长期锻炼臻入化境的结果。我不懂文章三昧，只不过如此感觉；但是，我相信，我的感觉是靠得住的。

冯至先生的散文，我觉得，就是继承了中国优秀传统的。不能说其中没有一点西方的影响，但是根底却是中国传统。我每读他的散文，上面说的那些特点都能感觉到，含蓄、飘逸、简明、生动，而且诗意盎然，读之如食橄榄，余味无穷，三日口香。有一次，我同君培先生谈到《儒林外史》，他赞不绝口，同我的看法完全一样。《儒林外史》完全用白描的手法，语言简洁鲜明，讽刺不露声色，惜墨如金，而描绘入木三分，实为中国散文（就体裁来说，它是小说；就个别片段来说，它又是散文）之上品。

以冯先生这样一个作家而喜爱《儒林外史》，完全是顺理成章的。

　　总之，我认为冯先生的散文实际上就是抒情诗，是同他的抒情诗一脉相通的。中国诗坛的情况，我不清楚；从下面向上瞥了一眼，不甚了了。散文坛上的情况，多少知道一点。在这座坛上，冯先生卓然成家，同他比肩的散文作家没有几个。他也是我最喜欢的近代散文作家之一。可惜的是，像我现在这样来衡量他的散文的文章，还没有读到过，不能不说是一件憾事了。

　　对作为学者的君培先生，我也有我个人的看法。我认为，在他身上，作为学者和作为诗人是密不可分的。过去和现在都有专门的诗人和专门的学者，身兼二者又达到相当高的水平的人，却并不多见。冯先生就是这样一个人。作为学者，他仍然饱含诗人气质。这一点在他的研究选题上就充分显露出来。他研究中西两方面的文学，研究对象都是诗人：在中国是唐代大诗人杜甫，在欧洲是德国大诗人歌德，旁及近代优秀抒情诗人里尔克（Rilke）。诗人之外，除了偶尔涉及文艺理论外，很少写其他方面的文章。这一个非常简单明了的事实，非常值得人们去参悟。研究中外诗人当然免不了要分析时代背景，分析思想内容，这样的工作难免沾染点学究气。这些工作都诉诸人们的理智，而非人们的感情，摆脱学究气并不容易。可是冯先生却能做到这一点。他以诗人研究诗人，研究仿佛就成了创作。他深入研究对象的灵魂，他能看到或本能地领悟到其他学者看不到更领悟不到的东西，而又能以生花妙笔著成文章，同那些枯涩僵硬的高头讲章迥异其趣，学术论著本身就仿佛成了文学创作，诗意弥漫，笔端常带感情。读这样的学术论著，同读文学作品一样，简直是一种美的享受。

因此，我说，冯至先生是诗人又兼学者，或学者又兼诗人，他把这二者融于一体。

至于冯先生的为人，我又想说：诗人、学者、为人三位一体。中国人常说："文如其人"，或者"人如其文"。这两句话应用到君培先生身上，都是恰如其分的。我确实认为，冯先生是人文难分。他为人一向淳朴、正直、坦荡、忠实，待人以诚，心口如一。我简直无法想象会有谎言从他嘴里流了出来。他说话从不夸大，也不花哨；即之也温，总给人以实事求是的印象，而且几十年如一日，真可谓始终如一了。

君培先生长我六岁。我们都是搞德文起家，后来我转了向，他却一直坚持不懈。在国内，我们虽然不是一个大学，但是我们的启蒙老师却是一个人。他就是二三十年代北大德文系主任，同时又兼任清华的德文教授。因此，我们可以说是有同门之谊，我们是朋友。但是，我一向钦佩君培先生的学识，更仰慕其为人，我总把他当老师看待；因此，也可以说是师生。我在这里想借用陈寅恪师的一句诗："风义生平师友间。"我们相交将近五十年了。解放后，在一起开过无数次的会，在各种五花八门的场合下，我们聚首畅谈，我们应该说是彼此互相了解的。给我印象最深的是他套用李后主的词口吟的两句词："春花秋月何时了，开会知多少？"我听了以后，捧腹大笑，我的第一个想法就是：实获我心！有不少次开会，我们同住一个房间，上天下地，无所不谈。这更增强了我们彼此的了解。总之，一句话：在将近半个世纪内，我们相处得极为融洽。

君培先生八十五岁了。在过去，这已经是了不起的高寿，古人不是说"人生七十古来稀"吗？但是，到了今天，时移世转，应该改一个提法："人生九十今不稀。"这样才符合实际情况。我们现在祝人高寿，常说："长命百岁！"我想，这个说法不恰当。从前说"长命百岁"是表示期望，今天再说，就成了限制。人们为什么不能活过百岁呢？只说百岁，不是限制又是什么呢？因此，我现在祝君培先生高寿，不再说什么"长命百岁"，意思就是对他的寿限不加限制。我相信，他还能写出一些优秀的文章来的。我也相信而且期望他能活过这个限制期限。

1990 年 10 月 20 日写完

晚节善终　大节不亏

——悼念冯芝生（友兰）先生

芝生先生离开我们，走了。对我来说，这噩耗既在意内，又出意外。约莫三四个月以前，我曾到医院去看过他，实际上含有诀别的意味。但是，过了不久，他又奇迹般地出了院。后来又听说，他又住了进去。以九十五周岁的高龄，对医院这样几出几进，最后终于永远离开了医院，也离开了我们。难道说这还不是意内之事吗？

可是芝生先生对自己的长寿是充满了信心的。他在"八八自寿联"中写道：

何止于米？相期以茶。

胸怀四化，寄意三松。

"米寿"指八十八岁，"茶寿"指一百零八岁。他活到九十五岁，离"茶寿"还有十三年，当然不会满足的。去年，中国文化书院准备为他庆祝九十五岁诞辰，并举办国际学术讨论会。他坚持要到今年九十五周岁时举办。可见他信心之坚。他这种信心也感染了我们。我们都相信，他会创造奇迹的。今年的庆典已经安排妥帖，国内外请柬都已发出，再过一个礼拜，就要举行了。可惜他偏在此时离开了我们，使庆祝改为悼念。不说这是意外又是什么呢？

在芝生先生弟子一辈的人中，我可能是接触到冯友兰这个名字最早的人。1926 年，我在济南一所高中读书。这是一所文科高中。课程中除了中外语文、历史、地理、心理、伦理、《诗经》《书经》等等以外，还有一门人生哲学，用的课本就是芝生先生的《人生哲学》。我当时只有十五岁，既不懂人生，也不懂哲学。但是对这一门课的内容，颇感兴趣。从此芝生先生的名字，就深深地印在我的心中。我认为，他是一个高不可攀的大人物。屈指算来，现在已有六十四年了。

后来，我考进了清华大学，入西洋文学系。芝生先生是文学院院长。当时清华大学规定，文科学生必须选一门理科的课，逻辑学可以代替。我本来有可能选芝生先生的课，临时改变主意，选了金岳霖先生的课。因此我一生没有上过芝生先生的课。在大学期间，同他根本没有来往，只是偶尔听他的报告或者讲话而已。

时过境迁，我大学毕业后，当了一年高中国文教员，到欧洲去漂泊了将近十一年。抗日战争后，回到了祖国。由于陈寅恪先生的介绍，到北大来工作。这时芝生先生从大后方复员回到北平，仍然在清华任教。我们没有接触的机会，只是偶尔从别人口中得知芝生先生在西南联大时的情况，也有过一些议论。这在当时是难以避免的。至于真相究竟如何，谁也不去探究了。

不久就迎来了解放。据我的推测，芝生先生本来有资格到台湾去的。然而他留下没走，同我们共同度过了一段既感到光明、又感到幸福的时刻。至于他是怎样想的，我完全不知道。不管怎样，他的朋友和弟子们从此对他有了新的认识，这却是事实。他曾给毛泽东同志写过一封信，毛主席回复了一封比较长的信。"十年浩劫"期间，我听他亲口读过。他当时是异常激动的。此是后话，这里暂且不表了。

不久，我国政府组成了一个文化代表团，应邀赴印度和缅甸访问。这是新中国开国后第一个比较大型的出访代表团。团员中颇有一些声誉卓著、有代表性的学者、文学家和艺术家。丁西林任团长，郑振铎、陈翰笙、钱伟长、吴作人、常书鸿、张骏祥、周小燕等等，以及芝生先生都是团员，我也滥竽其中。秘书长是刘白羽。因为这个团很重要，周总理亲自关心组团的工作，亲自审查出国展览的图片。记得是，1951年整个夏天，我们都在做准备工作，最费事的是图片展览。我们到处拍摄、搜集能反映新中国新气象的图片，最后汇总在故宫里面的一个大殿里，满满的一屋子，请周总理最后批准。我们忙忙碌碌，过了一个异常紧张但又兴奋愉快的夏天。

那一年国庆节前，我们到了广州，参加了观礼活动。我们在广州又住了一段时间，将讲稿或其他文件译为英文，做好最后的准备工作。此时，广州解放时间不长，国民党的飞机有时还来骚扰，特务活动也时有所闻。我们出门，都有便衣怀藏手枪的保安人员跟随，暗中加以保护。我们一切都准备好后，便乘车赴香港，换乘轮船，驶往缅甸，开始了对天竺和缅甸的长达几个月的长征。……

从此以后，我们全团十几个人就马不停蹄，跋山涉水，几乎是一天换一个新地方，宛如走马灯一般，脑海里天天有新印象，眼前时时有新光景，乘船，乘汽车，乘火车，乘飞机，几乎看尽了春、夏、秋、冬四季风光，享尽了印缅人民无法形容的热情的款待。我不能忘记，我们曾在印度洋的海船上，看飞鱼飞跃；晚上在当空的皓月下，面对浩渺蔚蓝的波涛，追怀往事。我不能忘记，我们在印度闻名世界的奇迹泰姬陵上欣赏"琼楼玉宇，高处不胜寒"的奇景。我不能忘记，我们在亚洲大陆最南端科摩林海角沐浴大海，晚上共同招待在黑暗中摸黑走八十里路、目的只是想看一看中国代表团的印度青年。我不能忘记，我们在佛祖释迦牟尼打坐成佛的金刚座旁流连瞻谒，我从印度空军飞机驾驶员手中接过几片菩提树叶，而芝生先生则用口袋装了一点金刚座上的黄土。我不能忘记，我们在金碧辉煌的土邦王公的天方夜谭般的宫殿里，共同享受豪华晚餐，自己也仿佛进入了童话世界。我不能忘记，在缅甸茵莱湖上，看缅甸船主独脚划船。我不能忘记，我们在加尔各答开着电风扇，啃着西瓜，度过新年。我不能忘记的事情太多太多了，怎么说也是说不完的。一想起印缅之行，我脑海里就成了万花筒，光怪陆离，五彩缤纷。中间总有芝生先生的影子在，他长须飘胸，道貌岸然。其他团员也都各具特点，令人忆念难忘。这情景，当时已道不寻常，何况现在事后追思呢！

根据解放后一些代表团出国访问的经验，在团员与团员之间的关系方面，往往可以看出三个阶段。初次聚在一起时，大家都和和睦睦，客客气气。后来逐渐混熟了，渐渐露出真面目，放言无忌。到了后期，临解散以前，往往又对某一些人心怀不满，胸有芥蒂。这个三段论法，真有点厉害，常常真能兑现。

　　但是，我们的团却不是这个样子。

　　我们自始至终，都是能和睦相处的。我们团中还产生了一对情侣，后来有情人终成了眷属。可见气氛之融洽。在所有的团员和工作人员中，最活跃的是郑振铎先生。他身躯高大魁梧，说话声音洪亮。虽然已经渐入老境，但不失其赤子之心。他同谁都谈得来，也喜欢开个玩笑，而最爱抬杠。团中爱抬杠者，大有人在。代表团成立了一个"抬杠协会"，简称"杠协"。大家想选一个会长，领袖群伦。于是月旦群雄，最后觉得郑先生喜抬杠，而不自知其为抬杠，已经达到抬杠圣境，圆融无碍，大家一致推选他为"杠协"会长。在他领导之下，团中"杠"业发达，皆大欢喜。

　　郑先生同芝生先生年龄相若，而风格迥异。芝生先生看上去很威严，说话有点口吃。但有时也说点笑话，足证他是一个懂得幽默的人。郑先生开玩笑的对象往往就是芝生先生。他经常喊芝生先生为"大胡子"，不时说些开玩笑的话。有一次，理发师正给芝生先生刮脸，郑先生站在旁边起哄，连声对理发师高呼："把他的络腮胡子刮掉！"理发师不知所措，一失手，真把胡子刮掉一块。这时候，郑先生大笑，旁边的人也陪着哄笑。然而芝生先生只是微微一笑，神色不变，可见先生的大度包容的气概。

《世说新语》载："王子猷、子敬曾俱坐一室，上忽发火。子猷遽走避，不惶取屐。子敬神色恬然，徐唤左右，扶凭而出，不异平常。世以此定二王神宇。"芝生先生的神宇有点近似子敬。

上面举的只是一件微末小事。但是由小可以见大。总之，我们的代表团就是在这种熟悉而不亵渎、亲切而互相尊重的气氛中共同生活了半年。我得以认识芝生先生，也是在这一段时期内的事。屈指算来，到现在也近四十年了。

对于芝生先生的专门研究领域，中国哲学史，我几乎完全是一个门外汉，不敢胡言乱语。但是他治中国哲学史的那种坚韧不拔的精神，我却是能体会到的，而且是十分敬佩的。为了这一门学问，他不知遭受了多少批判。他提倡的道德抽象继承论，也同样受到严厉的诡辩式的批判。但是，他能同时在几条战线上应战，并没有被压垮。他坚持真理，修正错误，不惜以今日之我非昨日之我，经常在修订他的《中国哲学史》，我说不清已经修订过多少次了。我相信，倘若能活到一百零八岁，他仍然是要继续修订的。只是这一点精神，难道还不值得我们认真学习吗？

芝生先生走过了九十五年的漫长的人生道路。九十五岁几乎等于一个世纪。自从公元建立后，至今还不到二十个世纪。芝生先生活了公元的二十分之一，时间够长的了。他一生经历了清代、民国、洪宪、军阀混乱、国民党统治、抗日战争，一直迎来了解放。道路并不总是平坦的，有阳关大道，也有独木小桥，曲曲折折，坎坎坷坷。然而芝生先生以他那奇特的乐观精神和适应能力，不断追求真理，追求光明，忠诚于自己的学术事业，热爱祖国，热爱祖国的传统文化，终于走完了人生长途，仰不愧于天，俯不怍于地。我们可以说他晚节善终，大节不亏。他走了一条中国老知识分子应该走的道路。在他身上，我们是可以学习到很多东西的。

芝生先生！你完成了人生的义务，掷笔去世，把无限的怀思留给了我们。

芝生先生！你度过漫长疲劳的一生，现在是应该休息的时候了。你永远休息吧！

1990 年 12 月 3 日

我的老师们[①]

在深切怀念我的两个不在眼前的母亲的同时，在我眼前那一些德国老师，就越发显得亲切可爱了。

在德国老师中同我关系最密切的当然是我的 Dokto–Vater（博士父亲）瓦尔德施密特教授。我同他初次会面的情景，我在上面已经讲了一点。他给我的第一个印象是，他非常年轻。他的年龄确实不算太大，同我见面时，大概还不到四十岁吧。他穿一身厚厚的西装，面孔是孩子似的面孔。我个人认为，他待人还是彬彬有礼的。德国教授多半都有点教授架子，这是他们的社会地位和经济地位所决定的，是不以人的意志为转移的。后来听说，在我以后的他的学生们都认为他很严厉。据说有一位女士把自己的博士论文递给他，他翻看了一会儿，一下子把论文摔到地下，愤怒地说道："Das ist aber alles Mist！（这全是垃圾，全是胡说八道！）"

---

① 此篇选自《留德十年》第二十一节。——编者注

这位小姐从此耿耿于怀，最终离开了哥廷根。

我跟他学了十年，应该说，他从来没有对我发过脾气。他教学很有耐心，梵文语法抠得很细。不这样是不行的，一个字多一个字母或少一个字母，意义方面往往差别很大。我以后自己教学生，也学他的榜样，死抠语法。他的教学法是典型的德国式的。记得是德国19世纪的伟大东方语言学家埃瓦尔德（Ewald）说过一句话："教语言比如教游泳，把学生带到游泳池旁，把他往水里一推，不是学会游泳，就是淹死，后者的可能是微乎其微的。"瓦尔德施密特采用的就是这种教学法。第一二两堂课，念一念字母。从第三堂课起，就读练习，语法要自己去钻。我最初非常不习惯，准备一堂课，往往要用一天的时间。但是，一个学期四十多堂课，就读完了德国梵文学家施滕茨勒（Stenzler）的教科书，学习了全部异常复杂的梵文文法，还念了大量的从梵文原典中选出来的练习。这个方法是十分成功的。

瓦尔德施密特教授的家庭，最初应该说是十分美满的。夫妇二人，一个上中学的十几岁的儿子。有一段时间，我帮助他翻译汉文佛典，常常到他家去，同他全家一同吃晚饭，然后工作到深夜。餐桌上没有什么人多讲话，安安静静。有一次他笑着对儿子说道："家里来了一个中国客人，你明天大概要在学校里吹嘘一番吧？"看来他家里的气氛是严肃有余，活泼不足。他夫人也是一个不大爱说话的人。

后来，大战一爆发，他自己被征从军，是一个什么军官。不久，他儿子也应征入伍。过了不太久，从1941年冬天起，东部战线胶着不进，相持不下，但战斗是异常激烈的。他们的儿子在北欧一个国家阵亡了。我现在已经忘记了夫妇俩听到这个噩耗时反应如何。按理说，一个独生子幼年战死，他们的伤心可以想见。但是瓦尔德施密特教授是一个十分刚强的人，他在我面前从未表现出伤心的样子，他们夫妇也从未同我谈到此事。然而活泼不足的家庭气氛，从此更增添了寂寞冷清的成分，这是完全可以想象的了。

在瓦尔德施密特被征从军后的第一个冬天，他预订的大剧院的冬季演出票，没有退掉。他自己不能观看演出，于是就派我陪伴他夫人观看，每周一次。我吃过晚饭，就去接师母，陪她到剧院。演出有歌剧，有音乐会，有钢琴独奏，有小提琴独奏等等；演员都是外地或国外来的，都是赫赫有名的人物。剧场里灯火辉煌，灿如白昼；男士们服装笔挺，女士们珠光宝气，一片升平祥和气象。我不记得在演出时遇到空袭，因此不知道敌机飞临上空时场内的情况。但是散场后一走出大门，外面是完完全全的另一个世界，顶天立地的黑暗，由于灯火管制，不见一缕光线。我要在这任何东西都看不到的黑暗中，送师母摸索着走很长的路到山下她的家中。一个人在深夜回家时，万籁俱寂，走在宁静的长街上，只听到自己脚步的声音，跫然而至。但此时正是乡愁最浓时。

我想到的第二位老师是西克（Sieg）教授。

他的家世，我并不清楚。到他家里，只见到老伴一人，是一个又瘦又小的慈祥的老人。子女或什么亲眷，从来没有见过。看来是一个非常孤寂清冷的家庭，尽管老夫妇情好极笃，相依为命。我见到他时，他已经早越过了古稀之年。他是我平生所遇到的中外各国的老师中对我最爱护、感情最深、期望最大的老师。一直到今天，只要一想到他，我的心立即剧烈地跳动，老泪立刻就流满全脸。他对我传授知识的情况，上面已经讲了一点，下面还要讲到。在这里我只讲我们师徒二人相互间感情深厚的一些情况。为了存真起见，我仍然把我当时的一些日记，一字不改地抄在下面。

1940 年 10 月 13 日

昨天买了一张 Prof. Sieg 的相片，放在桌子上，对着自己。这位老先生我真不知道应该怎样感激他。他简直有父亲或者祖父一般的慈祥。我一看到他的相片，心里就生出无穷的勇气，觉得自己对梵文应该拼命研究下去，不然简直对不住他。

1941 年 2 月 1 日

五点半出来，到 Prof. Sieg 家里去。他要替我交涉增薪，院长已答应。这真是意外的事。我真不知道应该怎样感谢这位老人家，他对我好得真是无微不至，我永远不会忘记！

原来他发现我生活太清苦，亲自找文学院院长，要求增加我的薪水。其实我的薪水是足够用的，只因我枵腹买书，所以就显得清苦了。

1941 年，我一度想设法离开德国回国。我在 10 月 29 日的日记里写道：

> 十一点半，Prof. Sieg 去上课。下了课后，我同他谈到我要离开德国，他立刻兴奋起来，脸也红了，说话也有点震颤了。他说，他预备将来替我找一个固定的位置，好让我继续在德国住下去，万没想到我居然想走。他劝我无论如何不要走，他要替我设法同 Rektor（大学校长）说，让我得到津贴，好出去休养一下。他简直要流泪的样子。我本来心里还有点迟疑，现在又动摇起来了。一离开德国，谁知道哪一年再能回来，能不能回来？这位像自己父亲一般替自己操心的老人十九是不能再见了。我本来容易动感情，现在更控制不住自己，很想哭上一场。

像这样的情况，日记里还有一些，我不再抄录了。仅仅这三则，我觉得，已经完全能显示出我们之间的关系了。还有一些情况，我在下面谈吐火罗文的学习时再谈，这里暂且打住。

我想到的第三位老师是斯拉夫语言学教授布劳恩（Braun）。他父亲生前在莱比锡大学担任斯拉夫语言学教授，他可以说是家学渊源，能流利地说许多斯拉夫语。我见他时，他年纪还轻，还不是讲座教授。由于年龄关系，他也被征从军。但他根本没有上过前线，只是担任翻译，是最高级的翻译。苏联一些高级将领被德军俘虏，希特勒等法西斯头子要亲自审讯，想从中挖取超级秘密。担任翻译的就是布劳恩教授，其任务之重要可想而知。他每逢休假回家的时候，总高兴同我闲聊他当翻译时的一些花絮，很多是德军和苏军内部最高领导层的真实情况。他几次对我说，苏军的大炮特别厉害，德国难望其项背。这是德国方面从来没有透露过的极端机密，给我留下了深刻的印象。

他的家庭十分和美。他有一位年轻的夫人，两个男孩子，大的叫安德烈亚斯，约有五六岁，小的叫斯蒂芬，只有二三岁。斯蒂芬对我特别友好，我一到他家，他就从远处飞跑过来，扑到我的怀里。他母亲教导我说："此时你应该抱住孩子，身子转上两三圈，小孩子最喜欢这玩意儿！"教授夫人很和气，好像有点愣头愣脑，说话直爽，但有时候没有谱儿。

布劳恩教授的家离我住的地方很近，走二三分钟就能走到。因此，我常到他家里去玩。他有一幅中国古代的刺绣，上面绣着五个大字：时有溪山兴。他要我翻译出来。从此他对汉文产生了兴趣，自己买了一本汉德字典，念唐诗。他把每一个字都查出来，居然也能讲出一些意思。我给他改正，并讲一些语法常识。对汉语的语法结构，他觉得既极怪而又极有理，同他所熟悉的印欧语系语言迥乎不同。他认为，汉语没有形态变化，也可能是优点，它能给读者以极大的联想自由，不像印欧语言那样被形态变化死死地捆住。

他是一个多才多艺的人，擅长油画。有一天，他忽然建议要给我画像。我自然应允了，于是有比较长的一段时间，我天天到他家里去，端端正正地坐在那里，当模特儿。画完了以后，他问我的意见。我对画不是内行，但是觉得画得很像我，因此就很满意了。在科学研究方面，他也表现了他的才艺。他的文章和专著都不算太多，他也不搞德国学派的拿手好戏：语言考据之学。用中国的术语来说，他擅长义理。他有一本讲19世纪沙俄文学的书，就是专从"义理"方面着眼，把列夫·托尔斯泰和陀思妥耶夫斯基列为两座高峰，而展开论述，极有独特的见解，思想深刻，观察细致，是一部不可多得的著作。可惜似乎没有引起多少注意。我都觉得有寂寞冷落之感。

总之，布劳恩教授在哥廷根大学是颇为不得志的。正教授没有份儿，哥廷根科学院院士更不沾边儿。有一度，他告诉我，斯特拉斯堡大学有一个正教授缺了人，他想去，而且把我也带了去。后来不知为什么，没有实现。一直到四十多年以后我重新访问西德时，我去看他，他才告诉我，他在哥廷根大学终于得到了一个正教授的讲座，他认为可以满意了。然而他已经老了，无复年轻时的潇洒英俊。我一进门他第一句话说是："你晚来了一点，她已经在月前去世了！"我知道他指的是谁，我感到非常悲痛。安德烈亚斯和斯蒂芬都长大了，不在身边。老人看来也是冷清寂寞的。在西方社会中，失掉了实用价值的老人，大多如此。我欲无言了。去年听德国来人说，他已经去世。我谨以心香一瓣，祝愿他永远安息！

我想到的第四位德国老师是冯·格林（Dr. Von Grimm）博士。据说他是来自俄国的德国人，俄文等于是他的母语。在大学里，他是俄文讲师。大概是因为他从来没有发表过什么学术论文，所以连副教授的头衔都没有。在德国，不管你外语多么到家，只要没有学术著作，就不能成为教授。工龄长了，工资可能很高，名位却不能改变。这一点同中国是很不一样的。中国教授贬值，教授膨胀，由来久矣。这也算是中国的"特色"吧。反正冯·格林始终只是讲师。他教我俄文时已经白发苍苍，心里总好像是有一肚子气，终日郁郁寡欢。他只有一个老伴，他们就住在高斯－韦伯楼的三楼上。屋子极为简陋。老太太好像终年有病，不大下楼。但心眼极好，听说我患了神经衰弱症，夜里盗汗，特意送给我一个鸡蛋，补养身体。要知道，当时一个鸡蛋抵得上一个元宝，在饿急了的时候，鸡蛋能吃，而元宝则不能。这一番情意，我异常感激。冯·格林博士还亲自找到大学医院的内科主任沃尔夫（Wolf）教授，请他给我检查。我到了医院，沃尔夫教授仔仔细细地检查过以后，告诉我，这只是神经衰弱，与肺病毫不相干。这一下子排除了我的一块心病，如获重生。这更增加了我对这两位孤苦伶仃的老人的感激。离开德国以后，没有能再见到他们，想他们早已离开人世了，却永远活在我的心中。

我回想起来的老师当然不限于以上四位，比如阿拉伯文教授冯·素顿（Von Soden），英文教授勒德（Roeder）和怀尔德（Wilde），哲学教授海泽（Heyse），艺术史教授菲茨图姆（Vitzthum）侯爵，德文教授麦伊（May），伊朗语教授欣茨（Hinz）等等，我都听过课或有过来往，他们待我亲切和蔼，我都永远不会忘记。我在这里就不一一叙述了。

1991 年 5 月

记周培源先生

如果论资排辈，周培源先生应该算是我的老师。说话为什么这样绕弯子呢？原因是，我于1930年考入清华大学，当时周先生是清华教授。但是，我学的是西洋文学系，而周先生则是物理教授，并无任何接触。只是有时在校园中林荫路上看到周先生伉俪走过而已。当时教授在社会上地位极高，待遇优厚，而且进可以官，退可以学，在我们青年学生眼中，望之如神仙中人。

一直到1952年院系调整，清华理科归入北大，周先生自国外归来，参加了北大的工作。间有机会同他一起开会。但仍然由于行当不同，而从无过从。我对周先生的了解同二十多年以前相比，增加得微乎其微。不过，从他的言谈举止中，从别人对他的评论中，我渐渐发现，周先生其实是一个很有个性，很有骨气，很有正义感，能明辨大是大非的人，一个一身正气、两袖清风的人。

我真正认识周先生是在一个非常不正常的情况下，是在"十

91

年浩劫"中。"浩劫"开始时一阵混乱过后，"群众组织"逐渐合并成两大派，这与全国形势是完全相适应的。两大派一个叫所谓"天派"，一个叫所谓"地派"。北大的两大派的名称是"新北大公社"（天）和"井冈山"（地）。从整个运动过程来看，这两大派都搞打砸抢，都乱抓无辜，都压迫真正的群众，真正是难兄难弟，枣木球一对，无法评论其是非优劣。但是从北大的具体情况来看，领导新北大公社的是那一位臭名昭著的"老佛爷"，打出江青的旗号，横行霸道，炙手可热。她掌握了全校的行政财政大权，迫害异己。我与此人打过多年交道，深知她不学无术，语无伦次，然而却心狠手辣。想要反对她，需要有一点牺牲精神。

我在运动初期不可避免地被打成"反动学术权威"。经过了一阵阵的惊涛骇浪，算是平安地过了关。虽然仍然被工作组划在"临界线"上，但究竟属于人民内部，满可以逍遥自在了。

但我是一个颇爱打点抱不平的人；虽然做不到"路见不平，拔刀相助"的程度，有时候也抑制不住自己，惹点小乱子。对于这一位"老佛爷"的所作所为，我觉得它不符合"毛主席的革命路线"。其实我也并不真懂什么是"革命路线"。我只觉得她对群众的态度不对头。于是我便有点"蠢蠢欲动"了。

出乎我的意料，又似乎是在意料之内，周培源先生也挺身而出，而且干脆参加了反"老佛爷"的组织，并且成为领导成员。在这期间，我一次也没有在私下见过周先生。他为什么这样做，我毫无所知。只记得北大两大派在大饭厅（今天的大讲堂）中举行过一次公开的辩论，两派的领导都坐在讲台上。周先生也俨然坐在那里，而且还发了言。他的岁数最大，地位最高，以一个白发盈巅的老人，同一群后生坐在一起，颇有点滑稽。然而我心里却是充满了敬意的：周先生的一身正气在这里流露得淋漓尽致。后来，"老佛爷"大概对周先生这样一位有威望的教授起来反对自己极为不安，于是唆使亲信对周先生大肆攻击。"十年浩劫"中对立派之间罗织罪名，耍弄刀笔，达到了惊人的程度，这是大家都知道的事实。"老佛爷"对周先生当然更是施出了全身解数，诬陷污蔑。我得知，周先生参加的组织竟也为周先生立了专案组，调查他的一生行动。我当时真感到心里不是滋味。此事周先生恐怕至今也不知道。我在这里不想责怪任何人。大家都是在形势所迫下进行思考，进行活动的。

我呢，我也上了牛劲，终于经过长期的反复的考虑与观察，抱着"粉身碎骨在所不辞"的决心，"自己跳了出来"，也参加了那个反"老佛爷"的组织。这一跳不打紧，一跳就跳进了牛棚，几乎把老命给赔上。

有一天，我奉到牢头禁子（官名叫"监改人员"）之命，不要我出去参加劳动，要我在棚里等候批斗，不是主角，是"陪斗"，等于旧社会的"陪绑"，是一种十分残酷的刑罚。对于被批斗，尽管我已是"老手"，什么呼口号，喊"打倒"，发言批判，满嘴捏造，我能够坐在"喷气式"上置若罔闻；但是，坐"喷气式"，挨耳光，拳打脚踢，有时被打得鼻青脸肿，有人往脸上唾而又唾面自干，我却还真有点不寒而栗。当牢头禁子，带着满嘴的"国骂"向我下达命令时，我心里真有点哆嗦。我已失去一切自由，连活着的自由在内，我只有低头应命，如坐针毡似的等在牛棚里。

但是，一直到中午，也没有人来押解我。后来，有的难友悄悄告诉我说，"老佛爷"夜里抄了周先生的家——尽管周先生是中央明令要保护的人，"老佛爷"也胆敢违抗——周先生大概事前得到消息，躲到什么地方去了，没有被"揪"住。"老佛爷"的如意算盘是，"揪"住以后，大规模批斗，知道我同周先生的关系，才让我陪斗。我真有点后怕，如果当时周先生真被"揪"住，批斗起来，其声势之猛烈，概可想见了。在当天下午被押解着出来劳动时，我看到地上、墙上写满了"打倒猪配猿"一类的口号，想见"老佛爷"等辈咬牙切齿之状。

"浩劫"的风暴逐渐平静。我听说，中央某一个领导人向周先生提了意见，周先生在某一个场合做了点自我批评。这可能只是传闻，确否我不敢说。至于我，没有什么人提出意见，我不想在这方面做什么检查。我一生做的事自己满意的不多。我拼着老命反"老佛爷"一事，是我最满意的事情之一，它证明我还是一个有正义感的人，不是一个贪生怕死的胆小鬼。

风暴过后，我同周先生的接触多了。我们从来没谈过我上面说的那些事情。过去的就让它过去吧！但是，周先生的一身正气、两袖清风的风范却日益引起我的敬佩，是我一生学习的好榜样。

前两年，周先生曾重病过一次。然而却奇迹般地恢复了健康，又忙忙碌碌地从事各种活动了。我现在借用冯友兰先生的两句话来为周培源先生祝愿："何止于米？相期以茶。"

1991 年 10 月 5 日

哭冯至先生

对我来说，真像是晴空一声霹雳：冯至先生走了，永远永远地走了。

要说我一点都没有想到，也不是的。他毕竟已是达到了"米寿"高龄的人了。但是，仅仅在一个多月以前，我去看过他。我看他身体和精神都很好，心中暗暗欣慰。他告诉我说，他不大喜欢有一些人去拜访他。但我是例外。他再三想把我留住。情真意切，见于辞色。可是我还有别的事，下了狠心辞别。我同他约好，待到春暖花开之时，接他到燕园里住上几天，会一会老朋友，在园子里漫游一番，赏一赏他似曾相识的花草树木。我哪里会想到，这是我们长达半个多世纪的友谊的最后一次谈话。如果我当时意识到的话，就是天大的事，我也会推掉的，陪他谈上几个小时，可是我离开了他。如今一切都成为过去。晚了，晚了，悔之晚矣！我将抱恨终天了！

我认识冯至先生的过程，现在回想起来，仿佛已经成了历史。他长我六岁，我们不可能是同学，因此在国内没有见过面。当我到德国去的时候，他已经离开那里，因此在国外也没有能见面。但是，我在大学念书的时候，就读过他的抒情诗，对那一些形神俱臻绝妙的诗句，我无限向往，无比喜爱。鲁迅先生赞誉他为"中国最优秀的抒情诗人"，我始终认为这是至理名言。因此，对抒情诗人的冯至先生，我真是心仪已久了。

但是，一直到1946年，我们才见了面。这时，我从德国回来，在北京大学东语系任教，冯先生在西语系，两系的办公室紧挨着，见面的机会就多了。

在这期间，给我留下印象最深的，不是北大的北楼，而是中德学会所在地，一所三进或四进的大四合院。这里房屋建筑，古色古香。虽无曲径通幽之趣，但回廊重门也自有奇趣。院子很深，"庭院深深深几许"，把市声都阻挡在大门外面。院子里静如古寺，一走进来，就让人觉得幽寂怡性。冯至先生同我，还有一些别的人，在这里开过许多次会。我在这里遇到了许多人，比如毕华德、张星烺、袁同礼、向达等等，现在都已作古。但是，对这一段时间的回忆，却永远不会消逝。

很快就到了1948年冬天，解放军把北京团团围住。北大一些教授，其中也有冯先生，在沙滩孑民堂里庆祝校庆，城外炮声隆隆，大家不无幽默地说，这是助庆的鞭炮。可见大家并没有身处危城中的恐慌感，反而有所期望，有所寄托。校长胡适乘飞机仓皇逃走，只有几个教授与他同命运，共进退。其余的都留下了，等待解放军进城。冯先生就是其中之一。

过去，我常常想，也常常说，对中国旧社会的知识分子来说，解放是一场严峻的考验，是大节亏与不亏的考验。在这一点上说，冯至先生是大节不亏的。但是，我想做一点补充或者修正。由于政治信念不同，当时离开大陆的也不见得都是大节有亏的。在这里，标准只有一个，就是看他爱不爱国。只要爱我们伟大的祖国，待在哪里，都无亏大节。爱国无分先后，革命不计迟早。这是我现在的想法。

总之，在这考验的关头，冯至先生留下来了，我也留下来了，许许多多的教授都留下来了。我们共同度过一段欢喜、激动、兴奋、甜美的日子。

跟着来的是长达四十年的漫长的开会时期。记得五十年代在一次会上，周扬同志笑着对我们说："国民党的税多，共产党的会多。"冯至先生也套李后主的词说："春花秋月何时了？开会知多少！"他们二位并没有什么恶意，但是从他们的苦笑中也可以体会出一点苦味，难道不是这样吗？

幸乎？不幸乎？他们两位的话并没有错，在我同冯至先生长达四十多年的友谊中，我对他的回忆，几乎都同开会联在一起。

常言道："时势造英雄。"解放这一个时势，不久就把冯至先生和我都造成了"英雄"。不知怎样一来，我们俩都成了"社会活动家"，甚至"国际活动家"，都成了奔走于国内外的开会的"英雄"。我是一个性格内向的人，最怕同别人打交道。我看，冯先生同我也是"伯仲之间见伊吕"，他根本不是一个交际家。如果他真正乐此不疲的话，他就不会套用李后主的词来说"怪话"。这一点是用不着怀疑的。

开会之所以多，就是因为解放后集会结社，名目繁多。什么这学会，那协会；这理事会，那委员会；这人民代表大会，那政治协商会议，种种称号，不一而足。冯先生和我既然都是"社会活动家"，那就必须"活动"。又因为我们两个的行当有点接近，在社会上所处的地位，又有点相似，因此就经常"活动"到一起来了。我有时候胡思乱想：冯先生和我如果不是"社会活动家"的话，我们见面的机会就会减少百分之八九十，我们的友谊就会向另外一个方向发展了。仅仅为了这一点，我也要感谢"会多"。

我们俩共同参加的会，无法一一列举，仅举其荦荦大者，就有《世界文学》编委会、中国作家协会、全国人民代表大会、国务院学位委员会、《中国大百科全书·外国文学卷》编委会、中国外国文学研究会、中国社会科学院文学研究所学术委员会、外国文学研究所学术委员会，等等，等等。我们的友谊就贯串在这些五花八门的会中，我的回忆也贯串在这些五花八门的会中。

我不能忘记那奇妙的莫干山。有一年，《中国大百科全书·外国文学卷》编委会在这里召开。冯先生是这一卷的主编，我是副主编，我们俩都参加了。莫干山以竹名，声震神州。我这个向来不作诗的"非诗人"，忽然得到了灵感，居然写了四句所谓"诗"："莫干竹世界，遍山绿琅玕。仰观添个个，俯视惟团团。"可见竹子给我的印象之深。在紧张地审稿之余，我同冯先生有时候也到山上去走走。白天踏着浓密的竹影，月夜走到仿佛能摸出绿色的幽篁里；有时候在细雨中，有时候在夕阳下。我们随意谈着话，有的与审稿有关，有的是上天下地，无所不谈。

这一段回忆是美妙绝伦的，终生难忘。

我不能忘记那令人发思古之幽情的西安丈八沟国宾馆。西安是中国古代几个朝代的都会，到了唐代，西安简直成了全世界的文化、政治和经济的中心，大量的外国人住在那里。唐代诗歌又是中国文学史上的一个黄金时期的产品。今天到了西安，只要稍一留意，就会发现到处都是唐诗的遗迹。谁到了灞桥，到了渭水，到了那一些什么"原"，不会立刻就联想到唐代许多脍炙人口的诗句呢？西安简直是一座诗歌的城市，一座历史传说的城市，一座立即让人发思古之幽情的城市。丈八沟这地方，杜甫诗中曾提到过。冯至先生个人是诗人，又是研究杜甫诗歌的专家。他到了西安，特别是到了丈八沟，大概体会和感受应该比别人更多吧。我们这一次是来参加中国外国文学研究会的年会的，工作也是颇为紧张的。但是，同在莫干山一样，在紧张之余，我们也间或在这秀丽幽静的宾馆里散一散步。这里也有茂林修竹，荷塘小溪。林中，池畔，修竹下，繁花旁，留下了我们的足踪。

这一段回忆是美妙绝伦的，终生难忘。

够了，够了，往事如云如烟。像这样不能忘记的回忆，真是太多太多了。像这些不能忘记的地方和事情，也真是太多太多了，多到我的脑袋好像就要爆裂的程度。现在，对我来说，每一个这样的回忆，每一件这样的事情，都仿佛成了一首耐人寻味的抒情诗。

所有这一些抒情诗都是围绕着一个人而展现的，这个人就是冯至先生。

在长达半个多世纪的友谊中，我们虽为朋友，我心中始终把他当老师来看待。借用先师陈寅恪先生的一句诗，就是"风义平生师友间"。经过这样长时间的亲身感受，我发现冯先生是一个非常可爱，非常可亲近的人。他淳朴，诚恳，不会说谎，不会虚伪，不会吹牛，不会拍马，待人以诚，同他相处，使人如坐春风中。我从来没有见他发过脾气。前几天，我到医院去看他的时候，他女儿姚平告诉我说，有时候她爸爸在胸中郁积了一腔悲愤，一腔不悦，女儿说："你发一发脾气嘛！一发不就舒服了吗？"他苦笑着说："你叫我怎样学会发脾气呢？"

冯至先生就是这样一个平凡而又奇特，这样一个貌似平凡实为不平凡的人。

古人说："人生得一知己，足矣。"我生性内向，懒于应对进退，怯于待人接物。但是，在八十多年的生命中，也有几个知己。我个人认为，冯至先生就是其中之一。在漫长的开会历程中，有多次我们住在一间屋中。我们几乎是无话不谈，对时事，对人物，对社会风习，对艺坛奇闻，我们的意见完全一致，几乎没有丝毫分歧。我们谈话，从来用不着设防。我们直抒胸臆，尽兴而谈。自以为人生幸福，莫大于此。我们的友谊之所以历久不衰，而且与时俱增，原因当然就在这里。

两年前，我的朋友和学生一定要为我庆祝八十诞辰。我提出来了一个条件：凡是年长于我的师友，一律不通知，不邀请。冯先生当然是在这范围以内的。然而，到了开会的那一天，大会就要开始时，冯先生却以耄耋之年，跋涉长途，从东郊来到西郊，来向我表示祝贺。我坐在主席台上，瞥见他由人搀扶着走进会场，我一时目瞪口呆，万感交集。我连忙跳下台阶，双手扶他上来。他讲了许多鼓励的话，优美得像一首抒情诗。全场四五百人掌声雷动，可见他的话拨动了听众的心弦。此情此景，我终生难忘。那一次会上，还来了许多年长于我或少幼于我的老朋友，比如吴组缃（他是坐着轮椅赶来的）、许国璋等等，情谊深重，连同所有的到会的友人，包括我家乡聊城和临清的旧雨新交，我都终生难忘。我是一个拙于表达但在内心深处极重感情的人。我所有的朋友对我这样情深意厚的表示，在我这貌似花样繁多而实单调、貌似顺畅而实坎坷的生命上，涂上了一层富有生机、富于情谊的色彩，我哪里能够忘记呢？

近几年来，我运交华盖，连遭家属和好友的丧事。人到老年，旧戚老友，宛如三秋树叶，删繁就简，是自然的事。但是，就我个人来说，几年之内，连遭大故，造物主——如果真有的话——不也太残酷了吗？我哭过我们全家敬爱的老祖，我哭过我的亲生骨肉婉如，我哭过从清华大学就开始成为朋友的乔木。我哪里会想到，现在又轮到我来哭冯至先生！"白发人哭黑发人"固然是人生之至痛，但"白发人哭白发人"，不也是同样地惨痛吗？我觉得，人们的眼泪不可能像江上之清风与山间之明月，取之不尽用之不竭。几年下来，我的泪库已经干涸了，再没有眼泪供我提取了。

然而，事实上却不是这样，完全不是这样。前几天，在医院里，我见了冯先生最后一面。他虽然还活着，然而已经不能睁眼，不能说话。我顿感，毕生知己又弱一个。我坐在会客室里，泪如泉涌，我准备放声一哭。他的女儿姚平连声说："季伯伯！你不要难过！"我调动起来了自己所有剩余的理智力量，硬是把痛哭压了下去。脸上还装出笑容，甚至在泪光中做出笑脸。只有我一个人知道：我的泪都流到肚子里去了。为了冯至先生，我愿意把自己泪库中的泪一次提光，使它成为我一生中最后的一次痛哭。

呜呼！今生已矣。如果真有一个来生，那会有多么好。

1993 年 2 月 24 日

回忆陈寅恪先生

别人奇怪，我自己也奇怪：我写了这样多的回忆师友的文章，独独遗漏了陈寅恪先生。这究竟是为什么呢？对我来说，这是事出有因，查亦有据的。我一直到今天还经常读陈先生的文章，而且协助出版社出先生的全集。我当然会时时想到寅恪先生。我是一个颇为喜欢舞笔弄墨的人，想写一篇回忆文章，自是意中事。但是，对先生的回忆，我认为是异常珍贵的，超乎寻常地神圣的。我希望自己的文章不要玷污了这一点神圣性，故而迟迟不敢下笔。到了今天，北大出版社要出版我的《怀旧集》，已经到了非写不行的时候了。

要论我同寅恪先生的关系，应该从六十五年前的清华大学算起。我于1930年考入国立清华大学，入西洋文学系（不知道从什么时候起改名为外国语文系）。西洋文学系有一套完整的教学计划，必修课规定得有条有理，完完整整。但是给选修课留下的时间却是很富裕的，除了选修课以外，还可以旁听或者偷听，教师不以为忤，学生各得其乐。我曾旁听过朱自清、俞平伯、郑振铎等先生的课，都安然无恙，而且因此同郑振铎先生建立了终生的友谊。但也并不是一切都一帆风顺。我同一群学生去旁听冰心先生的课。她当时极年轻，而名满天下。我们是慕名而去的。冰心先生满脸庄严，不苟言笑，看到课堂上挤满了学生，知道其中有"诈"，于是威仪俨然地下了"逐客令"："凡非选修此课者，下一堂不许再来！"我们悚然而听，憬然而退，从此不敢再进她讲课的教室。四十多年以后，我同冰心重逢，她已经变成了一个慈祥和蔼的老人，由怒目金刚一变而为慈眉菩萨。我向她谈起她当年"逐客"的事情，她已经完全忘记，我们相视而笑，有会于心。

就在这个时候，我旁听了寅恪先生的"佛经翻译文学"。参考书用的是《六祖坛经》，我曾到城里一个大庙里去买过此书。寅恪师讲课，同他写文章一样，先把必要的材料写在黑板上，然后再根据材料进行解释、考证、分析、综合，对地名和人名更是特别注意。他的分析细入毫发，如剥蕉叶，愈剥愈细愈剥愈深，然而一本实事求是的精神，不武断，不夸大，不歪曲，不断章取义，他仿佛引导我们走在山阴道上，盘旋曲折，山重水复，柳暗花明，最终豁然开朗，把我们引上阳关大道。读他的文章，听他的课，简直是一种享受，无法比拟的享受。在中外众多学者中，能给我这种享受的，国外只有亨利希·吕德斯（Heinrich lüders），在国内只有陈师一人。他被海内外学人公推为"考证大师"，是完全应该的。这种学风，同后来滋害流毒的"以论代史"的学风，相差不可以道里计。然而，茫茫士林，难得解人，一些鼓其如簧之舌惑学人的所谓"学者"，骄纵跋扈，不禁令人浩叹矣。寅恪师这种学风，影响了我的一生。后来到德国，读了吕德斯教授的书，并且受到了他的嫡传弟子瓦尔德施密特（Waldschmidt）教授的教导和熏陶，可谓三生有幸。可惜自己的学殖瘠茫，又限于天赋，虽还不能说无所收获，然而犹如细流比沧海，空怀仰止之心，徒增效颦之恨。这只怪我自己，怪不得别人。

总之，我在清华四年，读完了西洋文学系所有的必修课程，得到了一个学士头衔。现在回想起来，说一句不客气的话：我从这些课程中收获不大。欧洲著名的作家，什么莎士比亚、歌德、塞万提斯、莫里哀、但丁等等的著作都读过，连现在忽然时髦起来的《尤利西斯》和《追忆似水年华》等等也都读过，然而大都是浮光掠影，并不深入。给我留下深远影响的课反而是一门旁听课和一门选修课。前者就是在上面谈到寅恪师的"佛经翻译文学"；后者是朱光潜先生的"文艺心理学"，也就是美学。关于后者，我在别的地方已经谈过，这里就不再赘述了。

在清华时，除了上课以外，同陈师的接触并不太多。我没到他家去过一次。有时候，在校内林荫道上，在熙来攘往的学生人流中，有时会见到陈师去上课。身着长袍，朴素无华，肘下夹着一个布包，里面装满了讲课时用的书籍和资料。不认识他的人，恐怕大都把他看成是琉璃厂某一个书店的到清华来送书的老板，绝不会知道，他就是名扬海内外的大学者。他同当时清华留洋归来的大多数西装革履、发光鉴人的教授，迥乎不同。在这一方面，他也给我留下了毕生难忘的印象，令我受益无穷。

离开了水木清华，我同寅恪先生有一个长期的别离。我在济南教了一年国文，就到了德国哥廷根大学。到了这里，我才开始学习梵文、巴利文和吐火罗文。在我一生治学的道路上，这是一个至关重要的转折点。我从此告别了歌德和莎士比亚，同释迦牟尼和弥勒佛打起交道来。不用说，这个转变来自寅恪先生的影响。真是无巧不成书，我的德国老师瓦尔德施密特教授同寅恪先生在柏林大学是同学，同为吕德斯教授的学生。这样一来，我的中德两位老师同出一个老师的门下。有人说："名师出高徒。"我的老师和太老师们不可谓不"名"矣，可我这个徒却太不"高"了。忝列门墙，言之汗颜。但不管怎样说，这总算是一个中德学坛上的佳话吧。

我在哥廷根十年，正值"二战"，是我一生精神上最痛苦然而在学术上收获却是最丰富的十年。国家为外寇侵入，家人数年无消息，上有飞机轰炸，下无食品果腹。然而读书却无任何干扰。教授和学生多被征从军。偌大的两个研究所：印度学研究所和汉学研究所，都归我一个人掌管。插架数万册珍贵图书，任我翻阅。在汉学研究所深深的院落里，高大阴沉的书库中；在梵学研究所古老的研究室中，阒无一人。天上飞机的嗡嗡声与我腹中的饥肠辘辘声相应和。闭目则浮想联翩，神驰万里，看到我的国，看到我的家。张目则梵典在前，有许多疑难问题，需要我来发覆。我此时恍如遗世独立，苦欤？乐欤？我自己也回答不上来了。

经过了轰炸的炼狱，又经过了饥饿，到了1945年，在我来到哥廷根十年之后，我终于盼来了光明，东西法西斯垮台了。美国兵先攻占哥廷根，后来英国人来接管。此时，我得知寅恪先生在英国医目疾。我连忙写了一封长信，向他汇报我十年来学习的情况，并将自己在哥廷根科学院院刊及其他刊物上发表的一些论文寄呈。出乎我意料地迅速，我得了先生的复信，也是一封长信，告诉我他的近况，并说不久将回国。信中最重要的事情是说，他想向北大校长胡适、代校长傅斯年、文学院院长汤用彤几位先生介绍我到北大任教。我真是喜出望外，谁听到能到最高学府去任教而会不引以为荣呢？我于是立即回信，表示同意和感谢。

这一年深秋，我终于告别了住了整整十年的哥廷根，怀着"客树回看成故乡"的心情，一步三回首地到了瑞士。在这个山明水秀的世界公园里住了几个月，1946年春天，经过法国和越南的西贡，又经过香港，回到了上海。在克家的榻榻米上住了一段时间。从上海到南京，又睡到了长之的办公桌上。这时候，寅恪先生也已从英国回到了南京。我曾谒见先生于俞大维官邸中。谈了谈阔别十多年以来的详细情况，先生十分高兴，叮嘱我到鸡鸣寺下中央研究院去拜见北大代校长傅斯年先生，特别嘱咐我带上我用德文写的论文，可见先生对我爱护之深以及用心之细。

这一年的深秋，我从南京回到上海，乘轮船到了秦皇岛，又从秦皇岛乘火车回到了阔别十二年的北京（当时叫北平）。由于战争关系，津浦路早已不通，回北京只能走海路，从那里到北京的铁路由美国少爷兵把守，所以还能通车。到了北京以后，一片"落叶满长安"的悲凉气象。我先在沙滩红楼暂住，随即拜见汤用彤先生。按北大当时的规定，从海外得到了博士学位回国的人，只能任副教授，在清华叫作"专任讲师"，经过几年的时间，才能转向正教授。我当然不能例外，而且心悦诚服，没有半点非分之想。然而过了大约一周的光景，汤先生告诉我，我已被聘为正教授，兼东方语言文学系的系主任。这真是石破天惊，大大地出我意料。我这个当一周副教授的纪录，大概也可以进入吉尼斯世界纪录了吧。说自己不高兴，那是谎言，那是矫情。由此也可以看出老一辈学者对后辈的提携和爱护。

不记得是在什么时候，寅恪师也来到北京，仍然住在清华园。我立即到清华去拜见。当时从北京城到清华是要费一些周折的，宛如一次短途旅行。沿途几十里路全是农田。秋天青纱帐起，还真有绿林人士拦路抢劫的，现在的年轻人很难想象了。但是，有寅恪先生在，我绝不会惮于这样的旅行。在三年之内，我颇到清华园去过多次。我知道先生年老体弱，最喜欢当年住北京的天主教外国神父亲手酿造的栅栏红葡萄酒。我曾到今天市委党校所在地当年神父们的静修院的地下室中去买过几次栅栏红葡萄酒，又长途跋涉送到清华园，送到先生手中，心里颇觉安慰。几瓶酒在现在不算什么，但是在当时通货膨胀已经达到了钞票上每天加一个"0"还跟不上物价飞速提高的速度的情况下，几瓶酒已经非同小可了。

有一年的春天，中山公园的藤萝开满了紫色的花朵，累累垂垂，紫气弥漫，招来了众多的游人和蜜蜂。我们一群弟子们，记得有周一良、王永兴、汪篯等，知道先生爱花。现在虽患目疾，迹近失明；但据先生自己说，有些东西还能影影绰绰看到一团影子。大片藤萝花的紫光，先生或还能看到。而且在那种兵荒马乱、物价飞涨、人命微浅、朝不虑夕的情况下，我们想请先生散一散心，征询先生的意见，他怡然应允。我们真是大喜过望，在来今雨轩藤萝深处，找到一个茶桌，侍先生观赏紫藤。先生显然兴致极高。我们谈笑风生，尽欢而散。我想，这也许是先生在那样的年头里最愉快的时刻。

还有一件事，也给我留下了毕生难忘的回忆。在解放前夕，政府经济实已完全崩溃。从法币改为银圆券，又从银圆券改为金圆券，越改越乱，到了后来，到粮店买几斤粮食，携带的这币那券的重量有时要超过粮食本身。学术界的泰斗、德高望重、被著名的史学家郑天挺先生称之为"教授的教授"的陈寅恪先生也不能例外。到了冬天，他连买煤取暖的钱都没有，我把这情况告诉了已经回国的北大校长胡适之先生。胡先生最尊重最爱护确有成就的知识分子。当年他介绍王静庵先生到清华国学研究院去任教，一时传为佳话。寅恪先生在《王观堂先生挽词》中有几句诗"鲁连黄鹞绩溪胡，独为神州惜大儒。学院遂闻传绝业，园林差喜适幽居"，讲的就是这一件事。现在却轮到适之先生再一次"独为神州惜大儒"了，而这个"大儒"不是别人，竟是寅恪先生本人。适之先生想赠寅恪先生一笔数目颇大的美元。但是，寅恪先生却拒不接受。最后寅恪先生决定用卖掉藏书的办法来取得适之先生的美元。于是适之先生就派他自己的汽车——顺便说一句，当时北京汽车极为罕见，北大只有校长的一辆——让我到清华陈先生家装了一车西文关于佛教和中亚古代语言的极为珍贵的书。陈先生只收两千美元。这个数目在当时虽不算少，然而同书比起来，还是微不足道的。在这一批书中，仅一部《圣彼得堡梵德大词典》市价就远远超过这个数目了。这一批书实际上带有捐赠的性质。而寅恪师对于金钱的一介不取的狷介性格，由此也可见一斑了。

在这三年内，我同寅恪师往来颇频繁。我写了一篇论文《浮屠与佛》，首先读给他听，想听听他的批评意见。不意竟得到他的赞赏。他把此文介绍给《中央研究院历史语言研究所集刊》发表。这个刊物在当时是最具权威性的刊物，简直有点"一登龙门，声价十倍"的威风。我自然感到受宠若惊。差幸我的结论并没有瞎说八道，几十年以后，我又写了一篇《再谈浮屠与佛》，用大量的新材料，重申前说，颇得到学界同行们的赞许。

在我同先生来往的几年中，我们当然会谈到很多话题。谈治学时最多，政治也并非不谈但极少。寅恪先生绝不是一个"闭门只读圣贤书"的书呆子。他继承了中国"士"的优良传统：天下兴亡，匹夫有责。从他的著作中也可以看出，他非常关心政治。他研究隋唐史，表面上似乎是满篇考证，骨子里谈的都是成败兴衰的政治问题，可惜难得解人。我们谈到当代学术，他当然会对每一个学者都有自己的看法。但是，除了对一位明史专家外，他没有对任何人说过贬低的话。对青年学人，只谈优点，一片爱护青年学者的热忱，真令人肃然起敬。就连那一位由于误会而对他专门攻击，甚至说些难听的话的学者，陈师也从来没有说过半句褒贬的话。先生的盛德由此可见。鲁迅先生从来不攻击年轻人，差堪媲美。

时光如电，人事沧桑，转眼就到了 1948 年年底。解放军把北京城团团包围住。胡适校长从南京派来了专机，想接几个教授到南京去，有一个名单。名单上有名的人，大多数都没有走，陈寅恪先生走了，这又成了某一些人探讨研究的题目：陈先生是否对共产党有看法？他是否对国民党留恋？根据后来出版的浦江清先生的日记，寅恪先生并不反对共产主义，他反对的仅是苏联牌的共产主义。在当时，这也许是一个怪想法，甚至是一个大逆不道的想法。然而到了今天，真相已大白于天下，难道不应该对先生的睿智表示敬佩吗？至于他对国民党的态度，最明显地表现在他对蒋介石的态度上。1940年，他在《庚辰暮春重庆夜宴归作》这一首诗中写道："食蛤那知天下事，看花愁近最高楼。"吴宓先生对此诗做注说："寅恪赴渝，出席中央研究院会议，寓俞大维妹丈宅。已而蒋公宴请中央研究院到会诸先生。寅恪于座中初次见蒋公，深觉其人不足为，有负厥职，故有此诗第六句。"按即"看花愁近最高楼"这一句。寅恪师对蒋介石，也可以说是对国民党的态度表达得不能再清楚明白了。然而，几年前，一位台湾学者偏偏寻章摘句，说寅恪先生早有意到台湾去。这真是天下一大怪事。

到了南京以后，寅恪先生又辗转到了广州，从此留在那里没有动。他在台湾有很多亲友，动员他去台湾者，恐怕大有人在，然而他却岿然不为所动。其中详细情况，我不得而知。我们国家许多领导人，包括周恩来、陈毅、陶铸、郭沫若等等，对陈师礼敬备至。他同陶铸和老革命家兼学者的杜国庠，成了私交极深的朋友。在他晚年的诗中，不能说没有欢快之情，然而更多的却是抑郁之感。现在回想起来，他这种抑郁之感能说没有根据吗？能说不是查实有据吗？我们这一批老知识分子，到了今天，都已成了过来人。如果不昧良心说句真话，同陈师比较起来，只能说我们愚钝，我们麻木，此外还有什么话好说呢？

1951 年，我奉命随中国文化代表团访问印度和缅甸。在广州停留了相当长的时间，准备将所有的重要发言稿都译为英文，我当然不会放过这个机会的，我到岭南大学寅恪先生家中去拜谒。相见极欢，陈师母也殷勤招待。陈师此时目疾虽日益严重，但仍能看到眼前的白色的东西。有关领导，据说就是陈毅和陶铸，命人在先生楼前草地上铺成了一条白色的路，路旁全是绿草，碧绿与雪白相映照，供先生散步之用。从这一件小事中，也可以看到我们国家对陈师尊敬之真诚了。陈师是极富于感情的人，他对此能无所感吗？

然而，世事如白云苍狗，变幻莫测。解放后不久，正当众多的老知识分子兴高采烈、激情未熄的时候，华盖运便临到头上。运动一个接着一个，针对的全是知识分子。批完了《武训传》，批俞平伯，批完了俞平伯，批胡适，一路批，批，批，斗，斗，斗，最后批到了陈寅恪头上。此时极大规模的、遍及全国的反右斗争还没有开始。老年反思，我在政治上是个蠢材。对这一系列的批和斗，我是心悦诚服的，一点没有感到其中有什么问题。我虽然没有明确地意识到，在我灵魂深处，我真认为中国老知识分子就是"原罪"的化身，批是天经地义的。但是，一旦批到了陈寅恪先生头上，我心里却感到不是味。虽然经人再三动员，我却始终没有参加到这一场闹剧式的大合唱中去。我不愿意厚着面皮，充当事后的诸葛亮，我当时的认识也是十分模糊的；但是，我毕竟没有行动。现在时过境迁，在四十年之后，想到我没有出卖我的良心，差堪自慰，能够对得起老师的在天之灵了。

可是，从那以后，直到老师于 1969 年在空前浩劫中被折磨得离开了人世，将近二十年中，我没能再见到他。现在我的年龄已经超过了他在世的年龄五年，算是寿登耄耋了。现在我时常翻读先生的诗文。每读一次，都觉得有新的收获。我明确意识到，我还未能登他的堂奥。哲人其萎，空余著述。我却是进取有心，请益无人，因此更增加了对他的怀念。我们虽非亲属，我却时有风木之悲。这恐怕也是非常自然的吧。

我已经到了望九之年，虽然看样子离为自己的生命画句号的时候还会有一段距离，现在还不能就作总结；但是，自己毕竟已经到了日薄西山、人命危浅之际，不想到这一点也是不可能的。我身历几个朝代，忍受过千辛万苦。现在只觉得身后的路漫长无边，眼前的路却是越来越短，已经是很有限了。我并没有倚老卖老，苟且偷安；然而我却明确地意识到，我成了一个"悲剧"人物。我的悲剧不在于我不想"不用扬鞭自奋蹄"，不想"老骥伏枥，志在千里"，而是在"老骥伏枥，志在万里"。自己现在承担的或者被迫承担的工作，头绪繁多，五花八门，纷纭复杂，有时还矛盾重重，早已远远超过了自己的负荷量，超过了自己的年龄。这里面，有外在原因，但主要是内在原因。清夜扪心自问：自己患了老来疯了吗？你眼前还有一百年的寿命吗？可是，一到了白天，一接触实际，件件事情都想推掉，但是件件事情都推不掉，真仿佛京剧中的一句话："马行在夹道内，难以回马。"此中滋味，只有自己一人能了解，实不足为外人道也。

在这样的情况下，我有时会情不自禁地回想自己的一生。自己究竟应该怎样来评价自己的一生呢？我虽遭逢过大大小小的灾难，像"十年浩劫"那样中国人民空前的愚蠢到、野蛮到令人无法理解的灾难，我也不幸——也可以说是有"幸"身逢其盛，几乎把一条老命搭上；然而我仍然觉得自己是幸运的，自己赶上了许多意外的机遇。我只举一个小例子。自从盘古开天地，不知从哪里吹来了一股神风，吹出了知识分子这个特殊的族类。知识分子有很多特点。在经济和物质方面是一个"穷"字，自古已然，于今为烈。在精神方面，是考试多如牛毛。在这里也是自古已然，于今为烈。例子俯拾即是，不必多论。我自己考了一辈子，自小学、中学、大学，一直到留学，月有月考，季有季考，还有什么全国统考，考得一塌糊涂。可是我自己在上百场国内外的考试中，从来没有名落孙山。你能说这不是机遇好吗？

但是，俗话说："一个篱笆三个桩，一个好汉三个帮。"如果没有人帮助，一个人会是一事无成的。在这方面，我也遇到了极幸运的机遇。生平帮过我的人无虑数百。要我举出人名的话，我首先要举出的，在国外有两个人，一个是我的博士论文导师瓦尔德施密特教授，另一个是教吐火罗语的老师西克教授。在国内的有四个人：一个是冯友兰先生，如果没有他同德国签订德国清华交换研究生的话，我根本到不了德国。一个是胡适之先生，一个是汤用彤先生，如果没有他们的提携的话，我根本来不到北大。最后但不是最少，是陈寅恪先生。如果没有他的影响的话，我不会走上现在走的这一条治学的道路，也同样是来不了北大。至于他为什么不把我介绍给我的母校清华，而介绍给北大，我从来没有问过他，至今恐怕永远也是一个谜，我们不去谈它了。

我不是一个忘恩负义的人。我一向认为，感恩图报是做人的根本准则之一。但是，我对他们四位，以及许许多多帮助过我的师友怎样"报"呢？专就寅恪师而论，我只有努力学习他的著作，努力宣扬他的学术成就，努力帮助出版社把他的全集出全，出好。我深深地感激广州中山大学的校领导和历史系的领导，他们再三举办寅恪先生学术研讨会，包括国外学者在内，群贤毕至。中大还特别创办了陈寅恪纪念馆。所有这一切，我这个寅恪师的弟子都看在眼中，感在心中，感到很大的慰藉。国内外研究陈寅恪先生的学者日益增多，先生的道德文章必将日益发扬光大，这是毫无问题的。这是我在垂暮之年所能得到的最大的愉快。

然而，我仍然有我个人的思想问题和感情问题。我现在是"后已见来者"，然而却是"前不见古人"，再也不会见到寅恪先生了。我心中感到无限的空漠，这个空漠是无论如何也填充不起来了。掷笔长叹，不禁老泪纵横矣。

1995 年 12 月 1 日

我的第一位老师

　　他实际上不是我的第一位老师。在他之前，我已经有几位老师了。不过都已面影迷离，回忆渺茫，环境模糊，姓名遗忘。只有他我还记得最清楚，因而就成了第一了。

　　我这第一位老师，姓李，名字不知道。这并非由于忘记，而是当时就不注意。一个九岁的孩子，一般只去记老师的姓，名字则不管。倘若老师有"绰号"——老师几乎都有的——只记绰号，连姓也不管了。我们小学就有"shao qianr（即知了，蝉。济南这样叫，不知道怎样写）""卖草纸的"等等老师。李老师大概为人和善，受到小孩子的尊敬，又没有什么特点，因此逃掉起"绰号"这一有时颇使老师尴尬的关。

　　我原在济南一师附小上学，校长是新派人物，在山东首先响应五四运动，课本改为白话。其中有一篇《阿拉伯的骆驼》，是一个众所周知的寓言故事。我叔父忽然有一天翻看语文课本，看到这一篇，勃然大怒，高声说："骆驼怎么能会说话！荒唐之至！

快转学！"

于是我就转了学，转的是新育小学。因为侥幸认识了一个"骦"字，震动了老师，让我从高小开始，三年初小，统统赦免。一个字竟能为我这一生学习和工作提前了一两年，不称之为运气好又称之为什么呢？

新育校园极大，从格局上来看，旧时好像是什么大官的花园。门东向，进门左拐，有一排平房。沿南墙也有一排平房，似为当年仆人的住处。平房前面有一片空地，偏西有修砌完好的一大圆池塘，我可从来没见过里面有水，只是杂草丛生而已。池畔隙地也长满了杂草，春夏秋三季，开满了杂花，引得蜂蝶纷至，野味十足，与大自然浑然一体。倘若印度大诗人泰戈尔来到这里，必然认为是办学的最好的地方。

进校右拐，是一条石径，进口处木门上有一匾，上书"循规蹈矩"。我对这四个字感到极大的兴趣，因为它们难写，更难懂。我每天看到它，但是一直到毕业，我也不知道是什么意思。

石径右侧是一座颇大的假山，石头堆成，山半有亭。本来应该是栽花的空地上，现在却没有任何花，仍然只是杂草丛生而已。遥想当年鼎盛时，园主人大官正在辉煌夺目之时，山半的亭子必然彩绘一新，耸然巍然。山旁的隙地上也必然是栽满了姚黄魏紫，国色天香。纳兰性德的词"晚来风动护花铃，人在半山亭"所流露出来的高贵气象，必然会在这里出现。然而如今却是山亭颓败，无花无铃，唯有夕阳残照乱石林立而已。

可是，我却忘记不了这一座假山，不是由于它景色迷人，而是由于它脚下那几棵又高又粗的大树。此树我至今也不知道叫什么名字。它春天开黄色碎花，引得成群的蜜蜂，绕花嗡嗡，绿叶与高干并配，花香与蜂鸣齐飞，此印象至今未泯。我之所以怀念它还有另外一个原因，当年连小学生也是并不那么"循规蹈矩"的——那四个字同今天的一些口号一样，对我们丝毫也不起作用。如果我们觉得哪个老师不行，我们往往会"架"（赶走也）他。"架"的方式不同，不要小看小学生，我们的创造力是极为丰富多彩的。有一个教师就被我们"架"走了。采用的方式是每个同学口袋里装满那几棵大树上结的黄色的小果子，这果子味涩苦，不能吃，我们是拿来做武器的。预备被"架"的老师一走进课堂，每人就从口袋里掏出那种黄色的小果子，投向老师。宛如旧时代两军对阵时万箭齐发一般，是十分有威力的。老师知趣，中了几弹之后，连忙退出教室，卷起铺盖回家。

假山对面，石径左侧，有一个单独的大院子，中建大厅，既高且大，雄伟庄严，是校长办公的地方。当年恐怕是大官的客厅，布置得一定非常富丽堂皇。然而，时过境迁，而今却是空荡荡的，除了墙上挂的一个学生为校长画的炭画像以外，只有几张破桌子，几把破椅子，一副寒酸相。一个小学校长会有多少钱来摆谱呢？

可是，这一间破落的大厅却给我留下了难以磨灭的印象，至今历历如在眼前。我曾在这里因为淘气被校长用竹板打过手心，打得相当厉害，一直肿了几天，胖胖的，刺心地痛。此外，厅前有两个极大的用土堆成用砖砌好的花坛，春天栽满了牡丹和芍药。有一年，我在学校里上英文补习夜班，下课后，在黑暗中，我曾偷着折过一朵芍药。这并不光彩的事，也使我忆念难忘，直至今天耄耋之年，仍然恍如昨日。

大厅院外，石径尽头，有一个小门，进去是一个大院子，整整齐齐，由东到西，盖了两排教室，是平房，房间颇多，可以供全校十几个班的学生上课。教室后面，是大操场，操场西面，靠墙还有几间房子，老师有的住在那里。门前两棵两人合抱的大榆树，叶子长满时，浓荫覆盖一大片地。树上常有成群的野鸟住宿。早晨和黄昏，噪声闹嚷嚷的，有似一个嘈杂无序的未来派的音乐会。

现在该说到我们的李老师了。他上课的地方就在靠操场的那一排平房的东头的一间教室里。他是我们的班主任，教数学、地理、历史什么的。他教书没有什么特点，因此，我回忆不出什么细节。我们当时还没有英文课，学英文有夜班，好像是要另出钱的，不是正课。可不知为什么我却清清楚楚地回忆起一个细节来：李老师在我们自习班上教我们英文字母，说"f"这个字母就像是一只大蜂子，腰细两头尖。这个比喻，形象生动，所以一生不忘。他为什么讲到英文字母，其他字母用什么来比喻，我都记不清了。

还有一件事情让我至今难以忘怀。有一年春天，大概是在清明前后，李老师领我们这一班学生，在我上面讲到的圆水池边上，挖地除草，开辟出一块菜地来，种上了一些瓜果蔬菜一类的东西。我们这一群孩子，平均十一二岁的年龄，差不多都是首次种菜，眼看着乱草地变成了整整齐齐、成垄成畦的菜地，春雨沾衣欲湿，杏花在雨中怒放。古人说：杏花春雨江南。我们现在是杏花春雨北国。地方虽异，其情趣则一也。春草嫩绿，垂柳鹅

119

黄，真觉得飘飘欲仙。那时候我还不会"为觅新词强说愁"，实际上也根本无愁可说，浑身舒服，意兴盎然。我现在已经经过了八十多个春天，像那样的一个春天，我还没有过过，今后大概也不会再有了。

所有这一切，都是同李老师紧密联系在一起的。因此，众多的小学老师，我只记住了李老师一个人，也可以说是事出有因了吧。李老师总是和颜悦色，从不疾言厉色。他从来没有用戒尺打过任何学生，在当时体罚成风、体罚有理的风气下，这是十分难得的。他住的平房十分简陋，生活十分清苦。但从以上说的情况来看，他真能安贫乐道，不改其乐。

我十三岁离开新育小学，以后再没有回去过。我不知道李老师后来怎样了，心里十分悔恨。倘若有人再让我写一篇《赋得永久的悔》，我一定会写这一件事。差幸我大学毕业以后，国内国外，都步李老师后尘，当一名教师，至今已有六十多年了，我当一辈子教员已经是注定了的。只有这一点可以告慰李老师在天之灵。

李老师永远活在我的心中。

1996 年 7 月

第二编　道德文章

他实现了生命的价值

——悼念朱光潜先生

听到孟实先生逝世的消息,我的心情立刻沉重起来。这消息对我并不突然,因为他毕竟是快九十岁的人了,而且近几年来,身体一直不好。但是,如果他能再活上若干年,对我国的学术界,对我自己,不是更有好处吗?

现在,在北京大学内外,还颇有一些老先生可以算作我的师辈。因为,我当学生的时候,他们已经是教授了。但是,我真正听过课的老师,却只剩下孟实先生一人。按旧日的习惯,我应该称他为"业师"。在今天的新社会中,师生关系内容和意义都有了一些改变。但是,尊师重道仍然是我们要大力提倡的。我对于我这一位业师,一向怀有深深的敬意。而今以后,这敬意的接受者就少掉重要的一个了。

五十多年前,我在清华大学西洋文学系念书,我那时是二十岁上下。朱光潜(孟实)先生是北京大学的教授,在清华大学兼课，年龄大概三十四五岁吧。他只教一门文艺心理学，实际上就是美学，这是一门选修课。我选了这一门课，认真地听了一年。当时我就感觉到，这一门课非同凡响，是我最满意的一门课，比那些英、美、法、德等国来的外籍教授所开的课好到不能比的程度。朱先生不是那种口若悬河的人，他的口才并不好，讲一口带安徽味的蓝青官话，听起来并不"美"。看来他不是一个演说家，讲课从来不看学生，两只眼向上翻，看的好像是天花板上或者窗户上的某一块地方，然而却没有废话，每一句话都清清楚楚。他介绍西方各国流行的文艺理论，有时候举一些中国旧诗词作例子，并不牵强附会，我们一听就懂。对那些古里古怪的理论，他确实能讲出一个道理来，我听起来津津有味。我觉得，他是一个有学问的人，一个在学术上诚实的人，他不哗众取宠，他不用连自己都不懂的"洋玩意儿"去欺骗、吓唬年轻的中国学生。因此，在开课以后不久，我就爱上了这一门课，每周盼望上课，成为我的乐趣了。

孟实先生在课堂上介绍了许多欧洲心理学家和文艺理论家的新理论，比如李普斯的"感情移入说"，还有什么"人的距离说"等等。他们从心理学方面，甚至从生理学方面来解释关于美的问题。其中有不少理论我觉得是有道理的，一直到今天仍然记忆不忘。要说里面没有唯心主义成分，那是不能想象的。但是资产阶级的科学家，只要是一个有良心、不存心骗人的人，他总是会在不同程度上正视客观实际的，他的学说总会有合理成分的。我们倒洗澡水不应该连婴儿一起倒掉。达尔文和爱因斯坦难道不是资产阶级的科学家吗？但是，你能说，他们的学说完全不正确吗？

我们过去有一些人习惯于用贴标签的办法来处理学术问题，把极其复杂的学术问题过分地简单化了，这不利于学术的发展。这种倾向到了"十年浩劫"期间，在"四人帮"的煽动下，达到了骇人听闻的荒谬的程度。"四人帮"竟号召对相对论一窍不通的人来批判爱因斯坦，成为千古笑谈。孟实先生完全不属于这一类人。他老老实实，本本分分，自己认识到什么程度，就讲到什么程度，一步一个脚印，无形中影响了学生。

离开清华以后，我出国一住就是十年。在这期间，国内正在奋起抗日，国际上则是第二次世界大战。"烽火连八年，家书抵亿金"，在一段相当长的时间内，我完全同祖国隔离，什么情况也不知道，1946年回国，立即来北大工作。那时孟实先生也转来北大。他正编一个杂志，邀我写文章。我写了一篇介绍《五卷书》的文章，发表在那个杂志上。他住的地方离我的住处不远。他的办公室（他当时是西方语言文学系主任，我是东方语言文学系主任）和我的办公室相隔也不远。但是我无论如何也回忆不起来，我曾拜访过他。说起来似乎是件怪事，然而却是事实。现在恐怕有很多人认为我是什么"社会活动家"。其实我的性格毋宁说是属于孤僻一类，最怕见人。我的老师和老同学很多，我几乎是谁都不拜访。天性如此，无可奈何，而今就是想去拜访孟实先生，也完全不可能了。

我因为没有在重庆或者昆明待过，对于抗战时期那里的情况完全不了解，对于朱先生当时的情况也完全不清楚。到了北平以后，听了三言两语，我有时候也同几个清华的老同学窃窃私议过。到了1949年北平解放前夕，按朱先生的地位，他完全有资格乘南京派来的专机离开中国大陆的。然而他没有这样做，他毅然留了下来，等待北平的解放。其中过程细节，我完全不清楚。然而这件事却给我留下了深刻的印象：朱先生毕竟是经受住了考验，选择了一条唯一正确的道路。

我常常想，在解放前，中国的知识分子大概分为三类：先知先觉的、后知后觉的、不知不觉的。第一类是少数，第三类也是少数。孟实先生（还有我自己），在政治上不是先知先觉；但又绝非不知不觉。爱国无分少长，革命难免先后，这恐怕是一条规律。孟实先生同一大批旧社会来的知识分子一样，经过了几十年的观察与考验、前进与停滞，既走过阳关大道，也走过独木小桥，最终还是认识了真理，认为共产党指出的道路是唯一正确的，因而坚定不移地在这一条路上走下去。孟实先生有一些情况我原来并不清楚，只是到了前几年，我读到他在抗战期间从重庆给周扬同志写的一封信，我才知道，他对国民党并不满意，他也向往延安。我心中暗自谴责：我没有能全面了解孟实先生。总之，我认为，孟实先生一生是大节不亏的，他走的道路是一切正直的中国知识分子都应该走的道路。

这一条道路当然也绝不会是平坦的。三十多年来，风风雨雨，几乎所有的老知识分子都在风雨中经受磨炼。最突出的例子当然是"十年浩劫"。孟实先生被关进了牛棚。我是自己"跳"出来的，一跳也就跳进了牛棚。想不到几十年前的师生现在成了"同棚"。牛棚生活不是三言两语所能说清的，在这里暂且不谈。孟实先生在棚里的一件小事，我却始终忘记不了。他锻炼身体有一套方术，大概是东西均备，佛道沟通。在那种阴森森的生活环境中，他居然还在锻炼身体，我实在非常吃惊，而且替他捏一把汗。晚上睡下以后，我发现他在被窝里胡折腾，不知道搞一些什么名堂。早晨他还偷跑到一个角落里去打太极拳一类的东西。有一次被"监改人员"发现了，大大地挨了一通批。在这些"大老爷"眼中，我们锻炼身体是罪大恶极的。这是一件微不足道的小事，然而它的意义却不小。从中可以看到，孟实先生对自己的前途没有绝望，对我们的事业也没有绝望，他执着于生命，坚决要活下去。否则的话，他尽可以像一些别的难兄难弟一样，破罐子破摔算了。说老实话，我在当时的态度实在比不上他。这一件事，我从来没有同他谈起过，只是暗暗地记在心中。

"四人帮"垮台以后，天日重明，孟实先生以古稀之年，重又精神抖擞，从事科研、教学和社会活动。他的生活异常地有规律。每天早晨，人们总会看到一个瘦小的老头在北大图书馆前漫步。在工作方面，他抓得非常紧，他确实达到了壮心不已的程度。他译完了黑格尔的《美学》，又翻译维柯的著作。这些著作内容深奥，号称难治，能承担这种翻译工作的，并世没有第二人，孟实先生以他渊博的学识和湛深的外语水平，兢兢业业，勤勤恳恳，争分夺秒，锲而不舍，"焚膏油以继晷，恒兀兀以穷年"，终于完成了这项艰巨的工作，给我们留下了宝贵的财富，得到了学术界普遍的赞扬。

孟实先生学风谨严，一丝不苟，谦虚礼让，不耻下问。他曾多次问到我关于古代印度宗教的问题。他对中外文学都有精湛的研究，这是学术界公认的。他的文笔又流利畅达，这也是学者中间少有的。思想改造运动时，有人告诉我说喜欢读朱先生写的自我批评的文章。我当时觉得非常可笑：这是什么时候呀，你居然还有闲情逸致来欣赏文章！然而这却是事实，可见朱先生文章感人之深。他研究中外文艺理论，态度同样严肃认真。他翻译外国名著，也是句斟字酌，不轻易下笔。严复说："一名之立，旬月踟蹰。"我在朱先生身上也发现了这种认真负责的态度。解放后，他努力学习辩证唯物主义和历史唯物主义，并以此指导自己的研究工作，给我们树立了榜样。

现在，孟实先生离开了我们。他一生执着追求，没有偷懒。将近九十年的漫长的道路，走过来并不容易。峰回路转，柳暗花明，他都碰到过。顺利与挫折，他都经受过。但是，他在千辛万苦之后，毕竟找到了真理，热爱祖国，热爱社会主义，找到了一个中国知识分子的最好的归宿。现在人们常谈生命的价值，我认为，孟实先生是实现了生命的价值的。

听到孟实先生逝世的消息时，我并没有流泪，但是在写这篇短文时，却几次泪如泉涌。生生死死，自然规律，任何人也改变不了。古人说："大块劳我以生，息我以死。"孟实先生，安息吧！你的形象将永远留在你这一个年迈而不龙钟的学生的心中。

1986 年 3 月

为胡适说几句话

在中国近现代史上，胡适是一个起过重要作用但争议又非常多的人物。过去，在极"左"思想的支配下，我们曾一度把他完全抹煞，把他说得一文不值、反动透顶。十一届三中全会以后，我们看问题比较实事求是了，因此对胡适的评价也有了一些改变。但是，最近我在一份报刊上一篇文章中读到，（胡适）"一生追随国民党和蒋介石"，好像他是一个铁杆国民党员、蒋介石的崇拜者。根据我的了解，好像事情不完全是这个样子，因此禁不住要说几句话。

胡适不赞成共产主义，这是一个事实，是谁也否认不掉的。但是，他是不是就是死心塌地地拥护国民党和蒋介石呢？这是一个值得探讨的问题。他从来就不是国民党员。他对国民党并非一味地顺从。他服膺的是美国的实验主义，他崇拜的是美国的所谓民主制度。只要不符合这两个尺度，他就挑点小毛病，闹着独立性。对国民党也不例外。最著名的例子是他在《新月》上发表的文章:《知难行亦不易》,是针对孙中山先生的著名的学说"知难行易"的。我在这里不想讨论"知难行易"的哲学奥义,也不想涉及孙中山先生之所以提出这样主张的政治目的。我只想说,胡适敢于对国民党的"国父"的重要学说提出异议,是需要一点勇气的。蒋介石从来也没有听过"国父"的话,他打出孙中山先生的牌子,其目的只在于欺骗群众。但是,有谁胆敢碰这块牌子,那是断断不能容许的。于是,文章一出,国民党蒋介石的御用党棍一下子炸开了锅,认为胡适简直是大不敬,竟敢在太岁头上动土,一犬吠影,百犬吠声,这一群走狗一拥而上。但是,胡适却一笑置之,这一场风波不久也就平息下去了。

另外一个例子是胡适等新月派的人物曾一度宣扬"好人政府",他们大声疾呼,一时甚嚣尘上。这立刻又引起了一场喧闹。有人说,他们这种主张等于不说,难道还有什么人主张坏人政府吗?但是,我个人认为,在国民党统治下而提倡好人政府,其中隐含着国民党政府不是好人政府的意思。国民党之所以暴跳如雷,其原因就在这里。

这样的小例子还可以举出一些来,但是,这两个也就够了。它充分说明,胡适有时候是会同国民党闹一点小别扭的。个别"诛心"的君子义正词严地昭告天下说,胡适这样做是为了向国民党讨价还价。我没有研究过"特种"心理学,对此不敢赞一辞,这里且不去说它。至于这种小别扭究竟能起什么作用,也不在我研究的范围之内,也不去说它了。我个人觉得,这起码表明胡适不是国民党蒋介石的忠顺奴才。

但是,解放以后,我们队伍中的一些人创造了一个新术语,叫作"小骂大帮忙"。胡适同国民党闹点小别扭就归入这个范畴。什么叫"小骂大帮忙"呢？理论家们说，胡适同国民党蒋介石闹点小别扭，对他们说点比较难听的话，这就叫作"小骂"。通过这样的"小骂"，给自己涂上一层保护色，这种保护色是有欺骗性的，是用来迷惑人民的。到了关键时刻，他又出来为国民党讲话。于是人民都相信了他的话，天下翕然从之，国民党就"万寿无疆"了。这样的"理论"未免低估了中国老百姓的觉悟水平。难道我们的老百姓真正这样糊涂、这样低能吗？国民党反动派最后垮台的历史，也从反面证明了这种说法是不正确的，是不符合实际情况的。把胡适说得似乎比国民党的中统、军统以及其他助纣为虐的忠实走狗还要危险，还要可恶，也是不符合实际情况的。

我最近常常想到，解放以后，我们中国的知识分子学习了辩证法，对于这一件事无论怎样评价也不会过高的。但是，正如西方一句俗语所说的那样：一切闪光的不都是金子。有人把辩证法弄成了诡辩术，老百姓称之为"变戏法"。辩证法稍一过头，就成了形而上学、唯心主义、教条主义，就成了真正的变戏法。一个最著名的例子就是，在封建时代赃官比清官要好。清官能延长封建统治的寿命，而赃官则能促其衰亡。周兴、来俊臣一变而为座上宾，包拯、海瑞则成了阶下囚。当年我自己也曾大声疾呼宣扬这种荒谬绝伦的谬论，以为这才是真正的辩证法，为了自己这种进步，这种"顿悟"，而心中沾沾自喜。一回想到这一点，我脸上就不禁发烧。我觉得，持"小骂大帮忙"论者的荒谬程度，与此不相上下。

上面讲的对胡适的看法，都比较抽象。我现在从回忆中举两个具体的例子。我于1946年回国后来北大工作，胡适是校长，我是系主任，在一起开会、见面讨论工作的机会是非常多的。我们俩都是国立北平图书馆的什么委员，又是北大文科研究所的导师，更增加了见面的机会。同时，印度尼赫鲁政府派来了一位访问教授师觉月博士和六七位印度留学生。胡适很关心这一批印度客人，经常要见见他们，到他们的住处去看望，还请他们吃饭。他把照顾印度朋友的任务交给了我。所有这一切都给了我更多的机会，来观察、了解胡适这样一个当时在学术界和政界都红得发紫的大人物。我写的一些文章也拿给他看，他总是连夜看完，提出评价。他这个人对任何人都是和蔼可亲的，没有一点盛气凌人的架子。这一点就是拿到今天来也是颇为难能可贵的。今天我们个别领导干部那种目中无人、天上天下唯我独尊的气势我们见到的还少吗？根据我几年的观察，胡适是一个极为矛盾的人物。要说他没有政治野心，那不是事实。但是，他又死死抓住学术研究不放。一谈到他有兴趣的学术问题，比如说《水经注》《红楼梦》、神会和尚等等，他便眉飞色舞，忘掉了一切，颇有一些书呆子的味道。蒋介石是流氓出身，一生也没有脱掉流氓习气。他实际上是玩胡适于股掌之上。可惜胡适对于这一点似乎并不清醒。有一度传言，蒋介石要让胡适当总统。连我这个政治幼儿园的小学生也知道，这根本是不可能的，这是一场地地道道的骗局。可胡适似乎并不这样想，当时他在北平的时候不多，经常乘飞机来往于北平南京之间，仆仆风尘，极为劳累，他却似乎乐此不疲。我看他是一个异常聪明的糊涂人。这就是他留给我的总印象。

我现在谈两个小例子。首先谈胡适对学生的态度。我到北大以后，正是解放战争激烈地展开、国民党反动派垂死挣扎的时候。北大学生一向是在政治上得风气之先的，在反对国民党反动统治方面，也是如此。北大的民主广场号称北京城内的"解放区"。学生经常从这里列队出发，到大街上游行示威，反饥饿、反迫害、反内战。国民党反动派大肆镇压，逮捕学生。从"小骂大帮忙"的理论来看，现在应当是胡适挺身出来给国民党帮忙的时候了，是他协助国民党反动派压制学生的时候了。但是，据我所知道的，胡适并没有这样干，而是张罗着保释学生，好像有一次他还亲自找李宗仁，想利用李的势力让学生获得自由。有的情景是我亲眼目睹的，有的是听到的，恐怕与事实不会相距过远。

　　还有一件小事，是我亲身经历的。大约在1948年的秋天，人民解放军已经对北京形成了一个大包围圈，蒋介石集团的末日快要来临了。有一天我到校长办公室去见胡适，商谈什么问题。忽然走进来一个人——我现在忘记是谁了，告诉胡适说，解放区的广播电台昨天夜里有专门给胡适的一段广播，劝他不要跟着蒋介石集团逃跑，将来让他当北京大学校长兼北京图书馆馆长。我们在座的人听了这个消息，都非常感兴趣，都想看一看胡适怎样反应。只见他听了以后，既不激动，也不愉快，而是异常地平静，只微笑着说了一句："他们要我吗？"短短的五个字道出了他的心声。看样子他已经胸有成竹，要跟国民党逃跑。但又不能说他对共产党有刻骨的仇恨。不然，他绝不会如此镇定自若，他一定会暴跳如雷，大骂一通，来表示自己对国民党和蒋介石的忠诚。我这种推理是不是实事求是呢？我认为是的。

总之，我认为胡适是一位非常复杂的人物，他反对共产主义，但是拿他那一把美国尺子来衡量，他也不见得赞成国民党。在政治上，他有时候想下水，但又怕湿了衣裳。他一生就是在这种矛盾中度过的。他晚年决心回国定居，说明他还是热爱我们祖国大地的。因此，说他是美国帝国主义的走狗，说他"一生追随国民党和蒋介石"，都不符合实际情况。

　　解放后，我们有过一段极"左"的历史。对胡适的批判不见得都正确。十一届三中全会以后，我们拨乱反正，知人论世，真正的辩证法多了，形而上学、教条主义、似是而非的伪辩证法少了。我觉得，这是了不起的成就，了不起的转变。在这种精神的鼓舞下，我为胡适说了上面这一些话，供同志们探讨时参考。

1987 年 11 月 25 日

陈寅恪先生的道德文章

站在学术新潮流的前面

各国学术发展史都告诉我们一个事实: 学术同宇宙间万事万物一样, 都不能一成不变, 而是要随时变动的。变动的原因多种多样, 但最重要的不外两项, 一是新材料的发现, 一是新观点、新方法的萌生。梁启超论晚清时代中国学术发展时说:

> 自乾隆后边徼多事, 嘉道间学者渐留意西北边新疆、青海、西藏、蒙古诸地理, 而徐松、张穆、何秋涛最名家。松有《西域水道记》《汉书西域传补注》《新疆识略》; 穆有《蒙古游牧记》; 秋涛有《朔方备乘》, 渐引起研究元史的兴味。至晚清尤盛。外国地理, 自徐继畲著《瀛寰志略》, 魏源著《海国图志》, 开始端绪, 而其后竟不光大。近人丁谦于各史外夷传及《穆天子传》

《佛国记》《大唐西域记》诸古籍，皆博加考证，成书二十余种，颇精瞻。(《清代学术概论》)

这里讲了晚清时代一些新学问的开端，但是没有着重讲新材料的发现。王国维补充了梁启超的话。他说：

古来新学问之起，大都由于新发现之赐。有孔子壁中书之发现，而后有汉以来古文学家之学。有赵宋时古器之出土，而后有宋以来古器物古文字之学。唯晋时汲冢竹书出土后，因永嘉之乱，故其结果不甚显著。然如杜预之注《左传》，郭璞之注《山海经》，皆曾引用其说，而《竹书纪年》所记禹、益、伊尹事迹，至今遂成为中国文学上之重大问题。然则中国书本上之学问，有赖于地底之发现者，固不自今日始也。(《女师大学术季刊》，第一卷，第四期，附录一：《近三十年中国学问上之新发见》，王国维讲，方壮猷记注)

静安先生对新材料之发现能推动新学问之诞生，从中国学术史上加以阐述，令人信服。他把"新发现"归纳为五类：一，殷墟甲骨；二，汉晋木简；三，敦煌写经；四，内阁档案；五，外族文字。王静安先生的总结完全是实事求是的，是非常正确的。

寅恪先生也发表了类似的意见：

一时代之学术，必有其新材料与新问题。取用此材料，以研求问题，则为此时代学术之新潮流。治学之士，得预于此潮流者，谓之预流（借用佛教初果之名）。其未得预者，谓之未入流。此古今学术史之通义，非彼闭门造车之徒，所能同喻者也。（《陈垣〈敦煌劫余录〉序》，见《全明馆丛稿二编》1980年，上海古籍出版社，页236）

他借用了佛教现成的术语，生动地、形象地提出了"预流"问题。我个人认为，不能再有比这更恰当的表述方法了。根据这个标准，历代许多大学者都有一个预流的问题。不预流，就无法逃脱因循守旧、故步自封的窘境，学术就会陈陈相因，毫无生气，也绝不可能进步。征之中外学术史，莫不皆然。王静安先生是得到了预流果的。中国近代许多著名的学者，也都是得到了预流果的。中国近代学术之所以彪炳辉煌，远迈前古，其根源就在这里。

而在众多的获得预流果的学者中，寅恪先生毫无疑问是独领风骚的。他的成就之所以超绝人寰，关键就在这里。王静安先生列举的五类新发现，寅恪先生都有所涉猎。但是，人们都知道，他做学问最为慎重。他深知博与约的辩证关系。他绝不炫学卖弄，哗众取宠。研究任何问题，都有竭泽而渔的气概，必须尽可能地掌握全部资料，才从中抽绎出理论性的结论来。他之所以自称为"不古不今之学"，正是他这种精神的表现。他自谦不通的学问，按之实际，也比一些夸夸其谈者高明不知多少倍。从他一生治学的道路来看，他是由博返约的。中晚年以后，治学比较集中。他非常尊重静安先生，"风义平生师友间"的诗句可以为证。但是他对王先生的经常改换题目，也还是有看法的。

他自己在静安先生列举的五类中，根据由博返约的精神，最后集中在"敦煌写经"和"外族文字"上；在历史研究方面，最后集中到隋唐史和明清之际的社会史上，生平学术创获也多在这几个方面。

总之，寅恪先生是预流的楷模。连中印文化关系史方面许多创获，也与此有关。他永不满足于已有的结论，在他一生的学术追求中，他总是站在"流"的前面。

陈寅恪先生的治学方法

对一个学者来说，治学方法是至关重要的，可惜在今天的学术界难得解人矣。我不认为，我们今天的学风是完美无缺的。君不见，在"学者"中，东抄西抄者有之，拾人牙慧者有之，不懂装懂者有之，道听途说者有之，沽名钓誉者有之，哗众取宠者有之，脑袋中空立一论，不惜歪曲事实以求"证实"者更有之。这样的"学者"就是到死也不懂什么叫"治学方法"。

寅恪先生十分重视自己的治学方法。晚年他的助手黄萱女士帮助他做了大量的工作，可以说是立下了大功。有一次，寅恪先生对她说："你跟我工作多年，我的治学方法你最理解。"黄女士自谦不很理解。寅恪先生一叹置之。他心中的痛苦，我们今天似乎还能推知一二。可惜我们已经回天无力，无法向他学习治学方法了。现在我来谈寅恪先生的治学方法，实在有点不自量力，诚惶诚恐。但又觉得不谈不行。因此，我谈的只能算是限于个人水平的一点学习心得。

什么是寅恪先生的治学方法呢？

一言以蔽之，曰"考据之学"。

这是学术界的公言，不是哪一个人的意见。汪荣祖先生在《史家陈寅恪传》中再三强调这一点，这是很有见地的。

但是陈先生的考据之学又绝不同于我们经常谈的考据之学，它有它的特点，这一方面出于治学环境，一方面又出于个人禀赋。寅恪先生有家学渊源，幼承庭训，博通经史，泛览百家，对中国学术流变，了若指掌；又长期留学欧美日本，对欧美学术，亦能登堂入室；再加上天赋聪明，有非凡的记忆力，观察事物细致入微。这两个方面，都表现在他的考据学上，形成了独特的风格。具体地说就是，他一方面继承和发扬了中国乾嘉考据学的精神，一方面又吸收了西方，特别是德国考据学的新方法，融汇中西，一以贯之。据我个人的体会，寅恪先生考据之学的独特风格，即在于此。

中国的考据学

在中国学术史上，考据学同所谓"汉学"是密切联系的，是汉学家所使用的治学主要方法。在学者之间，虽然也有一些分歧，但是大体上是一致的。汉学是对宋学的一种反动，滥觞于明末清初，大盛于乾嘉时代，考据学大体上也是这样。详细论述，请参阅梁启超的《清代学术概论》及钱穆的《中国近三百年学术史》。

什么叫"考据（或证据）学"呢？梁启超在《概论》中有几句扼要的话：

> 其治学之根本方法，在"实事求是""无征不信"；其研究范围，以经学为中心，而衍及小学、音韵、史学、天算、水地、典章制度、金石、校勘、辑佚，等等；而引证取材，多极于两汉；故亦有"汉学"之目。

钱穆在《学术史》第四章讲顾亭林时，对考证学做了细致的分析：

> 故治音韵为通经之钥，而通经为明道之资。明道即所以救世，亭林之意如是。乾嘉考证学，即本此推衍，以考文知音之功夫治经，即以治经功夫为明道，诚可谓亭林宗传。抑亭林此书，不仅为后人指示途辙，又提供以后考证学者以几许重要之方法焉。撮要而言，如为种种材料分析时代先后而辨其流变，一也。（中略）其次则每下一说，必博求佐证，以资共信，二也。《四库全书日知录提要》，谓炎武学有本原，博瞻而能贯通。每一事必详其始末，参以佐证，而后笔之于书。故引据浩繁，而抵牾者少。语必博证，证必多例，此又以后考证学唯一精神所寄也。

> 亭林之治音学，其用思从明其先后之流变而入，其
> 立说在博求多方之证佐而定，此二者皆为以后乾嘉考证
> 学最要法门。

在后面，钱穆又引了方东树《汉学商兑序》的话，把清儒治考证者分为三派，都可以说是深中肯綮的。事实上，清代考证学总是不断有所发展的。全盛时期的代表人物，如惠栋、戴震、段玉裁、王引之、王念孙，等等，考证方法大同中有小异。到了章学诚，又提出了"六经皆史"的论点，又前进一步了。

总的来看，寅恪先生继承了这个考证学的传统。但是，他又发展了或者超越了这个传统。何以说是"超越"呢？我个人认为，这主要表现在两个方面：一个是他强调在史实中求史识；一个是他大大地扩大了传统的"小学"的范围。

所谓"史识"，是不是就是历史发展的规律？是，但又不全是。探索规律性的东西，所有的考据学亦都能做到，做不到这一步，考据也就失去了意义。乾嘉诸老都能做到，可惜他们就到此为止。据我个人的观察，在这一点上，乾嘉诸老与明末清初考证学的开创者稍有不同。根据钱穆的叙述，顾炎武主张"明道""救世"，他当然也在考证中寻求规律；但是"明道""救世"却超出了规律。这同所谓"义理"有类似之处，义理不能等同于规律。这种"明道""救世"的理想，到了乾嘉时代，由于客观环境的变化，已经消失。学者们囿于所习，只在故纸堆中寻求规律，把义理忘记了。寅恪先生却不然。他的专著和文章，不管多长多短，都展现了他那种严密考证的才能，其中都有规律性的结论。

但是他却绝不到此为止，绝不为考证而考证，他那种悲天悯人、明道救世的精神，洋溢于字里行间，稍微细心的读者都能觉察。在这一点上，他同宋代大史学家司马光颇有"灵犀一点通"之处。他之所以推崇宋学，原因大概也就在这里吧。

讲到"小学"，也就是语言文字学，从顾炎武到乾嘉诸老，无不十分重视。顾亭林的话有代表意义："读九经自考文始，考文自知音始。以至于诸子百家之书，亦莫不然。"但是，他们的小学，实际上只限于汉语。这当然有极大的局限性。到了寅恪先生手中，小学的范围大大地扩大了。古代外族语言和少数民族语言，无不供他驱使。这样一来，眼界和研究方法都大大地扩大，其所得到的结论当然也就今非昔比了。乾嘉诸老自不能望其项背矣。

德国的考据学

德国学术发展史，不同于中国。他们治学的方法不可能叫作考据学。但是，德国的民族性中有一突出的特点，这就是所谓的"彻底性"（Gründlichkeit），也就是一种打破砂锅问到底的劲头。这种劲头与中国的考据学有相通之处。19世纪，比较语言学在德国取得了其他国家都赶不上的辉煌成就，与这种民族性有密切联系。19世纪至20世纪的梵文研究，也表现了这种精神。

寅恪先生曾在几个欧美国家留学，在德国时间更长，受业于Heinrich Lüders诸大师，学习梵语及其他古代语言文字，深通德国学者的治学方法。结果他把中国考据学和德国考据学严密地结合起来，融会贯通，再济之以德国的彻底性，著为文章。在考证方面，别人在探索时能深入二三层，就已经觉得不错了，再进就成了强弩之末，力不从心了。而寅恪先生则往往能再深入几层，一直弄个水落石出，其结论当然深刻多了。

但是，他学习德国考据学，并非奴隶式地模仿。在加注方面，他不学习德国学者半页加注的做法。他的办法毋宁说是更接近中国传统做法，脚注极少。有的地方，他又超越了德国考据学。德国学者往往只求规律，不讲义理。而寅恪先生则是正如我上面所说的，规律与义理并重。这一点，只要读一读两方面的文章，立刻就能感觉到。

归纳以上所论，寅恪先生实集中德两方考据学之大成。当代中国有些学者往往视考据学为一时一派之方法，其实这是完全错误的。在相当长的一段时间内，中国曾出现大批考据学，大有当代堂吉诃德之势。及今思之，实觉可笑。其实只要搞学问，就要有资料，首先必须把资料搞清楚：真伪如何？时代如何？来源如何？演化如何？相互关系又如何？不这样也是不可能的。史料不清，而贸然下结论，其结果必然是南辕而北辙，不出笑话者几希。

我认为，Heinrich Lüders 和寅恪先生为中西两个考据学大师，在世界上享有极高的声誉。印度发现了新碑铭，读不懂，就说：找 Lüders 去。他被公认为近代最伟大的梵文学家。他同寅恪先生有很多共同之处。他们考证名物，旁征博引，分析入微，如剥芭蕉，渐剥渐深。开始时人们往往不能理解，为什么这样假设。但是，只要跟着他们剥下去，到最后，必然是"山重水复疑无路，柳暗花明又一村"，茅塞顿开，豁然开朗了。我读他们两人的极端繁琐貌似枯燥的考证文章，认为是极大的享受，远远超过中外文学名著，并世无第三人。同意我的意见的，大有人在；不同意者当然也同样大有人在。俗话说，敲锣卖糖，各干各行，不能强求的。不管怎样，他们两人的著作，我总是爱不释手。他们那种天外飞来的奇思，于没有联系中看出联系，于平淡中看出深邃。读到会心处，直欲"浮一大白"。当年灵山会上，如来拈花，迦叶微笑。世间没有佛祖，我也绝非迦叶。但是，我和我的志同道合者们对两位大师的著作的爱好，难道同这个神话故事所表达的意蕴，没有相通之处吗？

要在寅恪先生的著作中找具体的例子，那就俯拾即是，几乎每一篇文章都是。他在文章中喜欢用"发古人未发之覆"这样的词句。事实上，他自己正是这样做的。文章不管多长多短，无不发覆，无不有新的见解。我在这里只顺手举出几个例子来。王羲之为古今书圣，古人论之者、誉之者众矣，但是没有哪个人真能解释他所以爱鹅的原因。寅恪先生在《天师道与滨海地域之关系》中解开了这个千古之谜。韩愈古文运动的真正原因，古今论者也没有哪一个能说清楚。寅恪先生在《元白诗笺证稿·长恨歌章》和《论韩愈》中解释了其中的前因后果。支愍度之所以提倡"心无义"，以及什么叫"心无义"，寅恪先生在《支愍度学说考》中讲得一清二楚。这样的例子是举不完的。他的每一部书、每一篇文章，都能解决一个或多个别人从来没有解决，也想不到去解决的问题。这已经是众所周知的事实，无须再详细论证了。

寅恪先生还有一种令人惊奇的本领，不管什么资料，不管是正史，还是稗官野史，到了他手中都能成为珍贵的史料。他从来不炫学卖弄，也不引僻书。他用的资料都是极为习见的，别人习而不察，视而不见，经他一点，粗铁立即化为黄金。牛溲、马勃、败鼓之皮，一经他的手，立即化腐朽为神奇。这也是大家都承认的事实，也无须再详细论证了。

寅恪先生之所以有这种本领，一则由于天赋，再则由于博学。根据我个人的体会，他还有一个脑筋里经常考虑问题的习惯。他无论何时都在认真、细致地研究问题。有一次他问我，《高僧传·佛图澄传》中有两句铃音"秀支替戾冈，仆谷劬秃当"，这是什么语言？可见这个问题在他头脑中恐怕是历有年数了。

以上所论，仅仅是个人的一点体会。限于水平，我目前只能体会到这个程度。我觉得，寅恪先生实际上已经将清儒所说的义理、辞章、考据三门大学问，集于一身。从他生前起，学者们（比如郑天挺教授）就称他为"教授之教授"，绝非溢美之词，恐怕已是天下之公言了。

.

中国文化的内涵

我曾经把文化分为两类：狭义的文化和广义的文化。狭义指的是哲学、宗教、文学、艺术、政治、经济、伦理、道德等等。广义指的是包括精神文明和物质文明所创造的一切东西，连汽车、飞机等等当然都包括在内。

周一良先生曾把文化分为三个层次：狭义的、广义的、深义的。前二者用不着再细加讨论，对于第三者，深义的文化，周先生有自己的看法。他说："在狭义文化的某几个不同领域，或者在狭义和广义文化的某些互不相干的领域中，进一步综合、概括、集中、提炼、抽象、升华，得出一种较普遍地存在于这许多领域中的共同东西。这种东西可以称为深义的文化，亦即一个民族文化中最为本质或最具有特征的东西。"（《中日文化关系见论》，页18）他举日本文化为例，他认为日本深义的文化的特质是"苦涩""闲寂"；具体表现是简单、质朴、纤细、含蓄、古雅、引而不发、不事雕饰等。周先生的论述和观察，是很有启发性的。我觉得，他列举的这一些现象基本上都属于民族心理状态或者心理素质，以及生活情趣的范畴。

把这个观察应用到中华民族文化上，会得到什么结果呢？我不想从民族心态上来探索，我想换一个角度，同样也能显示出中华文化的深层结构或者内涵。

在这个问题上，寅恪先生实际上已先我着鞭。在《王观堂先生挽词·序》中，寅恪先生写道：

> 吾中国文化之定义，具于《白虎通》三纲六纪之说，
> 其意义为抽象理想最高之境，犹希腊柏拉图所谓 idea 者。

我觉得，这是非常精辟的见解。在下面谈一下我自己的一些想法。

中国哲学同外国哲学不同之处极多，其中最主要的差别之一就是，中国哲学喜欢谈论知行问题。我想按照"知"和"行"两个范畴，把中国文化分为两部分：一部分是认识、理解、欣赏等

等，这属于"知"的范畴；一部分是纲纪伦常、社会道德等等，这属于"行"的范畴。这两部分合起来，形成了中国文化。在这两部分的后面存在着一个最为本质、最具有特征的、深义的中华文化。

寅恪先生论中国思想史时指出：

> 南北朝时，即有儒释道三教之目。（中略）故自晋至今，言中国之思想，可以儒释道三教代表之。此虽通俗之谈，然稽之旧史之事实，验以今世之人情，则三教之说，要为不易之论。（中略）故两千年来华夏民族所受儒家学说之影响，最深最巨者，实在制度法律公私生活之方面，而关于学说思想之方面，或转有不如佛道二教者。（《金明馆丛书》二编，页250—251）

事实正是这个样子。对中国思想史仔细分析，衡之以我上面所说的"中国文化二分说"，则不难发现，在"行"的方面产生影响的主要是儒家，而在"知"的方面起决定作用的则是佛道二家。潜存于这二者背后那一个最具中国特色的深义文化是"三纲六纪"等伦理道德方面的东西。

专就佛教而言，它的学说与实践也有"知""行"两个方面。原始佛教最根本的教义，如无常、无我、苦，以及十二因缘等等，都属于知的方面。八正道、四圣谛等，则介于"知""行"之间，其中既有"知"的因素，也有"行"的成分。与"知"密切联系的"行"，比如修行、膜拜，以及涅槃、跳出轮回，则完全没有伦理的色彩。传到中国以后，它那种"无父无君"的主张，与中国的"三纲六纪"等等，完全是对立的东西。在与中国文化的剧烈冲击中，佛教如果不能适应现实情况，必然不能在中国立定脚跟，于是佛教只能做出某一些伪装，以求得生存。早期佛典中有些地方特别强调"孝"字，就是歪曲原文含义以适应中国具有浓厚纲纪色彩文化的要求。由此也可见中国深义文化力量之大、之不可抗御了。

这一点，中国不少学者是感觉到了的。我只举几个例子。这些例子全出于《论中国传统文化》（《中国文化书院讲演录》第一集）。

梁漱溟先生说：

中国人把文化的重点放在人伦关系上，解决人与人之间怎样相处。（页 137）

冯友兰先生说：

基督教文化重的是天，讲的是"天学"；佛教讲的大部分是人死后的事，如地狱、轮回等，这是"鬼学"，讲的是鬼；中国的文化讲的是"人学"，注重的是人。（页 140）

庞朴先生说：

假如说希腊人注意人与物的关系，中东地区则注意人与神的关系，而中国是注意人与人的关系。我们的文化的特点是更多地考虑社会问题，非常重视现实的人生。（页75）

这些意见都是非常正确的。事实上，孔子就是这种意见的代表者。"子不语怪、力、乱、神"，就是证明。他自己还说过："未知生，焉知死。"

国外一些眼光敏锐的思想家也早已看到了这一点，比如德国最伟大的诗人歌德，就是其中之一。1827年1月29日同爱克曼谈"中国的传奇"时，他说：

中国人在思想、行为和情感方面几乎和我们一样，使我们很快就感到他们是我们的同类人，只是在他们那里一切都比我们这里更明朗，更纯洁，也更合乎道德。（中略）还有许多典故都涉及道德和礼仪。正是这种在一切方面保持严格的节制，使得中国维持到几千年之久，而且还会长存下去。（朱光潜译：《歌德谈话录》，页112）

连在审美心理方面，中国人、中国思想、中国文化都有其特点。

日本学者岩山三郎说：

西方人看重美，中国人看重品。西方人喜欢玫瑰，因为它看起来美。中国人喜欢兰竹，并不是因为它们看起来美，而是因为它们有品。它们是人格的象征，是某种精神的表现。这种看重品的美学思想，是中国精神价值的表现，这样的精神价值是高贵的。（引自蒋孔阳《中国古代美学思想与西方美学思想的比较》）

我在上面的论述，只是想说明一点：中国文化同世界其他国家的文化，既然同为文化，必然有其共性。我在这里想强调的却是它的特性。我认为，中国文化的特性最明显地表现在或者可以称为"深义的文化"上，这就是它的伦理色彩，它所张扬的"三纲六纪"，以及解决人与人之间关系的精神。

外来文化与本土文化

寅恪先生虽然强调中国本位文化，但是他非但不是文化排外主义者，而且是承认中国吸收外来文化这件历史事实的，并且在这方面做了大量的探讨发展的工作，论证了吸收外来文化的必要性。他说：

窃疑中国自今日以后，即使能忠实输入北美或东欧之思想，其结局当亦等于玄奘唯识之学，在吾国思想史上，既不能居最高之地位，且亦终归于歇绝者。其真能

于思想上自成系统，有所创获者，必须一方面吸收输入
外来之学说，一方面不忘本来民族之地位。此二种相反
而适相成之态度，乃道教之真精神，新儒家之旧途径，
而二千年吾民族与他民族思想接触史之所昭示者也。
（《金明馆丛稿》二编：《冯友兰中国哲学史下册审查报
告》，页252）

这一段话里包含着十分深刻的思想。对外来文化，盲目输
入，机械吸收，必然会等于玄奘唯识之学。只有使吸收外来文化
与保存本土文化相辅相成，把外来文化加以"变易"，它才能成
为本土文化的一部分，而立定脚跟。

吸收的过程十分曲折又复杂。两种文化要经过互相撞击、互
相较量、互相适应、互相融会等等阶段，最后才能谈到吸收。在
这个很长的过程中，外来文化必须撞掉与本土文化水火不相容的
那一部分，然后才能被接纳。佛教传入中国以后，提供了大量的
这样的例子，生动而又具体。正是寅恪先生，在这方面做了大量
的探索研究工作，写过大量的论文，有兴趣者可以自己去读他的
原作，我在这里不可能一一列举。

但是，我仍然想举两个简单的例子。第一个是关于"道"字
的译法问题。唐代初年，印度方面想得到老子《道德经》的梵文
译本，唐太宗把翻译的任务交给了玄奘。玄奘把至关重要的"道"
字译为梵文mārga（末伽）。但是那一群同玄奘共同工作的道士却
大加反对，认为应该用佛教术语"菩提"来译。这个例子颇为有
趣。中国和尚主张直译道家哲学中最重要的术语"道"字，而中

国道士反而偏要用佛教术语。在这之前，晋代的慧远《大乘义章》中已经谈到这个问题：

> 释言：外国说"道"名多，亦名"菩提"，亦曰"末伽"。如四谛中，所有道谛，名"末伽"矣。此方名少，是故翻之，悉名为道。与彼外国"涅槃""毘尼"悉名"灭"，其义相似。

谈到这里，寅恪先生说道：

> 盖佛教初入中国，名词翻译，不得不依托较为近似之老庄，以期易解。后知其意义不切当，而教义学说，亦渐普及，乃专用对音之"菩提"，而舍置义译之"道"。

请参阅《大乘义章书后》，见《金明馆丛稿》二编，页163。

第二个例子是《莲花色尼出家因缘》。里面有所谓七种咒誓恶报，但仅载六种。经寅恪先生仔细研究，第七种实为母女共嫁一夫，而其夫即其所生之子，真相暴露后，羞愧出家。寅恪先生说道：

> 盖佛藏中学说之类是者，纵为笃信之教徒，以经神州传统道德所熏习之故，亦复不能奉受。特以其为圣典之文，不敢昌言诋斥。唯有隐秘闭藏，禁绝其流布而已。《莲花色尼出家因缘》中聚麀恶报不载于敦煌写本

者，即由于此。

参阅《莲花色尼出家因缘跋》，见《寒柳堂集》，页155。

例子就举这两个。

第二个例子实际上又牵涉到我在上面谈过的文化分为"知"和"行"两部分的问题。我在这里想引申一下，谈一谈从文化交流的角度上看印度文化的这两部分到了中国以后所处的地位。我们从印度吸收了不少的东西（当然中国文化也传入了印度，因为同我现在要讨论的问题无关，暂且置而不论）。仔细分析一下，印度文化"知"与"行"的部分，在中国有不同遭遇。"知"的部分，即认识宇宙、人生和社会的理论部分，我们是尽量地吸收，稍加改易，促成了新儒学的产生。中国道家也从佛教理论中吸收了不少东西，但是，在"行"的方面，我们则尽量改易。在中国的印度佛教徒和中国佛教徒也竭力改变或掩盖那些与中国传统伦理道德相违反的东西。比如佛教本来是宣传"无父无君"的，这一点同中国文化正相冲突，不加以改变，则佛教就将难以存在下去。这一点我在上面已经谈到过，但是重点与此处不同。那里讲的是中国深义文化的伦理道德色彩，这里讲的是对印度文化"知"与"行"两部分区别对待的问题。

文化与气节

我在上面讲了中国文化的伦理道德的特点，以及由这个特点所决定的吸收印度文化的态度。现在我想谈一谈与此基本相同而又稍有区别的一个问题：文化与气节。

气节也属于伦理道德范畴。但是在世界各国伦理道德的学说和实践中，没有哪一个国家像中国这样强调气节。在中国古代典籍中，讲气节的地方不胜枚举。《孟子·滕文公下》也许是最具有典型意义的：

> 富贵不能淫，贫贱不能移，威武不能屈，此之谓大丈夫。

这样的"大丈夫"是历代中国人民的理想人物，受到广泛的崇拜。

中国历来评骘人物，总是道德文章并提。道德中就包含着气节，也许是其中最重要的成分。中国历史上有一些大学者、大书法家、大画家等等，在学问和艺术造诣方面无疑都是第一流的，但是，只因在气节方面有亏，连他们的学问和艺术都不值钱了，宋朝的蔡京和赵孟，明朝的董其昌和阮大铖等等是典型的例子。在外国，评骘人物，气节几乎一点作用都不起，审美观念中西也有差别，这一点我在上面已经讲过。"岁寒，然后知松柏之后凋也"，这样的伦理道德境界，西方人是难以理解的。

寅恪先生是非常重视气节的，他给予气节新的解释，赋予它新的涵义。对于王静安先生之死，他在《清华大学王观堂先生纪念碑铭》中写道：

> 士之读书治学，盖将以脱心志于俗谛之桎梏，真理

因得以发扬。思想而不自由，毋宁死耳。斯古今仁圣所同殉之精义，夫岂庸鄙之敢望。先生以一死见其独立自由之意志，非所论于一人之恩怨，一姓之兴亡。

写到这里，已经牵涉到爱国主义问题。我在下面专章讨论这个问题。

爱国主义

爱国主义在中国有极悠久的历史传统。中国的知识分子，古代所谓"士"，一向有极强的参政意识。"天下兴亡，匹夫有责"，就是这种意识的具体表现。孔子、孟子、墨子等等先秦诸子，无不以治天下为己任。尽管他们的学说五花八门，但是他们的政治目的则是完全一致的。连道家也不例外，否则也写不出《道德经》和《南华经》。他们也是想以自己的学说来化天下的。

仔细分析起来，爱国主义可以分为两种：狭义的与广义的。对敌国的爱国主义是狭义的，而在国内的爱国主义则是广义的。前者很容易解释，也是为一般人所承认的，后者则还需要说一下。中国历代都有所谓"忠臣"，在国与国或民族与民族之间的矛盾中出现的忠臣，往往属于前者。但也有一些忠臣与国际的敌我矛盾无关。杜甫的诗"致君尧舜上，再使风俗淳"，确实与敌国无关，但你能不承认杜甫是爱国的吗？在中国古代，忠君与爱国是无法严格区分的。君就是国家的代表、国家的象征，忠君就是爱国。当然，中国历史上也出现过一些阿谀奉承的大臣。但是这些人从来也不被认为是忠君的。在中国伦理道德色彩极浓的文化氛围中，君为臣纲是天经地义。大臣们希望国家富强康乐，必须通过君主，此外没有第二条路。有些想"取而代之"的人，当然不会这样做。但那是另一个性质完全不同的问题，与我现在要谈的事情无关。真正的忠君，正如寅恪先生指出来的那样，"若以君臣之纲言之，君为李煜亦期之以刘秀"。这是我所谓的"广义的爱国主义"。

至于"狭义的爱国主义"，在中国也很容易产生。中国历代都有外敌。特别是在北方，几乎是从有历史以来，就有异族窥伺中原，不时武装入侵，想饮马黄河长江。在这样的情况下，为国家抛头颅、洒热血者，代有其人。这就是我所谓的"狭义的爱国主义"。

这里有一个关键问题，必须分辨清楚。在历史上曾经同汉族敌对过的一些少数民族，今天已经成为中华民族的一部分。有人就主张，当年被推崇为爱国者的一些人，今天不应该再强调这一点，否则就会影响民族团结。我个人认为，这个说法是完全不能接受的。我们是历史唯物主义者，当年表面上是民族之间的敌对行为，是国与国之间的问题，不是国内民族间的矛盾。这是历史事实，我们必须承认。怎么能把今天的民族政策硬套在古代的敌国之间的矛盾上呢？如果是这样的话，我们全国人民千百年所异常崇敬的民族英雄，如岳飞、文天祥等等，岂不都成了破坏团结的罪人了吗？中国历史上还能有什么爱国者呢？这种说法之有害、之不正确，是显而易见的。

陈寅恪先生一家三代的爱国主义

现在我想专门谈寅恪先生一家三代人的爱国主义。我认为，他们的爱国主义既包括狭义的，也包括广义的。下面分别谈一谈。

我想从寅恪先生的祖父陈宝箴谈起。他生于1831年（道光十一年）。虽然出身书香世家，但他一生只是一名恩科举人，并没有求得很高的功名。他一生从政，办团练，游幕府，受到了曾国藩的提拔，最后做到了湖南巡抚。他生在清代末叶，当时吏治不修，国家多事，贪污腐化，贿赂公行，外有敌寇，内有民变，真正是多事之秋。也许正是这样的环境，才决定了他的爱国之心。1860年，他在北京参加会试，正值英法联军入寇京师，咸丰北狩，恶寇焚毁圆明园时，他正在酒楼上饮酒，目睹西面火光冲天，悲愤填膺，伏案痛哭。1894年，甲午对日抗战失败，中国又被迫签订《马关条约》，宝箴曾痛哭道："无以为国矣。"此时清王朝如风中残烛，成为外寇任意欺凌的对象。他这种爱国真情，是属于狭义的爱国主义的。（参阅汪荣祖《史家陈寅恪传》）

1895年8月，陈宝箴被任命为湖南巡抚。这时正是新政风云弥漫全国的时候。他认为新政是富国强兵的有效措施，于是在湖南奋力推行，振兴实业，开辟航运，引进机器制造，另设时务学堂、算学堂、湘报馆、南学会、武备学堂等，开展教育文化事业。他引江标、黄遵宪、梁启超等了解外情的开明之士，共同努力。他的儿子陈三立（散原）也以变法开风气为己任，湖南风气一时为之大变。戊戌变法失败以后，宝箴受到严惩，革职永不叙用。为了拳拳爱国之心，竟遭到这样的下场。但是他却青史留名，永远受到人民的崇敬。在这里，他的爱国主义是广义的。

总之，陈宝箴先生可以说是集狭义爱国主义与广义爱国主义于一身的。

陈三立继承了父亲的热爱祖国的精神。早年曾佐父在湖南推行新政，以拯救国家危亡。戊戌政变以后，他也受到革职处分。此后，他历经所谓"推行新政"，所谓"勤王"，袁世凯搞的所谓"立宪运动"，辛亥革命，洪宪丑剧，军阀混战，一直到国民党统治，日寇入侵，终其一生，没有再从政。但是，他却绝非出世，绝非退隐，他一刻也没有忘怀中国人民的疾苦。到了1937年，卢沟桥事变爆发，他正在北京，忧愤成疾。8月8日，日寇入城，老人已届耄耋之年，拒不进食，拒不服药，终于以身殉国。

散原老人也可以说是集狭义爱国主义与广义爱国主义于一身的。

至于寅恪先生，他上承父祖爱国主义之传统，一生经历较前辈更多坎坷，更为复杂。但是他曾历游各国，眼光因而更为远大，胸襟因而更为广阔，在他身上体现出来的爱国主义，含义也就更为深刻。

寅恪先生一生专心治学，从未参与政治；但他绝非脱离现实的人物、象牙塔中的学者。他毕生关心世界大事，关心国家民族的兴亡，关心传统文化的继承与发展。并世学者，罕见其俦。这表明他继承了中国自古以来知识分子以天下为己任的优良传统，也表明了他爱国心切。颇有一些学者，表面上参政、议政，成为极活跃的社会活动家，然而，在他们心中，民族存亡、文化存续，究竟占有什么地位，是颇为值得怀疑的。

寅恪先生则不然，他表面上淡泊宁静，与世无争；实则在他的内心深处，爱国热情时时澎湃激荡。他的学术研究，诗文创作，无一非此种热情之流露，明眼人一看便知。李璜有一段话，很值得注意：

> 我近年历阅学术界之纪念陈氏者，大抵集中于其用力学问之勤、学术之富、著作之精，而甚少提及其对国家民族爱护之深与其本于理性，而明辨是非善恶之切，酒酣耳热，顿露激昂。我亲见之，不似象牙塔中人，此其所以后来写出吊王观堂（国维）先生之挽词而能哀感如此动人也。（见汪荣祖《史家陈寅恪传》，页36）

李璜这一段话是极有见地的。我于寅恪先生对王静安之死的同情，长久不能理解。一直到最近，经过了一番学习与思考，才豁然开朗。他们同样是热爱中国文化的，一种伦理道德色彩渗透于其中的深义的文化。热爱中国优秀的传统文化，就是爱国的一个具体表现。两位大师在这一点上"心有灵犀一点通"，因此静安之死才引起了寅恪先生如此伤情。

寅恪先生在政治上是能明辨是非的。国民党和蒋介石都没给他留下好印象。1940年，他到重庆去参加中央研究院评议会，见到了蒋介石。他在一首诗《庚辰暮春重庆夜宴归作》中，写了两句诗："食蛤那知天下事，看花愁近最高楼。"据吴雨僧（宓）先生对此诗的注中说："已而某公宴请中央研究院到会诸先生，寅恪于座中初次见蒋公，深觉其人不足有为，故有此诗第六句。"

寅恪先生对共产党什么态度呢？浦江清的《清华园日记》中讲到，寅恪先生有一次对他说，他赞成 Communism（共产主义），但反对 Russian communism（俄国共产主义）。这个态度非常明确。在过去某一个时期，这个态度被认为是反动的。及今视之，难道寅恪先生的态度是不可以理解的吗？

此时寅恪先生正在香港大学任教。我所谓"此时"，是指上面谈到的中央研究院开会之际，日军正在南太平洋以及东南亚等地肆虐。日军攻占了香港以后，寅恪先生处境十分危险。他是国际上著名的学者，日寇当然不会轻易放过他。日军曾送麦粉给陈家，这正是濒于断炊的陈家所需要的。然而寅恪先生全家宁愿饿死，也绝不受此不义的馈赠。又据传说，日军馈米二袋，拒不受，并写诗给弟弟隆恪，其中有"正气狂吞贼"之句，可见先生的凛然正气。不愧为乃祖乃父之贤子孙，中华民族真正的脊梁。

就在这样的情况下，迎来了解放。我在上面已经说过，寅恪先生不反对共产主义。北京解放前夕，为什么又飞离故都呢？我认为，我们不应该苛求于人。我的上一辈和同辈的老知识分子，正义感是有的，分辨是非的能力也不缺少。国民党所作所为，他们亲眼目睹。可是共产党怎样呢？除了极少数的先知先觉者以外，对绝大多数的人来说，这还是个谜，我们要等一等，看一看。有的人留在北京看，有的人离开北京看。飞到香港和台湾去的只是极少数的人。寅恪先生飞到了广州。等到解放军开进广州的时候，他的退路还有很多条，到台湾去是一条，事实上傅斯年再三电催。到外国去，又是一条。到香港去，也是一条。这几条路，他走起来，都易如反掌。特别是香港，近在咫尺，他到了那里，不愁不受到热烈的欢迎。但是，他却哪里也没有去，他留在了广州。我想，我们只能得出一个结论：他热爱祖国，而这个祖国只能是中华人民共和国。

在广州，寅恪先生先后任教于岭南大学和中山大学，受到了周恩来总理和陈毅副总理等人的关怀照顾。但是，在另一方面，解放后几十年中，政治运动此伏彼起，从未停止，而且大部分是针对知识分子的，什么"批判"，什么"拔白旗"等等，不一而足。不能说其中一点正确的东西都没有；但是，绝大部分是在极"左"的思想指导下进行的。这当然大大地挫伤了爱国知识分子的积极性。到了"十年浩劫"，达到了登峰造极的程度，影响了我们的经济建设，破坏了我国的优秀的传统文化，成为中华民族历史上一个空前的污点。其危害之深，有目共睹，这里不再细谈了。

在这样的情况下，一向热爱祖国、热爱祖国文化、关心人民疾苦、期望国家富强的寅恪先生，在感情上必然会有所反应，这反应大部分表现在诗文中。在他那大量的诗作中，不能说没有调子高昂怡悦的作品，但是大部分是情调抑郁低沉的。这也是必然的。我们的工作有成绩，也有错误。寅恪先生不懂什么阿谀奉承，不会吹捧，胸中的愤懑一抒之于诗中，这有什么难以理解的呢？有些事情，在当时好多人是糊涂的，现在回视，寅恪先生不幸而言中，这一点唯物主义能不承认吗？到了"文化大革命"，黄钟毁弃，瓦釜雷鸣，一切是非都颠倒了过来。寅恪先生也受到了残酷的迫害，终至于不起，含恨而终。他晚年是否想到了王静安先生之死，不得而知，他同王同样是中国文化所托命之人，有类似的下场，真要"长使英雄泪满襟"了。

总之，我认为，寅恪先生同父祖一样，是把狭义的爱国主义与广义的爱国主义集于一身的。陈氏一门三忠义，这是一个客观事实。他们都是中国知识分子杰出的代表。

我在这里还想把寅恪先生等中国知识分子的爱国主义同西方的爱国主义对比一下。西方国家在资本主义原始积累以前，也就是在还没有侵略成性以前，所谓"爱国主义"多表现为争取民族的独立与自由的斗争。到了资本主义抬头，侵略和奴役亚、非、拉美时期，就没有真正的爱国主义，实际上只能有民族沙文主义。至于法西斯国家的"爱国主义"，则只能是想压迫别人、屠杀别人的借口，与真正的爱国主义毫无共同之处。中国则不然。过去我们有爱国主义的传统，这一点我在上面已经谈到过。到了近现代，沦为半殖民地，人为刀俎，我为鱼肉。在这种情况下，中国爱国的知识分子（当然也有别的人）拍案而起。我认为，这才是真正的爱国主义，而不是挂羊头，卖狗肉。

中国同西方国家的知识分子，还有一点是颇为不相同的，这就是，中国知识分子多半具有程度强烈不同的忧患意识。宋朝范仲淹著名的话"先天下之忧而忧，后天下之乐而乐"，是最好的证明。我们一些俗语"人无远虑，必有近忧"等等，也表示了同样的意思。朱柏庐的《治家格言》说："宜未雨而绸缪，毋临渴而掘井。"这也已成为大家的信条。即使在真正的大好形势下，有一点忧患意识，也是非常必要的，而绝无害处的。寅恪先生毕生富有忧患意识，我现在引他一段话：

余少喜临川新法之新，而老同涑水迂叟之迂。盖验以人心之厚薄，民生之荣悴，则知五十年来，如车轮之逆转，似有合于所谓退化论之说者。是以论学论治，迥异时流，而迫于事势，噤不得发。(《寒柳堂集·读吴其昌撰梁启超传书后》，页150)

就让这一段言简意赅的话做本文的结束语吧。

1990年12月17日写毕

周作人论

——兼及汪精卫

研究中国近代文学史，周作人这个人是一个难以绕过的人物，是一个不容忽视的人物。但是，偏偏这个人又是一个性格十分复杂、经历十分跌宕的人。因此，在评论这个历史人物时，在论者基本上调子一致的情况下，也时有杂音出现。我个人不是研究近代中国文学的人，但年轻时读过周作人的许多书，也许是当时已经出版的全部的书，对此人颇感兴趣，因此不揣简陋，也想发表点意见。

促使我想发表一点意见的最直接的动力，来自我最近读的一篇文章《另一个周作人》（作者傅国涌，见《书屋》2001 年第 11 期，页 23—27）。文章一开头就说："我们现在所知道的周作人和真实的周作人是有很大距离的。"这里使用了"真实的周作人"这样一个词儿，意思就是说，我们现在所知道的周作人是不"真实"的或者竟可以说是"虚假"的。如果想勉强把周作人划分为几

"个"的话，那么只有两"个"：一个是五四时期向着旧势力冲锋陷阵的勇猛的战士，一个则是在日寇侵华后成为日本的华北教育督办的民族败类、臭名永垂的大汉奸，两者都是真实的。两个周作人的历史都是同一个周作人写成的。从生理学上来讲，一个人不可能劈成两个。傅国涌先生的意思大概是说，我们现在一般知道的周作人是后者，是不真实的，只有前者真实。前者是"另一个周作人"。

我个人对于这种提法有不同的看法，现在想提出来供大家讨论。

我们感谢傅国涌先生对"另一个周作人"搜集了丰富翔实的资料。他在本文中有时也提出一些对周作人的看法，比如"其实起码在1928年以前，周作人的血并没有冷却、凝固，没有躲进他的书斋，品苦茶、写小品文，而是尽到了一个知识分子应尽的责任"。（页24）又如傅先生讲到，1922年3月，李大钊、陈独秀、蔡元培、汪精卫、邓中夏等一大批非常有影响的知识分子，在北京成立了"非宗教大同盟"，旨在反对宗教，尤其是基督教。周作人、钱玄同、沈兼士、马裕藻等则大倡信教自由。傅先生说："八十年后回过头来看这段公案，如果不因人废言，是非是很清楚的，周作人他们'少数'人无疑站在正确的一面。"（页25）

傅先生在不厌其详地列举了前期周作人的丰功伟绩之后，对他转变的过程和原因也做了一些分析。他写道："他后期的变化（大致上在1927年冬天以后）在思想、性格上的根源也许由来已久，但李大钊的惨死，北新书局被迫停业，《语丝》被禁止（周作人和刘半农曾到一个日本朋友家避了一次难），这些变故对他的转变恐怕都产生了相当深刻的影响。""1928年11月，周作人发表了《闭户读书论》，我把这看作是他生命的分界线，从此以后那个曾和民族共同体共命运，与大时代同呼吸的周作人就彻底告别了过去，回到书斋。那一年周作人仅仅四十四岁，离轰轰烈烈的五四运动也不到十年。"我认为，傅先生的分析是完全正确的，特别是他提到了"在思想、性格上的根源也许由来已久"，更具有真知灼见。鲁迅和周作人同出一个破落的书香门第，幼年所受的教育和环境熏陶几乎完全一样。但是，到了后来，两人却走了截然不同的两条道路，其中思想和性格上的根源起着主导作用。这样说，可能有悖于某一些教条。但是，如果不这样解释，又当怎样去解释呢？

傅国涌先生的文章《另一个周作人》就介绍这样多。我在上面已经说到过，傅先生笔下"另一个周作人"是真实的，这里指的是五四时期叱咤风云的周作人。这当然是"真实的"。但是，日寇入侵后当了华北教育督办的周作人也是"真实的"。看样子，傅先生是想给前一个周作人打抱不平，"发潜德之幽光"。实际上，根据我个人的观察，第一个周作人，"另一个周作人"，现在也没有完全被遗忘，在五四运动的资料中还能够找到他的材料。

我认为，我们所面临的困难是如何实事求是地评价像周作人这样一个知识分子。这种人的生命历程变动太大，几乎是从一个极端变到另一个极端，令人抓不住重点，也不知道从何处下手。

我在上面的叙述中，好像是把周作人的生命历程分为前后两大部分，这是不够精确的。实际上应该分为三个阶段。第一阶段，由五四运动到1928年。在这个阶段中，周作人是那一群对准旧堡垒冲锋陷阵的最英勇的战士中的一员。第二阶段，约莫自

1928—1937 年日寇正式入侵。在这一个阶段中，周作人回到了书斋，"闭户读书"，邀集了一批志同道合者，"且到寒斋吃苦茶"，倡导小品文，写写打油诗。这一批人批阅新生国文试卷，发现了一些错别字，如获至宝，诗兴大发，纷纷写诗加以讽刺，引起了鲁迅的强烈不满。这可以说是一个过渡阶段，主要原因是由周作人的思想和性格所决定的。第三阶段就是日寇正式大举入侵后一直到 1945 年日寇垮台。令人奇怪的但也并不太奇怪的是，在第一阶段，周作人风华正茂时就常常发表不喜欢谈政治的言论。但是到了第三阶段，他不但谈了政治，而且身体力行当了大官，不是共产党的官，也不是国民党的官，而是外来侵略者的官。这一顶汉奸的帽子是他给自己戴上的，罄东海之水也是洗不清的。在这个问题上，同周作人境况类似的人往往祭起动机这个法宝来企图逃脱罪责。我没有研究过周作人，不敢乱说。即使他有的话，也自在意料之中。我们是动机与效果的统一论者，但是归根结底，效果起决定性的作用。

在这里，我忽然想到了汪精卫。他同周作人有十分相似的经历，但更为鲜明、突出。年轻的汪精卫，一腔热血，满怀义愤，到北京来想炸死摄政王，不幸失败被俘。他写了一首有名的诗：

> 慷慨歌燕市，
>
> 从容作楚囚。
>
> 引刀成一快，
>
> 不负少年头。

诗句豪气冲天，掷地可作金石声。可惜他没能如愿，他被营救了出来。从那以后，在长达几十年的漫长的时期中，汪精卫活跃在国民党的政坛上，翻手为云，覆手为雨，极尽云谲波诡之能事，最终充当了日伪政权的主席。我在什么地方读到过他的一番谈话，大意是说：如果他不出来充当日伪政府的主席，日寇杀中国人将会更多。这就是汪精卫的动机论。这真大有佛说"我不入地狱，谁入地狱"的气概，真不知人间尚有"羞耻"二字！

从周作人和汪精卫事件中，我想到了两个问题：一个是人生的寿夭问题，一个是保持晚节的问题。这两个问题有区别，又有联系。我先从第一个问题谈起。除非厌世自杀的极少数人以外，人类，同其他一切生物一样，没有不想寿而想夭的。在人们的口头语中有大量这样的话，比如"长命百岁""寿比南山""福寿双全"等等。对皇帝则说"万岁""万寿无疆"等等颂词。在许多年前中国造神运动达到顶峰的时候，我们不是也都狂呼"万岁"和"万寿无疆"吗？总之，在一般人的思想中，长寿是一件好事。这对绝大多数的人来说也是正确的。但对极少数的人来说，长寿不但不是好事，而是天大的坏事。比如，如果周作人在五四运动中或者其后不久就死掉的话，他在中国文学史上将永远成为一个新文化的斗士。然而他偏偏长寿了，长寿到成为不齿于人类的大汉奸卖国贼。对周作人来说，长寿不是一种不折不扣的灾难吗？再比如汪精卫。如果他那"引刀成一快"的愿望得以实现的话，他将成为同岳飞等并列的民族英雄，流芳千古。然而他偏偏又长寿了，长寿到成为比周作人更令人憎恨的狗屎堆，遗臭万年。对汪精卫来说，长寿也成了一灾难。这种说法，古代人也有过。唐代大诗人白居易有一首诗：

> 周公恐惧流言后，
>
> 王莽谦恭未篡时。
>
> 向使当初身便死，
>
> 一生真伪复谁知。

王莽就是死得太晚了。他因长寿而露了马脚，成为千古巨奸。

谈到这里，就同第二个问题联结上了：保持晚节的问题。中国自古以来一向非常重视晚节的问题。《战国策·秦策五》说："诗云：行百里者，半于九十。此言末路之难也。"宋代的大政治家韩琦在《在北门九日燕诸曹》一诗中写道："莫羞老圃秋容淡，要看寒花晚节香。"寓意深远，值得玩味。中国还有"盖棺论定"的说法，意思是，人只要活着，不管年纪多大，就有变的可能。只有盖棺以后，才能对他论定。周作人和汪精卫晚节不保，没有盖棺，即可论定了。我们从这两个人身上可以"学习"到很多东西，他们是地地道道的反面教员。

我们的祖国早已换了人间。在今天的国势日隆，人民生活迅速提高的大好形势下，保持晚节的问题还有什么现实意义吗？有，而且很迫切。一些曾经出生入死为人民立过大功的人，一旦晚节不保，立即堕落为人民的罪人，走上人民的法庭。这样的例子还少吗？我们每个人都要警惕。

2002 年 1 月 7 日

也谈叶公超先生二三事

读了王辛笛师弟（恕我狂妄，以兄自居，辛笛在清华确实比我晚一级）的《叶公超先生二三事》，顿有所感，也想来凑凑热闹，谈点公超先生的事儿。

但是，我对公超先生的看法，同辛笛颇有不同，因此，必须先说明几句。在背后，甚至在死后议论老师的长短，有悖于中国传统的尊师之道。不过，我个人觉得，我的议论，尽管难免有点苛求，却完全是善意的，甚至是充满了感情的。我为什么这样说呢？这里要交代一点时代背景。

老清华人都知道，在三十年代，清华大学同别的大学稍有不同，用通俗的话来说，就是有点"洋气"，学生在校刊上常常同老师开点小玩笑，饶有风趣而无伤大雅。师不以为忤，生以此为乐。这样做，不但没有伤害了师生关系，好像更缩短了师生的距离，感情更融洽。

这样说，有点空洞。我举两个例子。第一个是吴雨僧（宓）

先生。他为人正直，古貌古心，但颇有一些"绯闻"。他有一首诗，一开始两句是："吴宓苦爱×××（原文如此），三洲人士共惊闻。"当时不能写出真姓名，但是从押韵上来看，真是呼之欲出。×××者，毛彦文也。雨僧先生还有一组诗，名曰《空轩十二首》，最初是在"中西诗之比较"课堂上发给我们的。据说每一首诗影射一位女子，真假无所考。校刊上把第一首诗今译为：

一见亚北貌似花，
顺着秝秸往上爬。
单独进攻忽失利，
跟踪盯梢也挨刷。

下面三句忘了。最后一句是：

椎心泣血叫妈妈。

"亚北"者，欧阳也，是外文系一位女生的姓。这一个今译本在学生中传诵，所以时隔六十年，我仍然能回忆起来。然而雨僧先生却泰然处之。

第二个例子是俞平伯先生。他是著名的诗人、散文家、红学专家。在清华时，我曾旁听过他讲唐宋诗词的课。大家都知道，他家学渊源，是国学大师俞樾的孙子或曾孙，自己能写诗，善填词。他讲诗词当然很有吸引力。在课堂上他选出一些诗词，自己摇头晃脑而朗诵之。有时闭上了眼睛，仿佛完全沉浸于诗词的境界中，遗世而独立。他蓦地睁大了眼睛，连声说："好！好！好！就是好！"学生正在等他解释好在何处，他却已朗诵起第二首诗词来了。昔者晋人见好山水，便连声唤："奈何！奈何！"仔细想来，这是最好的赞美方式。因为，一落言筌，便失本意，反不如说上几句"奈何"更具有启发意义。平伯先生的"就是好"可以与此等量齐观。就是这位平伯先生，有一天忽然剃光了脑袋。这在当时学生和教授中都是从来没有见过的，于是轰动了全校。校刊上立即出现了俞先生出家当和尚的特大新闻。在众目睽睽之下，平伯先生怡然自得，泰然处之。他光着个脑袋，仍然在课堂上高喊："好！好！就是好！"

举完了两个例子，现在再谈叶公超先生。

我在清华读的是外国语言文学系。虽然专门化（specialized）是德文，不过表示我读了一至四年德文；实际上仍以英文为主，教授不分中西讲课都用英语，连德文也不例外。第一年英文，教授就是叶公超先生，用的课本是英国女作家 Jane Austen 的 *Pride and Prejudice*。公超先生的教学法非常奇特。他几乎从不讲解，一上堂，就让坐在前排的学生，由左到右，依次朗读原文，到了一定段落，他大声一喊："Stop！"问大家有问题没有。没人回答，就让学生依次朗读下去，一直到下课。学生摸出了这个规律，谁愿意朗读，就坐在前排，否则往后坐。有人偶尔提一个问题，他断喝一声："查字典去！"这一声狮子吼有大威力，从此天下太平，宇域宁静，相安无事，转瞬过了一年。

公超先生很少着西装，总是绸子长衫，冬天则是绸缎长袍或皮袍，下面是绸子棉裤，裤腿用丝带系紧，丝带的颜色与裤子不同，往往是颇为鲜艳的，作蝴蝶结状，随着步履微微抖动翅膀，用现在的话来说，就是非常"潇洒"。先生的头发，有的时候梳得光可鉴人，有的时候又蓬松似秋后枯草。他顾盼自嬉，怡然自得，学生们窃窃私议：先生是在那里学名士。

谈到名士，中国分为真假两类。"是真名士自风流"，什么叫"真名士"呢？什么又叫"假名士"呢？理论上不容易说清楚。我想，只要拿前面说到的俞平伯先生同叶公超先生一比，泾渭立即分明。大家一致的意见是，俞是真名士，而叶是假装的名士。前者直率天成，一任自然；后者则难免有想引起"轰动效应"之嫌。《世说新语》常以一句话或一件事，定人们的高下优劣。我们现在也从这一件事定二位的高下。

我想就以此为起点来谈公超先生的从政问题。辛笛说："在旧日师友之间，我们常常为公超先生在抗战期间由西南联大弃教从政，深为惋叹，既为他一肚皮学问可惜，也都认为他哪里是个旧社会中做官的材料，却就此断送了他十三年教学的菁莪生涯，这真是一个时代错误。"我的看法同辛笛大异其趣。根据我个人在同俞平伯先生对比中所得到的印象，我觉得，公超先生确是一个做官的材料。你能够想象俞平伯先生做官的样子吗？

说到学问，公超先生是有一肚皮的。他人很聪明，英文非常好。在清华四年中，我同他接触比较多。我早年的那一篇散文《年》就是得到了他的垂青，推荐到《学文》上去发表的。他品评这篇文章时说："你写的不仅仅是个人的感受，而是'普遍的意识'（这是他的原话）。"我这篇散文的最后一句话是："一切都交给命运去安排吧！"这就被当时的左派刊物抓住了辫子，大大地嘲笑了一通没落的教授阶级垂死的哀鸣。我当时是一个穷学生，每月六元的伙食费还要靠故乡县衙门津贴，我哪里有资格代表什么没落的教授阶级呢？

不管怎样，我是非常感激公超先生的。我一生喜好舞笔弄墨，年届耄耋，仍乐此不疲。这给我平淡枯燥的生活抹上了一点颜色，增添了点情趣，难道我能够忘记吗？在这里我要感谢两位老师：一个高中时期的董秋芳（冬芬）先生，一个就是叶公超先生。如果再加上一位的话，那就是郑振铎先生。

我继承了"清华精神"写了这篇短文。虽对公超先生似有不恭，实则我是满怀深情地讲出了六十年前的感觉。想公超先生在天之灵必不以为忤，而辛笛师弟更不会介意的。

1993 年 10 月 3 日

何仙槎（思源）先生与山东教育

　　年纪大一点的山东老乡和北京人大概都还能记得何仙槎先生这个名字。他当过山东教育厅厅长和北平市市长。

　　1929 年，我在山东省立济南高中读书，他当时是教育厅厅长。在学生眼中，那是一个大官。有一天，他忽然在校长的陪同下，走到了极为拥挤和简陋的学生宿舍里去。这颇引起了一阵轰动。时隔六十年，今天回忆起来，当时情景栩栩如在眼前。

　　到了 1935 年，我在母校当了一年国文教员之后，考取了清华大学与德国的交换研究生。我一介书生，囊内空空，付不起赴德的路费。校长宋还吾老师慨然带我到教育厅去谒见何思源厅长。没等我开口，他早已知我的目的，一口回绝。我有一个致命的缺点：脸皮太薄，不善于求人，只好唯唯而退。宋校长责怪我太老实。我天生是一个上不得台盘的人，脱胎换骨，一时难成，有什么办法呢？

　　再见到何思源先生，那已经是十五六年以后"天翻地覆慨而慷"的时候了。解放初期，北京山东中学校董会又开始活动，我同何都是校董。此时他早已卸任北平市市长。在傅作义将军围城期间，何仙槎先生冒生命危险同一些人出城，同八路军谈判，和平解放北平，为人民立下了功勋。人民给了他回报，除了一些别的职务以外，他还当了山东中学校董。此时，我们之间已经没有什么距离，他也已工农化得颇为可观。最显眼的是抽烟用小烟袋，一副老农模样。校董开会时，我故意同他开玩笑，说到他当厅长时我去求帮的情景。彼此开怀大笑，其乐融融。

说句老实话，何仙槎先生对于山东教育是有功的。北伐成功后，山东省主席几易其人，从国民党的陈调元一直到割据军阀韩复榘，而他这教育厅厅长却稳坐钓鱼船。学生称他是"五朝元老"，微含不恭之意。然而平心论之，如果没有他这个"五朝元老"，山东教育将会变成什么样子？难道不让人不寒而栗吗？陈调元、韩复榘这一帮人是极难对付的。他们手下都有一帮人，唱丑、唱旦、帮闲、篾片、清客、讨饭、喽啰、吹鼓手，一应俱全。教育厅厅长，虽非肥缺，然而也是全省几大员之一，他们怎么肯让同自己毫无瓜葛的人充当"五朝元老"呢？大概北大毕业生、美国哥伦比亚大学的金招牌镇住了他们，不得不尔。像韩复榘这样土匪式的人物，胸无点墨，杀人不眨眼，民间流传着许多笑话，说他反对"靠左边走"，原因是"都走左边，谁走右边呢"？何思源能同他们周旋，其中滋味，恐怕是"不足为外人道也"。然而，山东教育经费始终未断，教育没有受到破坏。仙槎先生应该说是为人民立了功。

总之，我认为，我们今天纪念何思源先生是完全应该的。

1993 年 11 月 25 日

176

我眼中的张中行

接到韩小蕙小姐的约稿信，命我说说张中行先生与沙滩北大红楼。这个题目出得正是时候。好久以来，我就想写点有关中行先生的文章了。只是因循未果。小蕙好像未卜先知，下了这一阵及时雨，滋润了我的心，我心花怒放，灵感在我心中躁动。我又焉得不感恩图报，欣然接受呢？

中行先生是高人、逸人、至人、超人。淡泊宁静，不慕荣利，淳朴无华，待人以诚。以八十七岁的高龄，每周还到工作单位去上几天班。难怪英文版《中国日报》发表了一篇长文，颂赞中行先生。通过英文这个实为世界语的媒介，他已扬名寰宇了。我认为，他代表了中国知识分子，特别是老年知识分子的风貌，为我们扬了眉，吐了气。我们知识分子都应该感谢他。

但是，现在回想起来，却不能不承认这是一件怪事：我与中行先生同居北京大学朗润园二三十年，直到他离开这里迁入新居以前的几年，我们才认识，这个"认识"指的是见面认识，他的文章我早就认识了。有很长一段时间，亡友蔡超尘先生时不时地到燕园来看我。我们是济南高中同学，很谈得来。每次我留他吃饭，他总说，到一位朋友家去吃，他就住在附近。现在推测起来，这"一位朋友"恐怕就是中行先生，他们俩是同事。愧我钝根，未能早慧。不然的话，我早个十年八年认识了中行先生，不是能更早得一些多得一些潜移默化的享受，早得一些多得一些智慧，撬开我的愚钝吗？佛家讲因缘，因缘这东西是任何人任何事物都无法抗御的。我没有什么话好说。

但是，也是由于因缘和合，不知道是怎样一来，我认识了中行先生。早晨起来，在门前湖边散步时，有时会碰上他。我们俩有时候只是抱拳一揖，算是打招呼，这是"土法"。还有"土法"是"见了兄弟媳妇叫嫂子，无话说三声"，说一声："吃饭了吗？"这就等于舶来品"早安"。我常想中国礼仪之邦，竟然缺少几句见面问安的话，像西洋的"早安""午安""晚安"等等。我们好像挨饿挨了一千年，见面问候，先问"吃了没有？"我同中行先生还没有饥饿到这个程度，所以不关心对方是否吃了饭，只是抱拳一揖，然后各行其路。

有时候，我们站下来谈一谈。我们不说："今天天气，哈，哈，哈！"我们谈一点学术界的情况，谈一谈读了什么有趣的书。有一次，我把他请进我的书房，送了他一本《陈寅恪诗集》。不意他竟然说我题写的书名字写得好。我是颇有自知之明的，我的"书法"是无法见人的。只在迫不得已时，才泡开毛笔，一阵涂鸦。现在受到了他的赞誉，不禁脸红。他有时也敲门，把自己的著作亲手递给我。这是我最高兴的时候。有一次，好像就是去年春夏之交，我们早晨散步，走到一起了，就站在小土山下，荷塘边上，谈了相当长的时间。此时，垂柳浓绿，微风乍起，鸟语花香，四周寂静。谈话的内容已经记不清楚，但是此情此景，时时如在眼前，亦人生一乐也。可惜在大约半年以前，他乔迁新居。对他来说，也许是件喜事。但是，对我来说，却是无限惆怅。朗润园辉煌如故，青松翠柳，"依然烟笼一里堤"。北大文星依然荟萃，我却觉得人去园空。每天早晨，独缺一个耄耋而却健壮的老人，荷塘为之减色，碧草为之憔悴。"此情可待成追忆，只是当时已惘然"。

中行先生是"老北大"。同他比起来，我虽在燕园已经待了将近半个世纪，却仍然只能算是"新北大"。他在沙滩吃过饭，在红楼念过书。我也在沙滩吃过饭，却是在红楼教过书。一"念"一"教"，一字之差，时间却相差了二十年，于是"新""老"判然分明了。即使是"新北大"吧，我在红楼和沙滩毕竟吃住过六年之久，到了今天，又哪能不回忆呢？

中行先生在文章中，曾讲过当年北大的入学考试。因为我自己是考过北大的，所以备感亲切。1930年，当时山东唯一的一所高中——省立济南高中，毕业生八十余人来北平赶考。我们的水平不是很高。有人报了七八个大学，最后，几乎都名落孙山。到了穷途末日，朝阳大学，大概为了收报名费和学费吧，又招考了一次，一网打尽，都录取了。我当时尚缺自知之明，颇有点傲气，只报了北大和清华两校，居然都考取了。我正做着留洋镀金的梦，觉得清华圆梦的可能性大，所以就进了清华。清华入学考试没有什么特异之处，北大则给我留下了难忘的印象。先说国文题就非常奇特："何谓科学方法？试分析详论之。"这哪里像是一般的国文试题呢？英文更加奇特，除了一般的作文和语法方面的试题以外，还另加一段汉译英，据说年年如此。那一年的汉文是："别来春半，触目愁肠断。砌下落梅如雪乱，拂了一身还满。"这也是一个很难啃的核桃。最后，出所有考生的意料，在公布的考试科目以外，又奉赠了一盘小菜，搞了一次突然袭击：加试英文听写。我们在山东济南高中时，从来没有搞过这玩意儿。这当头一棒，把我们都打蒙了。我因为英文基础比较牢固，应付过去了。可怜我那些同考的举子，恐怕没有几人听懂的。结果在山东来的举子中，只有三人榜上有名。我侥幸是其中之一。

至于沙滩的吃和住，当我在1946年深秋回到北平来的时候，斗转星移，时异事迁，相隔二十年，早已无复中行先生文中讲的情况了。他讲到的那几个饭铺早已不在。红楼对面有一个小饭铺，极为狭窄，只有四五张桌子。然而老板手艺极高，待客又特别和气。好多北大的教员都到那里去吃饭，我也成了座上常客。马神庙则有两个极小但却著名的饭铺，一个叫"菜根香"，只有一味主菜：清炖鸡。然而却是宾客盈门，川流不息，其中颇有些知名人物。我在那里就见到过马连良、杜近芳等著名京剧艺术家。路南有一个四川饭铺，门面更小，然而名声更大，我曾看到过外交官的汽车停在门口。顺便说一句：那时北平汽车是极为稀见的，北大只有胡适校长一辆。这两个饭铺，对我来说是"山川信美非吾土"，价钱较贵。当时通货膨胀骇人听闻，纸币上每天加一个"0"，也还不够。我吃不起，只是偶尔去一次而已。我有时竟坐在红楼前马路旁的长条板凳上，同"引车卖浆者流"挤在一起，一碗豆腐脑，两个火烧，既廉且美，舒畅难言。当时有所谓"教授架子"这个名词，存在决定意识，在抗日战争前的黄金时期，大学教授社会地位高，工资又极为优厚，于是满腹经纶外化而为"架子"。到了我当教授的时候，已经今非昔比，工资一天毛似一天，虽欲摆"架子"，焉可得哉？而我又是天生的"土包子"，虽留洋十余年，而"土"性难改。于是以大学教授之"尊"而竟在光天化日之下，端坐在街头饭摊的长板凳上却又怡然自得，旁人谓之斯文扫地，我则称之源于天性。是是非非，由别人去钻研讨论吧。

中行先生至今虽已到了望九之年，他上班的地方仍距红楼沙滩不远，可谓与之终生有缘了。因此，在他的生花妙笔下，其实并不怎样美妙的红楼沙滩，却仿佛活了起来，有了形貌，有了感情，能说话，会微笑。中行先生怀着浓烈的"思古之幽情"，信笔写来，娓娓动听。他笔下那一些当年学术界的风云人物，虽墓木久拱，却又起死回生，出入红楼，形象历历如在眼前。我也住沙滩红楼颇久，一旦读到中行先生妙文，也引起了我的"思古之幽情"。我的拙文，不敢望中行先生项背，但倘能借他的光，有人读上一读，则于愿足矣。

中行先生的文章，我不敢说全部读过，但是读的确也不少。这几篇谈红楼沙滩的文章，信笔写来，舒卷自如，宛如行云流水，毫无斧凿痕迹，而情趣盎然，间有幽默，令人会心一笑。读这样的文章，简直是一种享受。他文中谈到的老北大的几种传统，我基本上都是同意的。特别是其中的容忍，更合吾意。蔡孑民先生的"兼容并包"，到了今天，有人颇有微词。夷考其实，中外历史都证明了，哪一个国家能兼容并包，哪一个时代能兼容并包，那里和那时文化学术就昌盛，经济就发展。反之，如闭关锁国，独断专行，则文化就僵化，经济就衰颓。历史事实和教训是无法抗御的。文中讲到外面的人可以随时随意来校旁听，这是传播文化的最好的办法。可惜到了今天，北大之门固若金汤。门外的人如想来旁听，必须得到许多批准，可能还要交点束脩。对某些人来说，北大宛若蓬莱三山，可望而不可即了。对北大，对我们社会，这样做究竟是一件好事，还是一件坏事，请读者诸君自己来下结论吧！我不敢越俎代庖了。

中行先生的文章是极富有特色的。他行文节奏短促，思想跳跃迅速；气韵生动，天趣盎然；文从字顺，但绝不板滞，有时宛如大珠小珠落玉盘，仿佛能听到节奏的声音。中行先生学富五车，腹笥丰盈。他负暄闲坐，冷眼静观大千世界的众生相，谈禅论佛，评儒论道，信手拈来，皆成文章。这个境界对别人来说是颇难达到的。我常常想，在现代作家中，人们读他们的文章，只需读上几段而能认出作者是谁的人，极为稀见。在我眼中，也不过几个人。鲁迅是一个，沈从文是一个，中行先生也是其中之一。

在许多评论家眼中，中行先生的作品被列入"学者散文"中。这个名称妥当与否，姑置不论。光说"学者"，就有多种多样。用最简单的分法，可以分为"真""伪"两类。现在商品有假冒伪劣，学界我看也差不多。确有真学者，这种人往往是默默耕耘，晦迹韬光，与世无忤，不事张扬。但他们并不效法中国古代的禅宗，主张"不立文字"，他们也写文章。顺便说上一句，主张"不立文字"的禅宗，后来也大立而特立。可见不管你怎样说，文字还是非立不行的。中行先生也写文章，他属于真学者这一个范畴。与之对立的当然就是伪学者。这种人会抢镜头，爱讲排场，不管耕耘，专事张扬。他们当然会写文章的，可惜他们的文章晦涩难懂，不知所云。有的则塞满了后现代主义的词语，同样是不知所云。我看，实际上都是以艰深文浅陋，以"摩登"文浅陋。称这样的学者为"伪学者"，恐怕是不算过分的吧。他们的文章我不敢读，不愿读，读也读不懂。

读者可千万不要推断，我一概反对"学者散文"。对于散文，我有自己的偏见：散文应以抒情叙事为正宗。我既然自称"偏见"，可见我不想强加于人。学者散文，古已有之。即以传世数百年的《古文观止》而论，其中选有不少可以归入"学者散文"这一类的文章。最古的不必说了，专以唐宋而论，唐代韩愈的《原道》《师说》《进学解》等篇都是"学者散文"，柳宗元的《桐叶封弟辨》也可以归入此类。宋代苏轼的《范增论》《留侯论》《贾谊论》《晁错论》等等，都是上乘的"学者散文"。我认为，上面所举的这些篇"学者散文"，有一个共同的特点，就是文采斐然，换句话说，也就是艺术性强。我又有一个偏见：凡没有艺术性的文章，不能算是文学作品。

拿这个标准来衡量中行先生的文章，称之为"学者散文"，它是绝不含糊的，它是完全够格的。它融会思想性与艺术性，融会到天衣无缝的水平。在当今"学者散文"中堪称独树一帜，可为我们的文坛和学坛增光添彩。

1995 年 8 月

第三编　渐行渐远

忆章用

我一直到现在还不能相信，他竟撒手离开现在的这个世界去了。我自己的生命虽然截止到现在还说不上怎样太长；但在这不太长的过去的生命中，他的出现却更短，短到令人怀疑是不是曾经有过这样一回事。倘若要用一个譬喻的话，我只能把他比作一颗夏夜的流星，在我的生命的天空中，蓦地拖了一条火线出现了，蓦地又消逝到暗冥里去。但这条火线留下的影子却一直挂在我的记忆的丝缕上，到现在，已经是隔了几年了，忽然又闪耀了起来。

人的记忆也是怪东西，在每一天，不，简直是每一刹那，自己所遇到的大大小小的事情中，在风起云涌的思潮中，有后来想起来认为是极重大的事情，但在当时看过想过后不久就忘却了，费很大的力量才能再回忆起来。但有的事情，譬如说一个人笑的时候脸部构成的图形，一条柳枝摇曳的影子，一片花瓣的飘落，在当时，在后来，都不认为有什么不得了；但往往经过很久很久的时间，却随时能明晰地浮现在眼前，因而引起一长串的回忆。到现在很生动地浮现在我眼前，压迫着我想到俊之（章用）的，就是他在谈话中间静默时神秘地向眼前空虚处注视的神态。

但说来已经是六年前的事情了。六年前的深秋，我从柏林来到哥廷根。第二天起来，在街上走着的时候，觉得这小城的街特别长，太阳也特别亮，一切都浸在一片白光里。过了几天，就在这样的白光里，我随了一位中国同学走过长长的街去访俊之。他同他母亲赁居一座小楼房的上层，四周全是花园。这时已经是落叶满地，树头虽然还挂了几片残叶，但在秋风中却只显得孤伶了。那一次究竟说了些什么话，现在已经记不清了。似乎他母亲说话最多，俊之并没有说多少。在谈话中间静默的一刹那，我只注意到，他的目光从眼镜边上流出来，神秘地注视着眼前的空虚处。

就这样，我们第一次见面他给我的印象是颇平常的；但不知为什么，以后竟常常往来起来。他母亲人非常慈和，很能谈话。每次会面，都差不多只有她一个人独白，每次都感觉不到时间的逝去，等到觉得屋里渐渐暗起来，却已经晚了，结果每次都是仓仓促促辞了出来，摸索着走下黑暗的楼梯，赶回家来吃晚饭。为了照顾儿子，她在这离开故乡几万里的寂寞的小城里陪儿子一住就是七八年，只是这一件，就足以打动天下失掉了母亲的孩子们的心，让他们在无人处流泪，何况我又是这样多愁善感？又何况还是在这异邦的深秋呢？我因而常常想到在故乡里萋萋的秋草下长眠的母亲，到俊之家里去的次数也就多起来。

哥廷根的秋天是美的，美到神秘的境地，令人说不出，也根本想不到去说。有谁见过未来派的画没有？这小城东面的一片山林在秋天就是一幅未来派的画。你抬眼就看到一片耀眼的绚烂。只说黄色，就数不清有多少等级，从淡黄一直到接近棕色的深黄，参差地抹在这一片秋林的梢上，里面杂了冬青树的浓绿，这里那里还点缀上一星星的鲜红，给这惨淡的秋色涂上一片凄艳。就在这林子里，俊之常陪我去散步。我们不知道曾留下多少游踪。林子里这样静，我们甚至能听到叶子辞树的声音。倘若我们站下来，叶子也就会飘落到我们身上。等到我们理会到的时候，我们的头上肩上已经满是落叶了。间或前面树丛里影子似的一闪，是一匹被我们惊走的小鹿，接着我们就会听到窣窣的干叶声，渐远，渐远，终于消逝到无边的寂静里去。谁又会想到，我们竟在这异域的小城里亲身体会到"叶干闻鹿行"的境界？但这情景都是后来回忆时才觉到的，在当时，我们却没有，或者可以说很少注意到：我们正在热烈地谈着什么。他虽然念的是数学；但因为家学渊源，对中国旧文学很有根底，作旧诗更是经过名师的指导，对哲学似乎比对数学的兴趣还要大。我自己虽然一无所成；但因为平常喜欢浏览，所以很看了些旧诗词，而且自己对许多文学上的派别和几个诗人还有一套看法。平时难得解人，所以一直闷在心里，现在居然有人肯听，于是我就一下子倾出来。看了他点头赞成的神气，我的意趣更不由得飞动起来，我忘记了时间，忘记了世界，连自己也忘记了。往往是看到桦树的白皮上已经涂上了淡红的夕阳，才知道是应该下山的时候。走到城边，就看到西面山上一团紫气，不久天上就亮起星星来了。

等到林子里最后的几片黄叶也落净了的时候，不久就下了第

189

一次的雪。哥城的冬天是寂寞的。天永远阴沉，难得看到几缕阳光。在外面既然没有什么可看，人们又觉得炉火可爱起来。有时候在雪意很浓的傍晚，他到我家里来闲谈。他总是靠近炉子坐在沙发上，头靠在后面的墙上。我们总有说不完的话，大半谈的仍然是哲学宗教上的问题；但转来转去，总转到中国旧诗上。他说话没有我多。当我滔滔不绝地说着的时候，他只是静静地听，脸上又浮起那一片神秘的微笑，眼光注视着眼前的空虚处。同我一样，他也会忘记了时间，现在轮到他摸索着走下黑暗的楼梯赶回家去吃晚饭了。

后来这情形渐渐多起来。等到我们再聚到一起的时候，章伯母就笑着告诉我，自从我到了哥廷根，她儿子仿佛变了一个人，以前同他母亲也不大多说话，现在居然有时候也显得有点活泼了。他在哥城八年，除了间或到范禹（龙丕炎）家去以外，很少到另外一位中国同学家里去，当然更谈不到因谈话而忘记了吃晚饭。多少年来，他就是一个人到大学去，到图书馆去，到山上去散步，不大同别人在一起。这情形我都能想象得到，因为无论谁只要同俊之见上一面，就会知道，他是孤高一流的人物。这样一个人怎么能够同其他油头粉面满嘴里离不开跳舞电影的留学生合得来呢？

但他的孤高并不是矫揉造作的，他也并没有意思去装假名士。章伯母告诉我，他在家里，也总是一个人在思索着什么，有时坐在那里，眼睛愣愣的，半天不动。他根本不谈家常，只有谈到学问，他才有兴趣。但老人家的兴趣却同他的正相反，所以平常时候母子相对也只有沉默着一句话也不说了。他对吃饭也感不到多大兴趣，坐在饭桌旁边，嘴里嚼着什么，眼睛并不看眼前的碗同菜，脑筋里似乎正在思索着只有他自己知道的问题。有时候，手里拿着一块面包，站起来，在屋里不停地走，他又沉到他自己独有的幻想的世界里去；倘若叫他吃，他就吃下去；倘若不叫他，他也就算了。有时候她同他开个玩笑，问他刚才吃的是什么东西，他想上半天，仍然说不上来。这是他自己说起来都会笑的。过了不久，我就有机会证实了章伯母的话。这所谓"不久"，我虽然不能确切地指出时间来，但总在新年过后的一二月里，小钟似的白花刚从薄薄的雪堆里挣扎出来，林子里怕已经抹上淡淡的一片绿意了。章伯母因为有事情到英国去了，只留他一个人在家里。我因为学系不能决定，有时候感到异常地烦闷，所以就常在傍晚的时候到他家里去闲谈。我差不多每次都看到桌子上一块干面包，孤零地伴着一瓶凉水。问他吃过晚饭没有，他说吃过了。再问他吃的什么，他的眼光就流到那一块干面包和那一瓶凉水上去，什么也不说。他当然不缺少钱买点香肠牛奶什么的；而且煤气炉子也就在厨房里，只要用手一转，也就可以得到一壶热咖啡；但这些他都没做，也许是忘记了，也许根本没有兴致想到这些琐碎的事情，他脑筋里正盘旋着什么问题。在这时候，最简单的办法当然就是向面包盒里找出他母亲吃剩下的面包，拧开凉水管子灌满一瓶，草草吃下去了事。既然吃饭这事情非解决不行，他也就来解决；至于怎样解决，那又有什么重要呢？反正只要解决过，他就能再继续他的工作，他这样就很满意了。

我将怎样称呼他这样一个人呢？在一般人眼中，他毫无疑问地是一个怪人，而且他和一般人，或者也可以说，一般人和他合不来的原因恐怕也就在这里面。但我从小就有一个偏见，我最不能忍受四平八稳处世接物面面周到的人物。我觉得，人不应该像牛羊一样，看上去差不多，人应该有个性。然而人类的大多数都是看上去都差不多的角色。他们只能平稳地活着，又平稳地死去，对人类对世界丝毫没有影响。真正大学问大事业是另外几个同一般人不一样，甚至被他们看作怪人和呆子的人做出来的。我自己虽然这样想，甚至也试着这样做过，也竟有人认为我有点怪；但我自问，有的时候自己还太妥协平稳，同别人一样的地方还太多。因而我对俊之，除了羡慕他的渊博的学识以外，对他的为人也有说不出来的景仰了。

在羡慕同景仰两种心情下，我当然高兴常同他接近。在他那方面，他也似乎很高兴见到我。到现在还不能忘记，每次我找他到小山上去散步，他都立刻答应，而且在非常仓皇的情形下穿鞋穿衣服，仿佛一穿慢了，我就会逃掉似的。我们到一起，仍然有说不完的话，我们谈哲学，谈宗教，仍然同以前一样，转来转去，总转到中国旧诗上去。他把他的诗集拿给我看，里面的诗并不多，只是薄薄的一本。我因为只仓促翻了一遍，现在已经记不清，里面究竟有些什么诗。我用尽了力想，只能想起两句来："频梦春池添秀句，每闻夜雨忆联床。"他还告诉我，到哥城八年，先是拼命念德文，后来入了大学，又治数学同哲学，总没有余裕和兴致来写诗。但自从我来以后，他的诗兴仿佛又开始汹涌起来，这是连他自己都没想到的——

果然，过了不久，又在一个傍晚，他到我家里来。一进门，手就向衣袋里摸，摸出来的是一个黄色的信封，里面装了一张硬纸片，上面工整地写着一首诗：

　　　　空谷足音一识君

　　　　相期诗伯苦相薰

　　　　体裁新旧同尝试

　　　　胎息中西沐见闻

　　　　胸宿赋才徕物与

　　　　气噓史笔发清芬

　　　　千金敝帚孰轻重

　　　　后世凭猜定小文

　　我看了脸上直发热。对旧诗，我虽然喜欢胡谈乱道；但说到作，我却从来没尝试过，可以说是一个十足的门外汉，我哪里敢做梦做什么"诗伯"呢？但他的这番意思我却只有心领了。

　　这时候，我自己的心情并不太好，他也正有他的忧愁。七八年来，他一直过着极优裕的生活。近一两年来，国内的地租忽然发生了问题，于是经济来源就有了困难。对于他这其实都算不了什么，因为我知道，只要他一开口，立刻就会有人自动地送钱给他用，而且，据他母亲告诉我，也真的已经有人寄了钱来。譬如一位德国朋友，以前常到他家里去吃中国饭，现在在另外一个大学里当讲师，就寄了许多钱来，还愿意以后每月寄。然而俊之都拒绝了。我也同他谈过这事情，我觉得目前用朋友几个钱完成学业实在是无伤大雅的；但他却一概不听，也不说什么理由。我自己根本没有多少钱，领到的钱也不过刚够每月的食宿，一点也不能帮他的忙。最初听到他说，他不久就要回国去筹款，心中有说不出的难过。后来他这计划终于成为事实了。每次到他那里去，总看到他忙忙碌碌地整理书籍。我不愿意看这一堆堆横七竖八躺在地上的书籍。我觉得有什么地方对他不起，心里凭空惭愧起来。

在不知不觉时，时间已经由暮春转入了初夏，哥廷根城又埋到一团翠绿里去。俊之启程的日子也决定了。在前一天的晚上，我们替他饯行，一直到深夜才走出市政府的地下餐厅。我同他并肩走在最前面。他平常就不大喜欢说话，今天更不说了，我们只是沉默着走上去，听自己的步履声在深夜的小巷里回响，终于在沉默里分了手。我不知道他怎么样，我是一夜在床上翻来覆去地睡不着。第二天天一亮我就到他家去了。他已经起来了。我本来预备在我们离别前痛痛快快谈一谈，我仿佛有许多话要说似的；但他却坚决要到大学里去上一堂课。他母亲挽留也没有用。他嘴里只是说，他要去上"最后一课"，"最后"两个字说得特别响，脸上浮着一片惨笑。我不敢接触他的目光，但我却能了解他的"客树回看成故乡"的心情。谁又知道，这一堂课就真的成了他的"最后一课"呢？

就这样，俊之终于离开他的第二故乡哥廷根，离开了我。从那以后，我就再没有看到他。路上每到一个停船的地方，他总有信给我。他知道我正在念梵文，还剪了许多报上的材料寄给我，此外还寄给了我许多诗。回国以后，他先在山东大学教数学。在这期间，他曾写过一封很长的信给我，报告他的近况，依然是牢骚满腹。后来又转到浙江大学去，情形如何，我不大清楚。不久战争也就波及浙江，他随了大学辗转迁到江西。从那里，我接到他一封信，附了一卷诗稿，把他回国以后作的诗都寄给我了。他仿佛预感到自己已经不久于人世，赶快把诗抄好，寄给一个朋友保存下去，这个朋友他就选中了我。我一直到现在还不相信，这是偶然的，他似乎故意把这担子放在我的肩上。

从那以后，我从他那里再没听到什么。不久范禹来了信，报告他的死。他从江西飞到香港去养病，就死在那里。我真没法相信这是真的，难道范禹听错消息了吗？但最后我却终于不能不承认，俊之是真的死了，在我生命的夜空里，他像一颗夏夜的流星似的消逝了，永远地消逝了。

我们相处一共不到一年，一直到离别还互相称作"先生"。在他没死之前，我不过觉得同他颇能谈得来，每次到一起都能得到点安慰，如此而已。然而他的死却给了我一个回忆沉思的机会，我蓦地发现，我已于无意之间损失了一个知己，一个真正的朋友。在这茫茫人世间究竟还有几个人能了解我呢？俊之无疑是真正能够了解我的一个朋友。我无论发表什么意见，哪怕是极浅薄的呢，从他那里我都能得到共鸣的同情。但现在他竟离开这人世去了。我陡然觉得人世空虚起来。我站在人群里，只觉得自己的渺小和孤独，我仿佛失掉了倚靠似的，徘徊在寂寞的大空虚里。

哥廷根仍然同以前一样地美，街仍然是那样长，阳光仍然是那样亮。我每天按时走过这长长的街到研究所去，晚上再回来。以前我还希望，俊之回来的时候，我们还可以逍遥在长街上高谈阔论；但现在这希望永远只是希望了。我一个人拖了一条影子走来走去：走过一个咖啡馆，我回忆到我曾同他在这里喝过咖啡消磨了许多寂寞的时光；再向前走几步是一个饭馆，我又回忆到，我曾同他每天在这里吃午饭，吃完再一同慢慢地走回家去；再走几步是一个书店，我回忆到，我有时候呆子似的在这里站上半天看玻璃窗子里面的书，肩头上蓦地落上了一只温暖的手，一回头是俊之，他也正来看书窗子；再向前走几步是一个女子高中，我又回忆到，他曾领我来这里听诗人念诗，听完在深夜里走回家，看雨珠在树枝上珠子似的闪光——就这样，每一个地方都能引起我的回忆，甚至看到一块石头，也会想到，我同俊之一同在上面踏过；看了一枝小花，也会回忆到，我同他一同看过。然而他现在却撒手离开这个世界走了，把寂寞留给我。回忆对我成了一个异常沉重的负担。

今年秋天，我更寂寞得难忍。我一个人在屋里无论如何也坐不下去，四面的墙仿佛都起来给我以压迫。每天吃过晚饭，我就一个人逃出去到山下大草地上去散步。每次都走过他同他母亲住过的旧居：小楼依然是六年前的小楼，花园也仍然是六年前的花园，连落满地上的黄叶，甚至连树头残留着的几片孤零的叶子，都同六年前一样；但我的心情却同六年前的这时候大大地不相同了。小窗子依然对着这一片黄叶林。我以前在这里走过不知多少遍，似乎从来没有注意过这样一个小窗子；但现在这小窗子却唤回我的许多记忆，它的存在我于是也就注意到了。在这小窗子里面，我曾同俊之同坐过，消磨了许多寂寞的时光。我们从这里一同看过涂满了凄艳的彩色的秋林，也曾看过压满了白雪的琼林，又看过绚烂的苹果花，蜜蜂围了嗡嗡地飞。在他离开哥廷根的前几天，我们都在他家里吃饭，忽然扫过一阵暴风雨，远处的山，山上的树林，树林上面露出的俾斯麦塔都隐入溷蒙的云气里去。这一切仿佛是一幅画，这小窗子就是这幅画的镜框。我们当时都为自然的伟大所压迫，半天说不出一句话来，只是沉默着透过这小窗注视着远处的山林。当时的情况还历历如在眼前；然而曾几何时，现在却只剩下我一个人在落满了落叶的深秋的长街上，在一个离故乡几万里的异邦的小城里，呆呆地从下面注视这小窗子了，而这小窗子也正像蓬莱仙山可望而不可即了。

逝去的时光不能再捉回来，这我知道；人死了不能复活，这我也知道。我到现在这个世界上来活了三十年，我曾经看到过无数的死：父亲、母亲和婶母都悄悄地死去了。尤其是母亲的死在我心里留下无论如何也补不起来的创痕。到现在已经十年了，差不多隔几天我就会梦到母亲，每次都是哭着醒来。我甚至不敢再看讲母亲的爱的小说、剧本和电影。有一次偶然看一部电影片，我一直从剧场里哭到家。但俊之的死却同别人的死都不一样：生死之悲当然有，但另外还有知己之感。这感觉我无论如何也排除不掉。我一直到现在还要问：世界上可以死的人太多太多了，为什么单单死俊之一个人？倘若我不同他认识也就完了；但命运却偏偏把我同他在离祖国几万里的一个小城里拉在一起，他却又偏偏死去。在我的饱经忧患的生命里再加上这幕悲剧，难道命运觉得对我还不够残酷吗？

但我并不悲观，我还要活下去。有的人说："死人活在活人的记忆里。"俊之就活在我的记忆里。只是为了这，我也要活下去。当然这回忆对我是一个无比的重担；但我却甘心肩起这一份重担，而且还希望能肩下去，愈久愈好。

五年前开始写这篇东西，那时我还在德国。中间屡屡因了别的研究工作停笔，终于剩了一个尾巴，没能写完。现在在挥汗之余勉强写起来，离开那座小城已经几万里了。

1946 年 7 月 23 日写于南京

怀念衍梁

在将近六十年前，我同衍梁是济南高中同学。我们俩同年生，我却比他高一级或者两级。既然不是同班，为什么又成了要好的朋友呢？这要从我们的共同爱好谈起。

日本侵略者短期占领济南于 1929 年撤兵之后，停顿了一年的山东省会的教育又开始复苏。当时山东全省唯一的一所高中——山东省立济南高中，正式建立。在中等教育层次中，这是山东的最高学府，全省青年人才荟萃之地。当时的当政者颇为重视。专就延聘教员方面来说，请到了许多学有专长的教员，可谓极一时之选。国文教员有胡也频、董秋芳、夏莱蒂、董每戡等，都是在全国颇有名气的作家。我们的第一位国文教员是胡也频先生。他当时年少气盛，而且具有青年革命家一往无前的精神，现在看起来虽然略有点沉着不够，深思熟虑不够，但是他们视反动派如粪土，如木雕泥塑，先声夺人。在精神方面他们是胜利者。胡先生在课堂上坦诚直率地宣传革命，宣传革命文艺，每次上课几乎都在黑板上大书:"什么是现代文艺？现代文艺的使命是什么？"所谓"现代文艺"，当时也称之为"普罗文学"，也就是无产阶级文学。它的使命就是革命，就是推翻以蒋介石为首的国民党反动派的统治。他讲起来口若悬河泄水，滔滔不绝。我们当时都才十七八岁，很容易受到感染，也跟着大谈现代文艺和现代文艺的使命。丁玲同志曾以探亲名义，在高中待过一阵，我们学生都怀着好奇而又尊敬的心情瞻仰了她的风采。她的一些革命作品，如《在黑暗中》等，当然受到我们的欢迎。

在青年学生中最积极的积极分子之一就是许衍梁。

我们当时都是山东话所说的"愣头青"，就是什么顾虑也没有，什么东西也不怕。我们虽然都不懂什么叫革命，却对革命充满了热情。胡也频先生号召组织现代文艺研究会，我们就在宿舍旁边的过道上摆上桌子，坦然怡然地登记愿意参加的会员。我们还准备出版刊物，我给刊物写过一篇文章，题目是《现代文艺的使命》。当时看了一些从日文转译过来的俄国人写的马克思文艺理论，译文极其别扭，读起来像天书一般。我也生吞活剥地写入我的"文章"，其幼稚可想而知。但是自己却颇有一点自命不凡的神气。记得衍梁也写了文章，题目忘记了，其幼稚程度同我恐怕也在伯仲之间。

这些举动当然会惹起国民党反动派的注意。我们学校就设有什么训导主任，专门宣传国民党党义和监视学生的活动。他们散布流言，说济南高中成了"土匪训练班"。衍梁当仁不让地是"土匪"之一。对他们眼中的"土匪"们，国民党一向是残酷消灭，手下绝不留情的。不久，就传出了"消息"，说是他们要逮捕人。

胡也频先生立即逃离济南，到了上海。过了没有多久，国民党反动派终于下了毒手，他就在龙华壮烈牺牲了。

我们这些小"土匪"失去了支柱，只好变得安分守己起来。一转眼到了1930年夏天，我毕业离校，到北平考上国立清华大学，同衍梁就失去了联系。一直到1946年，我从欧洲回国，1947年回到济南，才再次同他见面。当时正处在解放战争高潮中，济南实际上成了一座孤城，国民党反动派眼看就要崩溃。记得我们也没有能见多少次面，我就又离开济南回北平来了。

又是一段相当长的别离。好像是到了"四人帮"垮台以后，我才又去济南见了衍梁。他当了官，对老友仍然像从前那样热情。七年前我回到济南开会，一中的老同学集会了一次。五六十年没有见面的中学老同学又见了面，实在是空前盛会，大家都兴奋异常。我想大家都会想到杜甫的诗"人生不相见，动如参与商。今夕复何夕，共此灯烛光"而感慨万端。我见到了余修、黄离等等，衍梁当然也在里面，而且是最活跃的一个。此时他已经不戴乌纱帽，而搞山东科协。看来他的精神很好，身体很健康。谁也没料到，不久余修谢世，去年衍梁也病逝北京。这一次盛会不但空前，竟也绝后了。

我久已年逾古稀。但是一直到最近，我才逐渐承认自己是老人了。中国古代文人常用一个词儿，叫作"后死者"，我觉得这个词儿实在非常有意思。同许多老朋友比起来，我自己竟也成了一个"后死者"。当一个"后死者"是幸运的——谁不愿意长寿呢？但任务也是艰巨的。许多已死的老朋友的面影闪动在自己的脑海中，迷离历乱，不成章法，但又历历在目，栩栩如生。据说老年人都爱回忆过去。根据我自己的经验，这并不是老年人独有的爱好，而是在沉重的回忆的压力下不得不尔。

我常拿晚秋的树叶来比老年人。在木叶凋零的时刻，树上残留的叶片日益减少。秋风一吹，落下几片。秋风又一吹，又落下几片。树本身也许还能做梦，梦到冬去春来，树叶又可以繁茂起来。老年人是没有这种幸福的。他们只能眼睁睁地看着叶片日益稀少。淡淡的或浓浓的悲哀压在心头。屠格涅夫的一首散文诗、鲁迅的散文诗《过客》都讲道：眼前最终是一个坟墓，"人生至此，天道宁论"，古人已经叹息过了。我自认为是唯物主义者，知道这是自然规律，不可抗御，无所用其悲哀。但话虽这样说，如果说对生死绝不介意，恐怕是很难做到的。

现在我中小学的同伴生存的已经绝无仅有了，衍梁的面影，也夹在许多老朋友的面影中活跃在我的脑海里，等到我自己的面影也活跃在比我更后死的朋友的脑海中时，恐怕再没有谁还会记得起衍梁了。我现在乘着他的面影还在闪动时，写下这一篇短文，希望把他的面影保留得尽可能长一些。我现在能做的也就只这些了，呜呼，真叫作没有法子。

1987 年 7 月 23 日

寿作人

我收到了江苏文艺出版社张昌华先生的来信，里面讲到老友吴作人教授最近的情况。为了存真起见，我索性抄一段原信：

那日下午，我们应约到吴作人先生家，为他拍照。他已中风，较严重。萧先生说他对以前的事记得清楚，对目下的事过目皆忘。有一件事，当时我十分激动，想立即告诉您的。那日，为吴先生拍过照以后，请他签名。我们把签名册送到他手中，我一页页翻过。当见到您签的那页时，十分激动，用手指着您的签字直抖，双唇颤抖，眼睛含着泪花。他执笔非要签在您的名字旁，萧夫人怕他弄损了您的签字不好制版，请他在另一页上签，他固执不肯，样子十分生气。最后还是在另页上签了，但十分令人悲伤，也十分令人感动。悲伤的是一代美术大师连自己的名字也签不起来了（想不出），尽管萧夫人再次提醒，他写不出自己的名字，倒写了一堆介乎美术线条的草字。杂乱，但十分清楚可辨的是您的"林"字。我想大概当时他完全沉浸在对您的美好回忆中。我可揣测，你们之间一定有着十分感人的友谊。而且，写着写着，他流了泪。他的签名始终没有完成。最后萧夫人用一张他病中精神状态好时签在一张二寸长纸条上的名字。我们为此十分激动、感动。

读了这一段信，我的心颤抖起来。难道还有人看了这样发自内心的真挚的行动而不受感动的吗？何况我又是一个当事人！我可万万没有想到，分别还不过一两年，老友作人兄竟病到这个样子。我也流了泪。

我为老友祝福，祝他早日康复！

回想起来，我同作人兄相交已经将近半个世纪了。解放前夕，不是在 1947 年，就是在 1948 年，当时我已到北京大学来工作，学校还在沙滩。我筹办了一个印度伟大诗人泰戈尔的画展，地点在孑民堂。因为大画家徐悲鸿先生曾在印度泰戈尔创立的国际大学待过，而且给泰翁画了那一幅有名的像，所以我就求助于悲鸿先生。徐先生非常热心，借画给我，并亲自到北大来指导。偕同他来的有徐夫人廖静文女士，还有作人兄。

这是我同作人第一次见面，他留给我非常美好的印象。当时我们都还年轻。我只有三十六七岁，作人也不过这个年龄，都正是风华正茂的时候。关于他的大名，我却早已听说过了。我对绘画完全外行。据内行人说，中国人学习西洋的油画，大都是学而不像；真正像的，中国只有一人，这就是吴作人。这话有多大根据，我实在说不上来。但是作人却因此在我眼中成了传奇人物。当我同这一位传奇人物面对面站在一起的时候，我用好奇的眼光打量他，只见他身材颇为魁梧，威仪俨然，不像江南水乡人物。他沉默寡言，然而待人接物却是诚挚而淳朴。

从此以后，在无言中我们就成了朋友。

忘记了准确的时间，可能是在解放初期，我忽然对藏画发生了兴趣。我虽然初出茅庐，但野心颇大：不收齐白石以下的作品。我于是请作人代我买几张白石翁的作品。他立即以内行的身份问我："有人名的行不行？"当时收藏家有一种偏见，如果画上写着受赠者的名字，则不如没有写名的值钱。我觉得这个偏见十分可笑，立即答道："我不在乎。"作人认识白石翁，他买的画绝不会是赝品。过了不久，他就通知我：画已经买到。我连忙赶到他在建国门内离古观象台不远的老房子里去取画。大概有四五张之多，依稀记得付了约相当于以后人民币三十元的价钱。这几张画成了我藏画的起点。

此后不久，在1951年，作人和我同时奉派参加解放后第一个大型的出国代表团"中国文化代表团"，赴印度和缅甸访问。代表团规模极大，团员文理兼备，大都是在某一方面有代表性的学者和艺术家，其中颇不乏非常知名的人物，比如郑振铎、冯友兰等等。我们从1951年春天开始筹备，到1952年1月24日完成任务回国，前后共有八九个月。我几乎天天都同作人在一起。我们曾在故宫里面一个大殿里布置了规模极大的出国图片展览，请周恩来总理亲临审查。我们团员每一个人几乎都参加工作，参加劳动，大家兴致很高。我同作人，年纪虽轻，都是从旧社会走过来的。当时我们看什么东西都是玫瑰色的，都是光辉灿烂的。我们都怀着一种只可意会不可言传的，既兴奋，又愉快，既矫健，又闲逸的，飘飘然的感觉，天天仿佛在云端里过日子。

1951年9月20日，我们从北京乘火车出发，在广州停留了一段时间，然后到香港，乘轮船先到缅甸仰光，只停留了极短的时间，就乘飞机抵印度加尔各答，开始了对印度的正式访问。在印度待了约六周，东西南北中的大城市以及佛教圣迹，无不遍访，一直到了亚洲大陆最南端的科摩林海角，在印度洋里游泳。最后又回到缅甸，进行正式访问。1952年1月10日乘船返抵香港。1月24日回到北京，完成了一个大循环。

那一种飘飘然的感觉，始终伴随着我。在海外的时候，更像是在云端里过日子了。

往事如云如烟。现在回忆起来，有的地方清晰，有的地方就比较模糊。我现在仿佛是面对着黄山的云海。我同作人兄在这长达八九个月中相处的回忆，就像云海中迷茫的白云，一片茫然；但是，在某一些地方，在一片迷茫中又露出了黑色的山头，黑白相对照，特别引人注目。

这样的山头，最突出的有两个：一在印度的科钦；一在缅甸的东枝。

说起科钦，真是大大地有名。这个地方，我们古书上称之为"柯枝"，是印度西海岸上的一个自古以来就著名的港口。在历史上就同中国有过来往。我国明代的大航海家郑和也曾到过这里。这一座港口城市很小很小，但到处留有中国的痕迹。房屋建筑的山墙，据印度主人说，是中国式的。连海里捕鱼的网也据说是来自中国。博物馆里陈列着大量的中国明代的青花瓷盘和瓷碗，闪耀着青白色的历史的光辉。中国人来到此处，处处引发思古之幽情，不是很自然的吗？

我们到了以后，城市很快就参观完毕。一天早晨，主人安排我们乘小轮游览海港。此时旭日初升，海波不兴。我们分乘几艘小轮，向大海驶去。"纵一苇之所如，凌万顷之茫然"，我们在海湾里兜开了圈子。遥想当年郑和率水师，不远万里，来到此处，为中印两国人民架起了一座友谊的金桥。千百年来，连绵未断。今天我们又来到此处。此时我们真是心潮澎湃，意气风发。我们一路上唱的一首当时风靡全国的歌又自然而然地涌出我们的喉咙："五星红旗迎风飘扬，胜利歌声多么响亮！"那令人欢欣鼓舞的内容，回还往复的旋律，宛如眼前海中的波涛，一波未平，一波又起，连绵起伏，永无止境。眼前景色如此，我们仿佛前能见古人，后能想来者，天地毫不悠悠，生趣就在眼前。情与景会，歌声愈唱愈高，水天汪洋，大海茫茫，我们仿佛成了主沉浮的宇宙之主了。在唱的过程中，我注意到，作人唱的同我们有时有点区别，声音低沉。我好奇地问了他一声。他说这是二重唱的合音。我恍然又增添了一点见识。

我们都返老还童，飘飘然仿佛在云端里过日子。

缅甸的东枝，是一个同印度科钦迥异其趣的地方。此地既无大海，也无大山。但是林泉秀美，花木扶疏，大地上一片浓碧，现在向记忆里去搜寻东枝，竟无一点黄色的影子；唯一的例外是那些在万绿丛中闪着黄光的小星星，这是橘园中悬挂在枝头的橘柑，它吸引住了人们的目光。东枝最著名的地方当属茵莱湖。此湖不但名显缅甸，而且蜚声全球，因为她有一些非常特殊的地方。她是一个长达百里的狭长的淡水湖。湖中所有的岛都是"浮岛"，就是漂浮在湖面上能够活动的岛。岛是人工制造成的。人们在漂浮在水面上的苇丛上撒上土。过一段时间，苇丛受压下沉，上面又长出了新的芦苇，于是再在上面撒上土。如此，一而再，再而三，年深日久，面积越来越大，体积越来越沉，就形成了浮岛。在大的浮岛上可以修建木楼，木楼连接，成了水村。村中有工厂，有商店，当然也有住宅，村村相连，形成水城。居民往来，皆乘小船。此地划船姿势为世界他处所不见。舟子站在船头，用一只脚来划船，行驶颇速。居民很少登陆，死后抛尸水中。据说此地的居民是不吃鱼的，因为鱼是吃死尸长大的。

在这样童话王国般的环境里，我们参观任务不重，悠闲自在，遗世而独立，颇多聊天的机会。我和作人常常坐对橘园，信口闲聊，上天下地，海阔天空，没有主题，而兴趣盎然。

我们又飘飘然，仿佛在云端过日子。

回国以后，各有各的工作岗位，见面的机会就很少了。我曾多次讲到过，我有一个最大的缺点，就是不乐意拜访人。我由此而对我一些最尊的师友抱憾者屡屡矣。对于作人，我也蹈了这个覆辙。幸而在若干年前，我们同参加全国人大常委会，待了五年。常委会的会是非常多的，每两月我们必能见面一次。可惜没能找出时间，像在印度和缅甸那样，晤对闲聊。在这期间，他曾亲临寒舍，带给我一册影印的他同夫人萧淑芳女士的画册。此情此谊，至今难忘。可我哪里会想到暌别时间不长，他竟中了风，艰于言行。但是，就是在这样艰难的情况下，我在他心中竟然还能有这样的地位，我内心的感情难道是用"感动"二字就能表达的吗？

往事如云如烟，人生如光如电。但真挚的友谊是永存的。古今中外感人的友谊佳话多矣。而且我还相信，像中风这样的病，只要调理得法，是不难恢复健康的。

我为老友祝福，祝他早日康复。

我相信，他的康复指日可待。

1992 年 6 月 10 日

怀念乔木

　　乔木同志离开我们已经一年多了。我曾多次想提笔写点儿怀念的文字，但都因循未果。难道是因为自己对这一位青年时代的朋友感情不深、怀念不切吗？不，不，绝不是的。正因为我怀念真感情深，我才迟迟不敢动笔，生怕亵渎了这一份怀念之情。到了今天，悲思已经逐步让位于怀念，正是非动笔不行的时候了。

　　我认识乔木是在清华大学。当时我不到二十岁，他小我一年，年纪更轻。我念外语系而他读历史系。我们究竟是怎样认识的，现在已经回忆不起来。总之我们认识了。当时他正在从事反国民党的地下活动（后来他告诉我，他当时还不是党员）。他创办了一个工友子弟夜校，约我去上课。我确实也去上了课，就在那一座门外嵌着"清华学堂"的高大的楼房内。有一天夜里，他摸黑坐在我的床头上，劝我参加革命活动。我虽然痛恶国民党，但是我觉悟低，又怕担风险。所以，尽管他苦口婆心，反复劝说，我这一块顽石愣是不点头。我仿佛看到他的眼睛在黑暗中闪光。最后，听他叹了一口气，离开了我的房间。早晨，在盥洗室中我们的脸盆里，往往能发现革命的传单，是手抄油印的。我们心里都明白，这是从哪里来的。但是没有一个人向学校领导去报告。从此相安无事，一直到一两年后，乔木为了躲避国民党的迫害，逃往南方。

此后，我在清华毕业后教了一年书，同另一个乔木（乔冠华，后来号"南乔木"，胡乔木号"北乔木"）一起到了德国，一住就是十年。此时，乔木早已到了延安，开始他那众所周知的生涯。我们完全走了两条路，恍如云天相隔，"世事两茫茫"了。

等到我于1946年回国的时候，解放战争正在激烈进行。到了1949年，解放军终于开进了北京城。就在这一年的春夏之交，我忽然接到一封从中南海寄出来的信。信开头就说："你还记得当年在清华时一个叫胡鼎新的同学吗？那就是我，今天的胡乔木。"我当然记得的，一缕怀旧之情蓦地萦上了我的心头。他在信中告诉我说，现在形势顿变，国家需要大量的研究东方问题、通东方语文的人才。他问我是否同意把南京东方语专、中央大学边政系一部分和边疆学院合并到北大来。我同意了。于是有一段时间，东语系是全北大最大的系。原来只有几个人的系，现在顿时熙熙攘攘，车马盈门，热闹非凡。

记得也就是在这之后不久，乔木到我住的翠花胡同来看我。一进门就说："东语系马坚教授写的几篇文章《穆罕默德的宝剑》《回教徒为什么不吃猪肉？》等，毛先生很喜欢。请转告马教授。"他大概知道，我们不习惯于说"毛主席"，所以用了"毛先生"这一个词儿。我当时就觉得很新鲜，所以至今不忘。

到了 1951 年，我国政府派出了新中国成立后第一个大型的出国代表团：赴印缅文化代表团。乔木问我愿不愿参加，我当然非常愿意。我研究印度古代文化，却没有到过印度，这无疑是一件憾事。现在天上掉下来一个良机，可以弥补这个缺憾了。于是我畅游了印度和缅甸，留下了毕生难忘的印象。这当然要感谢乔木。

但是，我是一个上不得台盘的人，我很怕见官。两个"乔木"都是我的朋友，现在都当了大官。我本来就不喜欢拜访人，特别是官，不管是多熟的朋友，也不例外。解放初期，我曾请"南乔木"乔冠华给北大学生做过一次报告。记得送他出来的时候，路上遇到艾思奇，他们俩显然很熟识。艾说："你也到北大来老王卖瓜了！"乔说："只许你卖，就不许我卖吗？"彼此哈哈大笑。从此我就再没有同乔冠华打交道。同"北乔木"也过从甚少。

说句老实话，我这两个朋友，南北两"乔木"都没有"官架子"。我最讨厌人摆"官架子"，然而偏偏有人爱摆。这是一种极端的低级趣味的表现。我的政策是：先礼后兵。不管你是多么大的官，初见面时，我总是彬彬有礼。如果你对我稍摆官谱，从此我就不再理你，见了面也不打招呼。知识分子一向是又臭又硬的，反正我绝不想往上爬，我完全无求于你，你对我绝对无可奈何。"官架子"是抬轿子的人抬出来的。如果没有人抬轿子，"架子"何来？因此我憎恶抬轿子者胜于坐轿子者。如果有人说这是狂狷，我也只当秋风过耳边。

但是，乔木却绝不属于这一类的官。他的官越做越大，地位越来越高，被誉为"党内的才子""大手笔"，俨然执掌意识形态大权，名满天下。然而他并没有忘掉故人。特别是"文化大革命"以后，我们都有独自的经历。我们虽然没有当面谈过，但彼此心照不宣。他到我家来看我，他的家我却是一次也没有去过。什么人送给了他上好的大米，他也要送给我一份。他到北戴河去休养，带回来了许多个儿极大的海螃蟹，也不忘记送我一筐。他并非百万富翁，这些可能都是他自己出钱买的。按照中国老规矩：来而不往，非礼也。投桃报李，我本来应该回报点东西的，可我什么吃的东西也没有送给乔木过。这是一种什么心理呢？我自己并不清楚。难道是中国旧知识分子、优秀的知识分子那种传统心理在作怪吗？

1986年冬天，北大的学生有一些爱国活动，有一点"不稳"。乔木大概有点着急。有一天他让我的儿子告诉我，他想找我谈一谈，了解一下真实的情况。但他不敢到北大来，怕学生们对他有什么行动，甚至包围他的汽车，问我愿不愿意到他那里去。我答应了。于是他把自己的车派来，接我和儿子、孙女到中南海他住的地方去。外面刚下过雪，天寒地冻。他住的房子极高极大，里面温暖如春。他全家人都出来作陪。他请他们和我的儿子、孙女到另外的屋子里去玩，只留我们两人，促膝而坐。开宗明义，他先声明："今天我们是老友会面。你眼前不是政治局委员、书记处书记，而是六十年来的老朋友。"我当然完全理解他的意思，把我对青年学生的看法，竹筒倒豆子，和盘倒出，毫不隐讳。我们谈了一个上午，只是我一个人说话。我说的要旨其实非常简明：青年学生是爱国的；在上者和年长者唯一正确的态度是理解与爱护，诱导与教育；个别人过激的言行可以置之不理。最后，乔木说话了：他完全同意我的看法，说是要把我的意见带到政治局去。能得到乔木的同意，我心里非常痛快。他请我吃午饭。他们全家以夫人谷羽同志为首和我们祖孙三代围坐在一张非常大的圆桌旁。让我吃惊的是，他们吃得竟是这样菲薄，与一般人想象的什么山珍海味、燕窝、鱼翅，毫不沾边儿。乔木是一个什么样的官儿，也就一清二楚了。

有一次，乔木想约我同他一起到甘肃敦煌去参观。我委婉地回绝了。并不是我不高兴同他一起出去，我是很高兴的。但是，一想到下面对中央大员那种逢迎招待、曲尽恭谨之能事的情景，一想到那种高楼大厦、扈从如云的盛况，我那种上不得台盘的老毛病又发作了，我感到厌恶，感到腻味，感到不能忍受。眼不见为净，还是老老实实地待在家里为好。

最近几年以来，乔木的怀旧之情好像愈加浓烈。他曾几次对我说："老朋友见一面少一面了！"我真是有点惊讶。我比他长一岁，还没有这样的想法哩。但是，我似乎能了解他的心情。有一天，他来北大参加一个什么展览会。散会后，我特意陪他到燕南园去看清华老同学林庚。从那里打电话给吴组缃，电话总是没有人接。乔木告诉我，在清华时，他俩曾共同参加了一个地下革命组织，很想见组缃一面，竟不能如愿，言下极为怏怏。我心里想：这次不行，下次再见嘛。焉知下次竟没有出现。乔木同组缃终于没能见上一面，就离开了人间。这也可以说是抱恨终天吧。难道当时乔木已经有了什么预感吗？

他最后一次到我家来，是老伴谷羽同志陪他来的。我的儿子也来了。后来谷羽和我的儿子到楼外同秘书和司机去闲聊。屋里只剩下了我同乔木两人。我一下回忆起几年前在中南海的会面。同一会面，环境迥异。那一次是在极为高大宽敞、富丽堂皇的大厅里。这一次却是在低矮窄小、又脏又乱的书堆中。乔木仍然用他那缓慢低沉的声调说着话。我感谢他签名送给我的诗集和文集。他赞扬我在学术研究中取得的成就，用了几个比较夸张的词儿。我顿时感到惶恐，觳觫不安。我说："你取得的成就比我大得多而又多呀！"对此，他没有多说什么话，只是轻微地叹了一口气，慢声细语地说："那是另外一码事儿。"我不好再说什么了。谈话时间不短了，话好像是还没有说完。他终于起身告辞。我目送他的车转过小湖，才慢慢回家。我哪里会想到，这竟是乔木最后一次到我家里来呢？

大概是在前年，我忽然听说：乔木患了不治之症。我大吃一惊，仿佛当头挨了一棍。"斯人也，而有斯疾也。"难道天道真就是这个样子吗？我没有别的办法，只能寄希望于万一。这一次，我真想破例，主动到他家去看望他。但是，儿子告诉我，乔木无论如何也不让我去看他。我只好服从他的安排。要说心里不惦念他，那是根本不可能的。六十多年的老友，世界上没有几个了。

时间也就这样过去。去年八九月间，他委托他的老伴告诉我的儿子，要我到医院里去看他。我十分了解他的心情：这是要同我最后诀别了。我怀着沉重的心情，同儿子到了他住的医院里。病房同中南海他的住房同样宽敞高大，但我的心情却无论如何也不能同那一次进中南海相比，我这一次是来同老友诀别的。乔木仰面躺在病床上，嘴里吸着氧气，床旁还有一些打点滴用的器械。他看到我来了，显得有点激动，抓住我的手，久久不松开。

看来他知道，这是最后一次握老友的手了。但是，他神态是安详的，神志是清明的，一点没有痛苦的表情。他仍然同平常一样慢声慢气地说着话。他曾在《人物》杂志上读过我那《留德十年》的一些篇章，不知道为什么他现在又忽然想了起来，连声说："写得好！写得好！"我此时此刻百感交集，我答应他全书出版后，一定送他一本。我明知道这只不过是空洞的谎言。这种空洞萦绕在我耳旁，使我自己都毛骨悚然。然而我不说这个又能说些什么呢？

　　这是我同乔木最后一次见面。过了不久，他就离开了人间。按照中国古代一些知识分子的做法，《留德十年》出版以后，我应当到他的坟上焚烧一本，算是送给他那在天之灵。然而，遵照乔木的遗嘱，他的骨灰都已撒到他革命的地方了，连一个骨灰盒都没有留下。他是"赤条条来去无牵挂"。然而，对我这后死者来说，却是极难排遣的。我面对这一本小书，泪眼模糊，魂断神销。

　　平心而论，乔木虽然表面上很严肃，不苟言笑，他实则是一个正直的人，一个正派的人，一个感情异常丰富的人，一个脱离了低级趣味的人。六十年的宦海风波，他不能无所感受，但是他对我半点也没有流露过。他大概知道，我根本不是此道中人，说了也是白说。在他生前，内地和香港都有一些人把他封为"左王"；另外一位同志同他并列，称为"左后"。我觉得，乔木是冤枉的。他哪里是那种有意害人的人呢？

　　我同乔木相交六十年。在他生前，对他我有意回避，绝少主动同他接近。这是我的生性使然，无法改变。他逝世后这一年多以来，不知道是为什么，我倒常常想到他。我像老牛反刍一样，回味我们六十年交往的过程，顿生知己之感。这是我以前从来没有感到过的。现在我越来越觉得，乔木是了解我的。有知己之感是件好事，然而它却加浓了我的怀念和悲哀。这就难说是好是坏了。

随着自己的年龄的增长，我现在越来越觉得，在人世间，后死者的处境是并不美妙的，年岁越大，先他而走的亲友越多，怀念与悲思在他心中的积淀也就越来越厚，厚到令人难以承担的程度。何况我又是一个感情常常超过需要的人，我心里这一份负担就显得更重。乔木的死，无疑又在我的心灵中增加了一份极为沉重的负担。我有没有办法摆脱这一份负担呢？我自己说不出。我怅望窗外皑皑的白雪，我想得很远，很远。

1993 年 11 月 28 日凌晨

悼许国璋先生

　　小保姆告诉我，北京外国语大学来了电话，说许国璋教授去世了。我不禁"哎哟"了一声。我这种不寻常的惊呼声，在过去相同的场合下是从来没有过的。它一方面表现了这件事对我打击之剧烈，另一方面其背后还蕴含着一种极其深沉的悲哀，有如被雷击一般，是事前绝对没有想到的，我只有惊呼"哎哟"了。

　　我同国璋，不能算是最老的朋友。但是，屈指算来，我们相识也已有将近半个世纪了。在解放初期那种狂热的开会的热潮中，我们常常在各种各样的会上相遇。会虽然是各种各样，但大体上离不开外国语言和文学。我们亦不是一个行当，他是搞英语的，我搞的则是印度和中亚古代语言。但因为同属于"外"字号，所以就有了相会的机会。我从小学就开始学英语，以后在清华，虽云专修德语，实际上所有的课程都用英语来进行，因此我对英语也不敢说是外行，又因此对国璋的英语造诣也具有能了解的资格。英语界的同行们对他的英语造诣之高，无不钦佩。但是，他

218

在这一方面绝无骄矜之气。他待人接物，一片淳真、朴实、诚恳、谦逊，但也并不故作谦逊状，说话实事求是，绝不忸怩作态。因此，他给我留下了非常美好的、毕生难忘的印象。

到了那一个史无前例的"十年浩劫"，他理所当然地在劫难逃。风闻他被打成了外院"洋三家村"的大老板。中国人作诗词，讲究对偶，"四人帮"一伙虽然胸无点墨，我们老祖宗这个遗产，他们却忠诚地继承下来了，既有"土三家村"，必有"洋三家村"。国璋等三个外院著名的英美语言文学的教授，适逢其会，叨蒙垂青，于是一个虚无缥缈的"洋三家村"就出现在大字报上了。大家都知道，"土三家村"是"十年浩劫"的直接导火线。本来不存在的事实却被具有天眼通、天耳通的"四人帮"及其徒子徒孙们"炒"成了"事实"，搞得乌烟瘴气，寰宇闻名。"中"一变而为"外"，"土"一变而为"洋"，当时崇洋媚外，罪大恶极——其实"四人帮"一伙是在灵魂深处最崇洋媚外的——"土三家村"十恶不赦，而"洋三家村"则必然是万恶不赦了。在这样的情况下，国璋所受的皮肉之苦，以及精神上的折磨，概可想见了。

拨乱反正，天日重明。我同国璋先生的来往也多了起来。据我个人的估计，我们在"浩劫"前后的来往，性质和内容，颇有所不同。劫前集会，多是务虚；劫后集会，则重在务实。从前，我们这一群知识分子，特别是老知识分子，又特别是在外国待过的老知识分子，最初还是有理智、有自知之明的。我们都知道自己是热爱祖国的，热爱新社会的，对所谓"解放"是感到骄傲的。然而，天天开会，天天"查经"，天天"学习"，天天歌功。人是万物之灵，但又是很软弱的动物，久而久之，就被这种环境制造

成了后现代主义的最新的"基督教徒"，一脑袋"原罪"思想，
简直觉得自己一无是处，罪恶滔天，除非认真脱胎换骨，就无地
自容，就无颜见天下父老。我的老师，中国当代大哲学家金岳霖
先生，学贯中西，名震中外，早已过了还历之年，头发已经黑白
参半。就是这样一个老人，竟在一次会上，声音低沉，眼睛里几
乎要流出眼泪，沉痛检讨自己。什么原因呢？他千方百计托人买
一幅明朝大画家文徵明的画。我当时灵魂的最深处一阵战栗，觉
得自己"原罪"的思想太差劲了，应该狠狠地向老师学习了。

　　我同国璋也参加了不少这样的会，他是怎样思考的，我不知
道。反正他是一个老党员，"原罪"的意识应该超过我们的。我
丝毫也没有认为中国的老知识分子都是完美无缺的。我们有自己
的缺点，我们也应该改造思想。但是，事实最是无情的，当年一
些挥舞着"资产阶级法权"大棒专门整人的人，曾几何时，原形
毕露：他们有的不只是资产阶级思想，而且还有封建思想。这难
道不是最大的讽刺吗？

　　这话扯远了，还是收回来讲劫后的集会吧，此时"四人帮"
已经垮了台，"双百"方针真正得到了实现。改革开放给人们带
来了思想的活跃，带来了重新恢复起来的干劲。外国语言文学界
也不例外。我同国璋先生，还有"洋三家村"的全体成员，以及
南南北北的同行们，在睽离了十多年以后，又经常聚在一起开
会。但是，现在不再是写不完的检讨、认不完的罪，而是认真、
细致地讨论一些为适应我国社会主义建设的有关外国语言文学的
问题。最突出的例子是编写《中国大百科全书》"外国文学卷"
和"语言卷"的工作。此时，我们真正是心情愉快，仿佛拨云雾

而见青天。那一顶顶"资产阶级法权""资产阶级反动学术权威"的虚无缥缈的、至今谁也说不清楚的、然而却如泰山压顶似的大帽子，"三山半落青天外"了。我们无帽一身轻，真有用不完的劲。我同国璋每次见面，会心一笑，真如"如来拈花，迦叶微笑"，"心有灵犀一点通"了。

最难忘的是当我受命担任"语言卷"主编时的情景。这样一部能而且必须代表有几千年研究语言学传统的世界大国语言学研究水平的巨著，编纂责任竟落到了我的肩上，我真是诚惶诚恐，如履薄冰。我考虑再三，外国语言部分必须请国璋先生出马负责。中国研究外国语言的学者不是太多，而造诣精深，中西兼通又能随时吸收当代语言新理论的学者就更少。在这样考虑之下，我就约了李鸿简同志，在一个风大天寒的日子里，从北大乘公共汽车，到魏公村下车，穿过北京外院的东校园，越过马路，走到西校园的国璋先生的家中，恳切陈词，请他负起这个重任。他二话没说，立即答应了下来。我刚才受的寒风冷气之苦和心里面忐忑不安的心情，为之一扫。我无意中瞥见了他室中摆的那一盆高大的刺儿梅，灵犀一点，觉得它也为我高兴，似向我招手祝贺。

从那以后，我们的来往就多了起来，有时与《大百科》有关，有时也无关。他在自己的小花园里种了荷兰豆，几次采摘一些最肥嫩的，亲自送到我家里来。大家可以想象，这些当时还算是珍奇的荷兰豆，嚼在我嘴里是什么滋味，这里面蕴涵着醇厚的友情，用平常的词汇来形容，什么"鲜美"，什么"脆嫩"，都是很不够的。只有用神话传说中的"醍醐"，只有用梵文"amra（不死之药）"一类的词儿，才能表达于万一。

他曾几次约我充当他的硕士生和博士生答辩委员会主席，请我在他住宅附近的一个餐厅里吃饭，有一次居然吃的是涮锅子。他也到我家来过几次，我们推心置腹，无话不谈。我们谈论彼此学校的情况，谈论当前中国文坛，特别是外国语言文学界的新情况和新动向，谈论当前的社会风气。谈论最多的是青年的出国热。我们俩都在外国待过多年，绝不是什么"土包子"，但是我们都不赞成久出不归，甚至置国格与人格于不顾，厚颜无耻地赖在那个蔑视自己甚至污辱自己的国家里不走。我们当年在外国留学时，从来也没有久居不归的念头。国璋特别讲到，一个黄脸皮的中国人，那几个诺贝尔奖的获得者除外，在民族歧视风气浓烈的美国，除了在唐人街鬼混或者同中国人来往外，美国社会是很难打进去的。有一些中国人可以毕生不说英文，依然能过日子。神话传说中说"一人成道，鸡犬升天"，那一些中国人把一块中国原封不动地搬过了汪洋浩瀚的太平洋，带着鸡犬，过同在中国完全一样的日子，笑骂由他笑骂，好饭我自吃之，这究竟有什么意义呢？我同国璋禁不住唏嘘不已。"回思寒夜话明昌，相对南冠泣数行。"我们不是楚囚，也无明昌可话，但是我们的心情是沉重的，我们是欲哭无泪了。岂不大可哀哉！

最让我忆念难忘的是在我八十岁诞辰庆祝会上，我同国璋兄的会面。人生八十，寿登耋耋，庆祝一下，未可厚非。但自谓并没有做出什么了不起的成绩，而校系两级竟举办了这样大规模的庆祝活动。大会在电教大厅举行。本来只能容四百多人的地方，竟到了五六百人。多年不见的毕业老同学都从四面八方来到燕园，向我表示祝贺。我的家乡的书记也不远千里来了。澳门的一些朋友也来了。我心里实在感到不安。最让我感动的是接近"米寿"的冯至先生来了，我的老友，身体虚弱、疾病缠身的吴组缃兄也坐着轮椅来了。我既高兴，又忐忑不安，感动得我手忙脚乱，一时竟说不出话来。

又实在出我意料，国璋兄也带着一个大花篮来了。我们一见面，仿佛有什么暗中的力量在支配着我们，不禁同时伸出了双臂，拥抱在一起。大家都知道，这种方式在当前的中国还是比较陌生的。可我们为什么竟同时伸出了双臂呢？中国古人说："诚于中，形于外。"在我们两人的心中，不知道从什么时候早已埋下了超乎寻常的感情，一种"贵相知心"的感情。在当时那一种场合下，自然而然地爆发了出来，我们只能互相拥抱了。

在我漫长的一生中，那一次祝寿会是空前的，是我完全没有意料到的。我周旋在男女老少五六百人的人流中，我眼前仿佛是一个春天的乐园，每一个人的笑容都幻化成一朵盛开的鲜花，姹紫嫣红，一片锦绣。当我站在台上讲话的时候，心中一时激动，眼泪真欲夺眶而出，片刻沉默，简直说不出话来。此情此景，至今记忆犹新。

我已年届耄耋，一生活得时间既长，到的地方又多。我曾到过三十来个国家，有的国家我曾到过五六次之多，本来应该广交天下朋友，但是情况并非如此。我确实交了一些朋友，一些素心人，但是数目并不太多。我自己检查，我天生是一个内向的人，我自谓是性情中人。在当今世界上，像我这样的人是不合时宜的。但是，造化小儿仿佛想跟我开玩笑，他让时势硬把我"炒"成了一个社会活动家，甚至国际活动家。每当盛大场合，绅士淑女，峨冠博带，珠光宝气，照射牛斗。我看有一些天才的活动家，周旋其中，左一握手，右一点头，如鱼得水，畅游无碍。我内心真有些羡煞愧煞。我局促在一隅，手足无所措，总默祷苍天，希望盛会早散，还我自由。这样的人而欲广交朋友，岂不等于骆驼想钻针眼吗？

我因此悟到：交友之道，盖亦难矣。其中有机遇，有偶合，有一见如故，有相对茫然。友谊的深厚并不与会面的时间长短成正比。往往有人相交数十年，甚至天天对坐办公，但是感情总是如油投水，绝不会融洽。天天"今天天气，哈，哈，哈"，天天像英国人所说的那样像一对豪猪，必须保持一定的距离，天天在演《三岔口》，倒成不了真正的朋友。

反观我同国璋兄的关系，情况却完全不同。我们并不在一个学校工作，见面的次数相对说来并不是太多。我们好像真是一见如故，一见倾心，没有费多少周折。我们也都并没有清晰地意识到，我们终于成了朋友，成了知己的朋友。难道真如佛家所说的那样，人与人之间有缘分吗？

了解了我在上面说的这个过程，就能够知道，国璋的逝世对我的心灵是多么大的打击。我们俩都是唯物主义者，不信有什么来生，有什么天堂。能够有来生和天堂的信仰，也不是坏事，至少心灵可以得到点安慰。但是，我办不到。我相信我们都只有一次生命，一别便永远不能再会。可是，如果退一步想，在仅有的一次生命中，我们居然能够相逢，而且成了朋友，这难道不能算是最高的幸福吗？遗体告别的那一天，有人劝我不要去。我心里想的却是，即使我不能走，我爬也要爬到八宝山。这最后的一面我无论如何也要见的。当我看到国璋安详地躺在那里时，我泪如泉涌，真想放声痛哭一场。从此人天暌隔，再无相见之日了。呜呼，奈之何哉！奈之何哉！

1994 年 9 月 24 日

悼组缃

组缃毕竟还是离开我们走了，永远永远地走了。最近几年来，他曾几次进出医院，有时候十分危险。然而他都逢凶化吉，走出了医院。我又能在池塘边上看到一个戴儿童遮阳帽的老人，坐在木头椅子上，欣赏湖光树影。

他前不久又进了医院。我仍然做着同样的梦，希望他能再一次化险为夷，等到春暖花开时，再一次坐在木椅子上，为朗润园增添一景。然而，这一次我的希望落了空。组缃离开了我们走了，永远永远地走了。对我个人来说，我失掉了一个有六十多年友谊的老友。偌大一个风光旖旎的朗润园，杨柳如故，湖水如故，众多的贤俊依然灿如列星，为我国的文教事业增添光彩。然而却少了一个人，一个平凡又不平凡的老人。我感到空虚寂寞，名园有灵，也会感到空虚与寂寞的。

距今六十四年以前，在三十年代的第一年，我就认识了组缃。当时我们都在清华大学读书，岁数相差三岁，级别相差两级，又不是一个系。然而，不知怎么一来，我们竟认识了，而且成了好友。当时同我们在一起的还有林庚和李长之，可以说是清华园"四剑客"。大概我们都是所谓"文学青年"，都爱好舞笔弄墨，共同的爱好把我们聚拢在一起来了。我读的虽然是外国语文系，但曾旁听过朱自清先生和俞平伯先生的课。我们"四剑客"大概都偷听过当时名噪一时的女作家谢冰心先生的课和燕京大学教授郑振铎先生的课。结果被冰心先生板着面孔赶了出来。和郑振铎先生我们却交上了朋友。他同巴金和靳以共同创办了《文学季刊》，我们都成了编委或特约撰稿人，我们的名字堂而皇之地赫然印在杂志的封面上。郑先生这种没有一点教授架子，绝不歧视小字辈的高风亮节，我曾在纪念他的文章中谈到。我们曾联袂到今天北京大学小东门里他的住处访问过他，对他那插架的宝书曾狠狠地羡慕过一阵。先生之风，山高水长，可惜长之和靳以已先后谢世，能够回忆的只剩下我同林庚两人了。

我们"四剑客"是常常会面的，有时候在荷花池旁，有时候在林荫道上，更多的时候是在某一个人的宿舍里。那时我们都很年轻，我的岁数最小，还不到二十岁，正是幻想特多，不知天高地厚，仿佛前面的路上全铺满了玫瑰花的年龄。我们放言高论，无话不谈，"语不惊人死不休"。个个都吹自己的文章写得好，不是梦笔生花，就是神来之笔。林庚早晨初醒，看到风吹帐动，立即写了两句话：

　　破晓时天旁的水声
　　深林中老虎的眼睛

当天就念给我们听，眉飞色舞，极为得意。他的一篇诗稿上有一个"袭"字，看上去像是"聋"字。长之立即把这个"聋"字据为己有。原诗是"袭来了什么什么"，现在成了"聋来了什么什么"。他认为，有此一个"聋"字而境界全出了。

我们会面的地方，留给我印象最深的还是工字厅。这是一座老式建筑，里面回廊曲径，花木蓊郁，后临荷塘。那一个有名的写着"水木清华"四个大字的匾，就挂在工字厅后面。这里房间很多，数也数不清。中间有一座大厅，按现在的标准来说，也不算太大。厅里的旧木家具，在薄暗中有时闪出一点光芒。这是一个非常清静的地方，平常很少有人到这里来。对我们"四剑客"来说，这里却是侃大山（当时还没有这个词儿）的理想的地方。我记得茅盾《子夜》出版的时候，我们四个人又凑到一起，来到这里，大侃《子夜》。意见大体上分为两派：否定与肯定。我属于前者，组缃属于后者。我觉得，茅盾的文章死板、机械，没有鲁迅那种灵气。组缃则说，《子夜》结构宏大，气象万千。这样的辩论向来不会有结果的，不过是每个人淋漓尽致地发表了意见以后，你好，我好，大家都好，又谈起别的问题来了。

组缃上中学时就结了婚。家境大概颇为富裕，上清华时，把家眷也带了来。现在听说中国留学生可以带夫人出国，名曰"伴读"。当时是没有这个说法的。然而组缃的所作所为不正是"伴读"吗？组缃真可谓"超前"了。有了家眷，就不能住在校内学生宿舍里。他在清华附近西柳村租了几间房子，全家住在那里。我曾同林庚和长之去看过他。除了夫人以外，还有一个三四岁的女孩，小名叫小鸠子，是非常聪慧可爱的孩子。去年下半年，我去看组缃，小鸠子正从四川赶回北京来陪伴父亲。她现在也已六十多岁，非复当日的小女孩了。我叫了一声"小鸠子"，组缃笑着说："现在已经是老鸠子了。"相对一笑。时间流逝得竟是如此迅速，我也不禁"惊呼热中肠"了。

清华毕业后，我们"四剑客"，天南海北，在茫茫的赤县神州，在更茫茫的番邦异域，各奔前程，为了糊口，为了养家，在花花世界中摸爬滚打，历尽苦难，在心灵上留下了累累伤痕。我们各自怀着对对方的忆念，在寂寞中，在沉默中，等待着，等待着。一直等到五十年代初的院系调整，组缃和林庚又都来到了北大，我们这"三剑客"在暌离二十年后又在燕园聚首了。此时我们都已成了中年人，家事、校事、国事，事事萦心。当年的少年锐气已经磨掉了不少，非复昔日之狂纵。燕园虽秀美，但独缺少一个工字厅，缺少一个水木清华。我们平常难得见一次面，见面大都是在校内外召开的花样繁多的会议上。一见面，大家哈哈一笑，个中滋味，不足为外人道也。

时光是超乎物外的，它根本不管人世间的悲欢离合，从无始至无终，始终是狂奔不息。一转瞬间，已经过去了四十年。其间风风雨雨，坎坎坷坷，中国的老知识分子无不有切肤之痛，大家心照不宣，用不着再说了。我同组缃在牛棚中做过"棚友"，更别有一番滋味在心头。我们终于都离开了中年，转入老年，进而进入耄耋之年，不但青年的锐气消磨精光，中年的什么气也所余无几，只剩下了一团暮气了。幸好我们这清华园"三剑客"（长之早已离开了人间）并没有颓唐不振，仍然在各自的领域里辛勤耕耘，虽非"志在千里"，却也还能"日暮行雨，春深著花"，多少都有所建树，差堪自慰而已。

前几年，我同组缃的共同的清华老友胡乔木，曾几次对我说："老朋友见一面少一面了！"我颇讶其伤感。前年他来北大参加一个什么会。会结束后，我陪他去看了林庚。他执意要看一看组缃，说他俩在清华时曾共同搞过地下革命活动。我于是从林庚家打电话给组缃，打了好久，没有人接。并非离家外出，想是高卧未起。不管怎样，组缃和乔木至终也没能再见上一面。乔木先离开了人间，现在组缃也走了。回思乔木说的那一句话，字字是真理，哪里是什么感伤！我却是乐观得有点可笑了。

我默默地接受了这个教训，赶在组缃去世之前，想亡羊补牢一番。去年我邀集了几个最老的朋友组缃、恭三（邓广铭）、林庚、周一良等，小聚了一次。大家都一致认为，老友们的兴致极高，难得浮生一夕乐。但在觥筹交错中，我不禁想到了两个人：一是长之，一是乔木。清华"剑客"于今飘零成广陵散矣。我本来想今年再聚一次，被邀请者范围再扩大一点。哪里想到，如果再相聚的话，又少了一个人：组缃。暮年老友见一面真也不容易呀！

不管我还能活上多少年，我现在走的反正是人生最后一段路程。最近若干年来，我以忧患余生，渐渐地成了陶渊明的信徒。他那形神相赠的诗，我深深服膺。我想努力做到"纵浪大化中，不喜亦不惧"。我想努力做到宋人词中所说的"悲欢离合总无情"。我觉得，自己的努力并没有白费。我对这花花世界确已看透，名缰利锁对我的控制已经微乎其微。然而一遇到伤心之事，我还不能"总无情",而是深深动情，组缃之死就是一个例子。生而为人，孰能无情，一个"情"字不就是人之所异于禽兽者的那一点"几稀"吗？

有一件事却让我触目惊心。我舞笔弄墨之十多年于兹矣。前期和中期写的东西，不管内容如何，不管技巧如何，悼念的文章是极为稀见的。然而最近几年来，这类文章却逐渐多了起来。最初我没有理会，一旦理会到了，不禁心惊胆战。一个人到了老年，如果能活得长一点，当然不能说是坏事。但是，身旁的老友一个接一个地离开了自己，宛如郑板桥诗所说的"删繁就简三秋树"，如果"简"到只剩下自己这一个老枝，岂不大可哀哉！一个常常要写悼念文章的人，距离别人为自己写悼念文章，大概也为期不远了。一想到这一点，即使自己真能"不喜亦不惧"，难道就能无动于衷吗？

但是，眼前我并不消极，也不颓唐，我绝不会自寻"安乐死"的。看样子我还能活上若干年的。我耳不聋，眼稍昏，抬腿就是十里八里。王济夫同志说我是"奇迹"，他的话有点道理。我计划要做的事，其数量和繁重程度，连一些青年或中年人都会望而却步，借用冯友兰先生的话，我是"欲罢不能"。天生是辛劳的命，奈之何哉！看来悼念文章我还是要写下去的。我并没有老友臧克家要活到一百二十岁那样的雄心壮志，退而求其次，活到九十多，大概不成问题。我还有多少悼念文章要写呀，恐怕没有人敢说了。

1994 年 2 月 2 日

我的朋友臧克家

　　我只是克家同志的最老的老朋友之一，我们的友谊已经有六十多年了。我们中国评论一个人总是说"道德文章"，把道德摆在前边，这是我们中华民族优秀文化的表现之一，跟西方不一样。那么我就根据这个标准，把过去六十多年中间克家给我的印象讲一讲。

　　第一个讲道德。克家曾在一首诗里说过，一个叫责任感，一个叫是非感，我觉得道德应该从这地方来谈谈。是非、责任，不是小是小非，而是大是大非。什么叫大是大非呢？大是大非就是关系到我们祖国，关系到我们人民，关系到世界，也就是要拥护社会主义、拥护共产主义，这是大是大非。我觉得责任也在这个地方。克家在过去七十多年中间，尽管我们国内的局势变化万千，可是克家始终没有落伍，能够跟得上我们时代的步伐。我觉得这是非常难得的。这就是大是大非，就是重大的责任。我觉得从这地方来看，克家是一个真正的人。至于个人，他给我的印象是一个像火一样热情的诗人，对朋友忠诚可靠，终生不渝，这也是非常难得的。关于道德，我就讲这么几句。

关于文章呢，这就讲外行话了。当年我在清华大学念书，就读到克家的《烙印》《罪恶的黑手》。我不是搞中国文学的，但我有个感觉就是克家作诗受了闻一多先生的影响。一直到今天，作为一个诗的外行来讲，我觉得作诗、写诗，既然叫诗，就应该有形式。那种没形式的诗，愧我不才，不敢苟同。克家一直重视诗，我觉得这里边有我们中国文化的传统。我们中国的语言有一个特点，就是讲炼字、炼句。这个问题，在欧洲也不能说没有，不过不能像中国这么普遍这样深刻。过去文学史上传有许多佳话，像"云破月来花弄影"那个"弄"字，"红杏枝头春意闹"那个"闹"字，"春风又绿江南岸"那个"绿"字。可惜的是炼字这种功夫现在好像一些年轻人不大注意了。文字是我们写作的工具。我们写诗、写文章必须知道我们使用的工具的特点。莎士比亚用英文写作，英文就是他的工具。歌德用德文写作，德文就是他的工具。我们使用汉字，汉字就是我们的工具。可现在有些作家，特别是诗人，忘记了他的工具是汉字。是汉字，就有炼字、炼句的问题，这一点不能不注意。克家呢，我觉得他一生在这方面倾注了很多的心血，而且获得了很大的成功。克家的诗我都看过，可是我不敢赞一词，我只想从艺术性来讲。我觉得克家对这方面非常重视。这个问题非常重要。我因此就想到一个问题，可这个问题太大了，但我还想讲一讲。我觉得我们过去多少年来研究中国文学史，特别是古典文学，好像我们对政治性重视，这个应该。可是对艺术性呢，我觉得重视得很不够。大家打开今天的文学史看看，讲政治性，讲得好像最初也不是那么深刻，一看见"人民"这样的词、类似"人民"这样的词，就如获至宝；对艺术性，则三言两语带过。我觉得这是很不妥当的。一篇作品，不管是诗歌还是小说，艺术性跟思想性总是辩证统一的，强调一方面，丢掉另外一方面是不全面的。因此我想到，是不是我们今天研究文学的，特别是研究古典文学的，应该在艺术性方面更重视一点。我甚至想建议：重写我们的文学史。现在流行的许多文学史都存在着我说的这个毛病。我觉得，真正的文学史不应该是这个样子。

我祝我的老朋友克家九十、一百、一百多、一百二十，他的目的是一百二十，所以我想祝他长寿！健康！

1994 年 10 月 18 日

回忆汤用彤先生

自己已经到了望九之年。过去八十多年的忆念，如云如烟，浩渺一片，但在茫茫的烟雾中，却有几处闪光之点，宛如夏夜的晴空，群星上千上万，其中有大星数颗，熠熠闪光，明亮璀璨，无论什么时候回想起来，都晶莹如在眼前。

我对于汤用彤先生的回忆就是最闪光之点。

但是，有人会提出疑问了："你写了那么多对师友的回忆文章，为什么单单对于你回忆中最亮之点的汤锡予（先生的号）先生却没有写全面的回忆文章呢？"这问得正确，问得有理。但是，我却有自己的至今还没有说出过的说法。试想：锡予先生是在哪一年逝世的？是在1964年。一想到这个年份，事情就很清楚了。在那时候，阶级斗争已经快发展到年年讲、月月讲、日日讲的程度。所谓"无产阶级文化大革命"虽然还没有爆发，但是对政治稍有敏感的人，都已经感到"山雨欲来风满楼"的高压气氛。锡予先生和我都属于后来在"十年浩劫"中出现的"资产阶级（反动）学术权威"这一号的人物。我若一写悼念文章，必然会流露出我的真情来。如果我还有什么优点的话，那就是，没有真感情，我不写回忆文章。但是，在那个时代，真感情都会被归入"小资产阶级"的范畴，而一旦成了"小资产阶级"则距离"修正主义"只差毫厘了。我没有这个胆量，所以就把对锡予先生的怀念感激之情，深深地埋在我的心灵深处。到今天，环境气氛已经大大地改变了，能够把真情实感从心中移到纸上来了。

因为不在一个学校，我没有能成为锡予先生的授业弟子。但是，他的文章我是读过的，他的道德我是听说过的。"高山仰止，景行行止"，他早已是我崇拜的对象。我也崇拜一些别的大师，读其书未见其人者屡见不鲜。但我却独独对锡予先生常有幻象：我想象他是一个瘦削慈祥的老人，有五绺白须，飘拂胸前。对于别的大师，没见过面的大师，我从来没有过这样的幻象，此理我至今不解。但是，我相信，其中必有原因，一种深奥难言的原因。既然"难言"，现在就先不"言"吧。

1945 年，我在德国待了整整十年之后，"二战"结束，时来入梦的祖国母亲在召唤我了，我必须回国了。回国后，必须找一个职业，用当时的话来说，就是"抢一只饭碗"。古人云，"民以食为天"，没有饭碗，怎么能过日子呢？于是我就写信给我的恩师、正在英国治疗目疾的陈寅恪先生，向他报告我十年来学习的过程。我的师祖吕德斯正是他的老师，而我的德国恩师瓦尔德施密特正是他的同学。因此，我一讲学习情况，他大概立即了然。不久我就收到他的一封长信，信中除了一些奖掖鼓励的话以外，他说，他想介绍我到北京大学任教。这实在是望外之喜。北大这个全国最高学府，与我本有一段因缘，1930年我曾考取北大，因梦想出国，弃北大而就清华。现在我的出国梦已经实现了，阴阳往复，往往非人力所能定，我终究又要回到北大来了。我简直狂喜不能自已，立即回信应允。这就是我来北大的最初因缘。

1945年10月，我离开住了十年的"客树回望成故乡"的哥廷根，挥泪辞别了像老母一般的女房东，到了瑞士，在这山青水绿的"世界公园"中住了将近半年，然后经法国马赛、越南西贡、英国占领的香港，回到了祖国的上海。路上用了将近四个月。"二战"中遗留在大洋里的水雷尚未打捞，时时有触雷的危险。载着上千法国兵的英国巨轮的船员，随时都如临深履薄，战战兢兢，终于靠他们那一位上帝的保佑，度过了险境，安然抵达西贡。从西贡至香港，海上又遇到飓风，一昼夜，小轮未能前进一寸。这个险境也终于度过了。离开祖国将近十一年的儿子又回到母亲怀抱里来了。临登岸时，我思绪万端，悲喜交集，此情实不足为外人道也。

初到上海，人地生疏，我仿佛变成了瑞普·凡·温克尔[①]（Rip Van Winkle），满目茫然。幸而臧克家正住在那里，我在他家的榻榻米上睡了十几天。又转到南京，仍然是无家可归，在李长之的办公桌上睡了一个夏天。当时寅恪师已经从英国回国，我曾到他借住的俞大维的官邸中去谒见他。师生别离已经十多年了，各自谈了别后的情况，都有九死一生之感。杜甫诗说"今夕复何夕？

---

① 瑞普·凡·温克尔：美国作家华盛顿·欧文小说《瑞普·凡·温克尔》的主人公，他为躲避唠叨凶悍的妻子，独自到山上打猎，喝了仙酒，一觉醒来时间已过了二十年。

共此灯烛光"，不啻为我当时的心情写照也。寅恪师命我持在德国发表的论文，到鸡鸣寺下中央研究院历史语言研究所去见当时北大代理校长傅斯年先生，时校长胡适尚留美未返。傅告诉我，按照北大的规定，在国外拿了学位回国的人，只能给予副教授的职称。我对此并不在意，能入北大，已如登龙门了，焉敢还有什么痴心妄想？如果真有的话，那不就成了不知天高地厚了吗？

在南京做了一个夏天的"流动人口"，虽然饱赏了台城古柳的清碧，玄武湖旖旎的风光，却也患上了在南京享有盛名的疟疾，颇受了点苦头。在那年的秋天，我从上海乘海轮到了秦皇岛，又从秦皇岛乘火车到了北平。锡予先生让阴法鲁先生到车站去迎接我们。时届深秋，白露已降，"凄清弥天地，落叶满长安"（长安街也），我心中说不出是什么滋味，凄凉中有欣慰，悲愁中有兴奋，既忆以往，又盼来者，茫然慵然，住进了几乎是空无一人的红楼。

第二天，少曾（阴法鲁号）陪我到设在北楼的文学院院长办公室去谒见锡予先生，他是文学院院长。这是我景慕多年以后第一次见到先生。把眼前的锡予先生同我心中幻想的锡予先生一对比，当然是不相同的，然而我却更爱眼前的锡予先生。他面容端严慈祥，不苟言笑，却是即之也温，观之也诚，真蔼然仁者也。先生虽留美多年，学贯中西，可是身着灰布长衫，脚踏圆口布鞋，望之似老农老圃，没有半点"洋气"，没有丝毫"教授架子"和大师威风。我心中不由自主地油然生幸福之感，浑身感到一阵温暖。晚上，先生设家宴为我接风，师母也是慈祥有加，更增加了我的幸福之感。当时一介和一玄都还年小，恐怕已经记不得那天的情景了。我从这一天起就成了北大的副教授，开始了我下半生的新生活，心中陶陶然也。

我可绝没有想到，过了一个来星期，至多不过十天，锡予先生忽然告诉我：我已经被聘为北京大学正教授兼新成立的东方语言文学系主任，并且还兼任文科研究所的导师。前两者我已经不敢当，后一者人数极少，皆为饱学宿儒，我一个三十多岁的名不见经传的毛头小伙子，竟也滥竽其间，我既感光荣，又感惶恐不安。这是谁的力量呢？我心里最清楚：背后有一个人在，这都出于锡予先生的垂青与提携，说既感且愧，实不足以表达我的心情。我做副教授任期之短，恐怕是前无古人的，这无疑是北大的新纪录，后来也恐怕没有人打破的。我只能说，这是一种恩情，它对我从那以后一直到今五十多年在北大的工作中，起了而且还在起着激励的作用。

但是，我心中总还有一点遗憾之处：我没有能成为锡予先生的授业弟子。往者已矣，来者可追。大概是 1947 年，锡予先生开"魏晋玄学"这一门课，课堂就在我办公室的楼上。这真是天赐良机，我焉能放过！解放前的教授，相对来讲社会地位高，工资收入丰，存在决定意识，这样就"决定"出来了"教授架子"。"架子"人人皆有，各有巧妙不同，没有"架子"的也得学着端起一副拒人的"架子"。我自认是一个上不得台盘的人，有没有"架子"，我自己不得而知。但是，在锡予先生跟前，宛如小丘之仰望泰岳，"架子"何从端起！而且听先生讲课，正是我求之不得的。在当时，一位教授听另外一位教授讲课，简直是骇人听闻的事。这些事情我都不想，毅然征得了锡予先生的同意，成了他班上的最忠诚的学生之一，一整年没有缺过一次课，而且每堂课都工整地做听课的笔记，巨细不遗。这一大本笔记，我至今尚保存着，只是"只在此室中，书深不知处"了，有朝一日总会重见天日的。这样一来，我就自认为是锡予先生的私淑弟子，了了一个夙愿。

锡予先生对我的关心是多方面的。他让我从红楼搬到文科研究所的大院子里去住，此地在明朝是令人闻而觳觫的特务机关东厂，是专杀好人折磨好人的地狱，据说当年的水牢还有遗迹保留着。"庭院深深深几许"，我住在最里面一个院子里，里面堆满考古挖掘出土的汉代砖棺，阴气森森，传说是闹鬼的凶宅之一。晚上没有人敢来找我，除非他在门房打听得万分清楚：季羡林确是在家里，才敢迈步走进。我也并非"季大胆"，只是在欧洲十年多，受了"西化"，成了一个"无鬼论"者，所以能处之泰然。夏夜昏黑，我经常在缕缕的马缨花香中，怡然入梦。

当时的北大真正是精兵简政，只有一个校长胡适之先生，还经常不在学校，并没有什么副校长。一个教务长主管全校的教学科研工作。一个秘书长主管全校的后勤工作。六个学院：文、理、法、农、工、医，各设院长一人。也没有听说有什么校院长联席会，什么系主任联席。专就文学院而论，锡予先生孤身一人，聘人、升职等等现在非开上无数次会不可解决的问题，那时一次会也不开，锡予先生一个人说了算。大概因为他为人正直，办事公道，从来没有出过什么娄子。我们系里遇到麻烦，我总去找锡予先生，他不动声色，帮我解除了困难。他还帮我在学校图书馆中要了一间教授研究室，所有我要用的书都从书库中提到我的研究室里，又派一位研究生马理女士当我的助手，帮我整理书籍。室内窗明几净，我心旷神怡。我之所以能写出几篇颇有点新见解的文章，不能不说是出于锡予先生之赐。我的文章写出后，首先送给锡予先生，请求指正。他的意见，哪怕是片言只语，对我总都是大有帮助的。

就这样，我们共同迎来了1949年北京的解放。在解放军围城期间，南京方面派一架专机，来接几位名单上有名的著名教授到尚未解放的南京去。锡予先生单上有名，但他却坚决不走，他期望看到新中国。有一段时间，锡予先生被任命为北大校务委员会主席，算是一个"过渡政权"。总之，北大师生共同度过了许多初解放后兴奋狂欢的令人难忘的日子。

1952年，我们北大从城里搬到了现在的燕园中来。政府早已任命马寅初先生为北大校长，只有两个副校长，其中一个是党委书记江隆基兼任，实际上主管教学和科研的就是锡予先生一人。马老德高望重，但实际上不大真管事情。江隆基是一个正直正派有理智有良心的老革命家。据我们局外人看，校领导是团结的。当时的北大，同全国各大学和科研机构一样，几乎是天天搞"运动"。然而北大这样一所全国重点大学，一只无形的带头羊，却并没有出什么娄子，这与校领导的团结和江隆基同志的睿智正直是分不开的。

还是讲一讲我自己的情况吧。出城以后，我"官"运亨通，财源大开。先是在城里时工资被评为每月一千一百斤小米，解放前夕那种物价一小时一涨，火箭似的上升的可怕日子一去不复返了。后来按级别评定工资，我依稀记得：马老（马寅初）是三级，等于政府的副总理。以下是汤老（汤用彤）、翦老（翦伯赞）、曹老（曹靖华）等，具体级别记不清了。再以下就是我同其他几位老牌和名牌的教授。到了1956年，又有一次全国评定教授工资的活动，根据我的回忆，这次活动用的时间较长，工作十分细致，深入谨慎。人事处的一位领导同志，曾几次征求我的意见：中文系教授吴组缃是全国著名的小说家、《红楼梦》研究专家、中国作家协会书记处书记，我的老同学和老朋友，他问我吴能否评为一级教授？我当然觉得很够格。然而最后权衡下来，仍然定为二级，可见此事之难。据我所知，有的省份，全省只有一个一级教授，有的竟连一个也没有，真是一级之难"难于上青天"了。

然而，藐予小子竟然被评为一级，这实在令我诚惶诚恐。后来听说，常在一个餐厅里吃饭的几位教授，出于善意的又介乎可理解与不可理解之间的心理，背后赐给我一个诨名，曰"一级"。只要我一走进食堂，有人就窃窃私语，会心而笑："一级来了！"我不怪这些同事，同他们比起来，无论是年龄或学术造诣，我都逊一筹，起个把诨名是应该的。这是由于我的运气好吗？也许是的；但是我知道，背后有一个人在，这个人不是别人，正是锡予先生。

俗话说："福不双至。"可是1956年，我竟然"福真双至"。"一级"之外，我又被评选为中国科学院哲学社会科学学部委员。这是一个中国读书人至高无上的称号，从人数之少来说，比起封建时代的"金榜题名"来，还要难得多。除了名以外，还有颇为丰厚的津贴，真可谓"名利双收"。至于是否还有人给我再起什么诨号，我不得而知，就是有的话，我也会一笑置之。

总之，在我刚过不惑之年没有几年的时候，还只能算是一个老青年，一个中国读书人所能指望的最高的荣誉和利益，就都已稳稳地拿到手中。我是一个颇有点自知之明的人，我知道，我所以能够做到这一步，与锡予先生不声不响地提携是分不开的。说到我自己的努力，不能说一点没有，但那是次要的事。至于机遇，也不能说一点没有，但那更是次要之次要，微不足道了。

从1956年起直到1964年锡予先生逝世，不知道经过了多少运动，到了1966年"十年浩劫"开始而登峰造极。在这些运动中，在历次的提职提级的活动中，我的表现都还算过得去。我真好像是淡泊名利，与人无争，至今还在燕园内外有令人满意的口碑。难道我真就这样好吗？我的道德就这样高吗？不，不是的。我虽然不敢把自己归入完人之列，因为除了替自己考虑外，我还能考虑别人。我绝对反对曹操的哲学："宁教我负天下人，休叫天下人负我！"但我也绝非圣贤，七情六欲，样样都有；私心杂念，一应俱全。可是，既然在名利两个方面，我早已达到了顶峰，我还有什么可争的呢？难道我真想去"九天揽月，五洋捉鳖"吗？我之所以能够获得少许美名，其势然也。如果说我是"浪得名"，也是并不冤枉的。话又说回来，如果没有锡予先生，我能得到这一点点美名吗？

所以，我现在只能这样说，我之所以崇敬锡予先生，忆念锡予先生，除了那一些冠冕堂皇的表面理由以外，还有我内心深处从来没有对别人说过的动机。古人说："人生得一知己足矣。"我不敢谬托自己是锡予先生的知己，我只能说锡予先生是我的知己。我平生要感谢的师辈和友辈，颇有地位，尽管我对我这一生并不完全满意，但是有了这样的师友，我可以说是不虚此生了。

我自己现在已经是垂暮之年，活得早就超过了我的期望。因为我的父母都只活了四十多岁，因此，我的最高期望是活到五十岁。可是，到了今天已超过这个最高期望快到四十年了。我虽老迈但还没有昏聩。曹孟德说："老骥伏枥，志在千里。"我窃不自量力，大有"老骥伏枥，志在万里"之势。在学术研究方面，我还有不少的计划。这些计划是否切合实际，可另作别论，可我确实没有攀登八宝山的计划，这一点是完全可以肯定的。

但愿我回忆中那一点最亮的光点，能够照亮我前进的道路。

1997 年 5 月 28 日

记张岱年先生

我认识张岱年先生，已有将近七十年的历史了。三十年代初，我在清华念书，他在那里教书。但是，由于行当不同，因而没有相识的机会。只是不时读到他用"张季同"这个名字发表的文章，在我脑海留下了一个青年有为的学者的印象，一留就是二十年。

时移世变，沧海桑田，再见面时已是1952年院系调整以后了。当时全国大学的哲学系都合并到北大来，张先生也因而来到了北大。我们当年是清华校友，而今又是北大同事了。仍然由于行当不同，平常没有多少来往。1957年反右，张先生受到了牵连，这使我对他更增加了一种特殊的敬意。我有一个自己认为是正确的意见：凡被划为右派者都是好人，都是正直的人，敢讲真话的人，真正热爱党的人。但是，我绝不是说，凡没有被划者都不是好人，好人没有被划者遍天下，只是没有得到被划的"幸福"而已。至于我自己，我蹲过牛棚，说明我还不是坏人，是我毕生的骄傲。独没有被划为右派，说明我还不够好，我认为这是一生憾事，永远再没有机会来补课了。

张先生是哲学家，对于中国哲学史的研究有湛深的造诣，这是学术界的公论。愧我禀性愚鲁，不善于作邃密深奥的哲学思维。因此对先生的学术成就不敢赞一词。独对于先生的为人，则心仪已久。他奖掖后学，爱护学生，极有正义感，对任何人都不阿谀奉承，凛然一身正气，又绝不装腔作势，总是平等对人。这样多的优秀品质集中到一个人的身上，再加上真正淡泊名利，唯学是务，在当今士林中，真堪为楷模了。

《论语》中说："仁者寿。"岱年先生是仁者，也是寿者。我读书有一个习惯：不管是读学术史，还是读文学史，我首先注意的是中外学者和文学家生年卒月。我吃惊地发现，古代中外著名学者或文学家中，寿登耄耋者极为稀少。像泰戈尔的八十，歌德的八十三，托尔斯泰的八十二，直如凤毛麟角。许多名震古今的大学问家和大文学家，多半是活到五六十岁。现在，我们已经"换了人间"，许多学者活得年龄都很大，像冯友兰先生、梁漱溟先生等等都活过了九十。冯先生有两句话："岂止于米？相期以茶。""米"是八十八岁，"茶"是一百零八岁。现在张先生已经过"米寿"两年，距"茶寿"十八年。从他眼前的健康情况来看，冯先生没有完成的遗愿，张先生一定能完成的。张先生如果能达到"茶寿"，是我们大家的幸福。"碧章夜奏通明殿，乞赐张老十八春。"

1999 年 1 月 10 日

忆念张天麟

　　我一生尊师重友，爱护弟子。因为天性内向，不善交游。所以交的朋友不算太多，但却也不算太少。我自己认为是一个非常重感情的人，几乎所有的师友都在我的文章中留下了痕迹。但是稍微了解内情的人都会纳闷儿：为什么我两个最早的朋友独付阙如？一个是李长之，一个是张天麟。长之这一笔账前不久已经还上了，现在只剩下张天麟了。事必有因。倘若有人要问：为什么是这样子呢？说老实话，我自己也有点说不清道不白。在追忆长之的文章中，我碰了下这个问题；但也只是蜻蜓点水一般一点即过。现在遇到了张天麟，我并没有变得更聪明，依然糊涂如故。张天麟一生待我如亲兄弟，如果有什么扞格不入之处的话，也绝不在他身上。那么究竟是在谁身上呢？恍兮惚兮，其中有人。现在已时过境迁，说出来也没有什么意义了，还是不去说它吧。

　　张天麟，这不是他本来的名字。他本名张天彪，字虎文。因为参加了国民党的革命，借用了他一个堂兄的名字，以作掩护，从此就霸占终生。我于1924年在新育小学毕业，觉得自己是一个上不得台盘的人，是一只癞蛤蟆，不敢妄想吃天鹅肉，大名鼎鼎的一中，我连去报名的勇气都没有，只凑凑合合地去报考了"破正谊"。又因为学习水平确实不低，我录取的不是一年级，而是一年半级，算是沾了半年的光。同班就有老学生张天彪。他大我四岁，因双腿有病，休学了四年，跟我成了同班。在班上，他年龄最大，脑袋瓜最灵，大有鹤立鸡群之势。当时军阀滥发钞票，大肆搜刮，名之曰"军用票"，是十分不稳定不值钱的纸币。从山东其他县分到济南正谊中学上学的学生，随身带的不是军用票，而是现大洋或中国银行、交通银行的钞票，都是响的硬通货。正谊是私立中学，靠学生的学费来维持学校的开支。张天彪不知是用了些什么手法，用军用票去换取外地学生手中的现大洋或中交钞票。我当时只有十三岁，对他这种行动只觉得有趣，也颇有学习的想法，可是不知道从何处下手，只好作罢。这种本领伴随了张天麟一生。

正谊毕业以后，我考入了山东大学附设高中，时间是1926年，我十五岁。从此以后，我走上了认真读书的道路。至于虎文干了些什么，我不清楚。他可能是到南方什么地方参加国民党的革命去了。我们再次在济南见面时，大概是在1928年末或1929年初，反正是在日寇撤离而国民党军队进驻的时候。这时候，他已经当了什么官，我不清楚，我对这种事情从来不感兴趣。但是，我却微妙地感觉到，他此时已经颇有一些官架子了。

时光一下子就到了1930年。我在省立济南高中毕业后，来到北平，考入清华大学。虎文不知道是什么时候到北平来的。他正在北京大学德文系读书，投在杨丙辰先生麾下。虎文绝不是阿谀奉承、做走狗、拍马屁那样的人物；但是，他对接近权势者和长者并取得他们的欢心，似乎有特异功能。他不久就成为杨丙辰先生的红人。杨先生曾一度回河南故乡担任河南大学的校长，虎文也跟了去，成为他重要的幕僚。杨先生担任大学校长的时间不长，虎文又跟他回到了北平。回来后，他张罗着帮助什么人成立了一个中德学会，他在里面担任什么职务，我不清楚，我一向对这种事情不大热心。后来，他之所以能到德国去留学，大概走的就是这一条线。

我于1934年在清华西洋文学系毕业，回母校济南高中教了一年国文。于1935年考取清华与德国合办的交换研究生。当年夏天取道"满洲国"和西伯利亚铁路，到了柏林。秋天到了哥廷根，一住就是十年。我不记得虎文是什么时候到的德国，很可能是在我到了哥廷根之后。他在Tübingen念了几年书，拿到了博士学位，又回到柏林，在国民党政府驻柏林公使馆里鬼混，大概也是一个什么官。此时，他的夫人牛西园和儿子张文已经到了德国。有一年，可能是1939年或1940年，我想回国，到了柏林，就住在虎文家里。他带我去拜见大教育学家Spranger和大汉学家Franche。我没有走成，又回到了哥廷根。隔了不久，虎文全家到哥廷根去看我，大约住了两个礼拜。我们共同过了一段非常愉快的日子，至今难忘。1942年，德国与汪精卫伪政权建交，国民党公使馆不得已而撤至瑞士。虎文全家也全部到瑞士去了。我同当时同住在哥廷根的张维、陆士嘉夫妇共同商议，决定无论如何也不能跟日伪使馆打交道，宣布了无国籍，从此就变成了像天空中的飞鸟一样，任人射杀，不受任何国家的保护。

过了几年海外孤子的生活，并没有遇到什么麻烦，德国师友对我们都极好。转眼到了1945年，三个妄想吞并世界的法西斯国家德国、意大利和日本，相继投降，第二次世界大战结束了。人类又度过了一劫。该是我们回国的时候了。最初攻入哥廷根的是美国军队，后来不知道为什么由英国军官来主持全城的行政工作。我同张维去找了英国军官。他把我们看作盟邦的"难民"（displaced person），很慷慨地答应帮我们的忙，送我们到瑞士去。当时德国境内的铁路几乎已完全炸毁，飞机当然更谈不到，想到瑞士去只能坐汽车。那位英国军官找到了一个美国少校和另外一位美国军人，驾驶两辆吉普车，把张维一家三人、刘先志一家两人和我共六人送到了瑞士边境。我们都没有签证，瑞士进不去。我打电话给中国驻瑞士公使馆虎文，他利用中国外交官的名义，把我们全部接进了瑞士。离开德国边境时，我心中怅然若有所失。十年来三千六百多个日日夜夜，就此结束了。众多师友的面影一时都闪到我眼前来，"客树回看成故乡"，我胸中溢满了离情别绪，我只有徒唤"奈何"了。

虎文此时在使馆里是个什么官，好像是副武官之类，有一个少校的军衔，还是什么《扫荡报》的记者。我在上面提到的他那种"特异功能"发挥得淋漓尽致。他其实并不真正崇拜蒋介石，也不能算是忠实的国民党员，他有时也说蒋和国民党的坏话。这时公使馆的公使和参赞之间有矛盾。每次南京政府汇款给使馆接济留欧的学生，参赞就偷偷地泄露给我们，我们就到使馆去找公使要钱。要的数目是多多益善，态度则是无理取闹。使馆搞不清留学生的底细，不敢得罪。当时仅就留德学生而论，有一些确非"凡胎"，蒋、宋、孔、陈四大家族，外加冯玉祥、居正、戴传贤等国民党大员的子女均有在德国留学者。像我这样的卑贱者，搀在里面，鱼目混珠，公使馆不明真相，对留学生一律不敢得罪，坐收渔人之利，也弄到了一些美钞。我们知道，这种钱不要白不要，要了也白要。最重要的一点是学会了同国民党的驻外机构打交道，要诀是蛮横，他们吃这一套。

当时，我们从德国来的几个留学生被分派到 Fribourg 来住，住在一个天主教神父开办的不大的公寓里，名叫 Foyer St. Justin，因为费用便宜。虎文全家则住在瑞士首府 Bern。他们有时也来Fribourg 看我们。我们是从住了六年饥饿炼狱里逃出来的饿鬼，能吃饱肚子就是最高的幸福。我过了一段安定快乐的日子。

1946 年春天，虎文一家、刘先志一家和我准备返回祖国。当时，想从欧洲回国，只有一条路可走，就是乘船走海路。我们从瑞士乘汽车到法国马赛，登上了一艘英国运送法国军队到越南去的大船，冒着极大的危险——因为海中的水雷还没有清除，到了越南西贡。此时西贡正是雨季。我们在这里住了一些时候，又上船到香港，然后从香港乘船到上海登岸。我离开日夜思念的祖国已经快十一年了。我常说：我生平有两个母亲，一个是生我的母亲，一个便是祖国母亲。当时前者已经不在，只剩下后者一个了。俗话说："孩儿见了娘，无事哭三场。"我踏上祖国土地的那一刹那时的心情，非笔墨所能形容于万一也。

我在上海住了一些日子。因为没有钱，住不起旅馆，就住在臧克家兄家里的日本地铺上。克家带我去谒见了叶圣陶、郑振铎等前辈。也想见郭沫若，他当时正不在上海。我又从上海到了南京。长之不久前随国立编译馆复员回到南京。因同样理由，我就借住在长之的办公室内办公的桌子上。白天他们上班，我无处可去，就在附近的台城、鸡鸣寺、胭脂井一带六朝名胜地区漫游，有时候也走到玄武湖和莫愁湖去游逛。消磨时光，成了我的主要任务。我通过长之认识了梁实秋先生。他虽长我们一辈，但是人极随和，蔼然仁者。我们经常见面，晤谈极欢，定交成了朋友。

此时，国民党政府，得胜回朝，兴致不浅；武官怕死，文官要钱；接收大员，腰缠万贯；下属糊涂，领导颟顸；上上下下，一团糜烂。实际上，到处埋藏着危机。在官场中，大家讲究"竹"字头和"草"字头。"竹"字头是简任官，算是高干的低级。"草"字头是荐任官，大概科长以下都算。在这里，虎文又展示了他的特异功能。不知怎样一来，他成了教育部什么司的"帮办"（副司长），属于"竹"字头了。

我已经接受了北大的聘约，对"竹"字头或"草"字头了无兴趣。我于1946年深秋从上海乘船到了秦皇岛，从那里乘火车到了北平。我离开故都都已经十一年了，现在回到这里，大有游子还乡的滋味。只是时届深秋，落叶满长安（长安街也），一派萧条冷寂的气氛。我感到几分兴奋，几分凄凉，想落泪又没有流出来。阴法鲁兄把我们带到了红楼，就在那里住了一段时间。当了一个星期的副教授，汤用彤先生立即把我提为正教授，又兼东方语言文学系主任。从此一待就是五十六年，而今已垂垂老矣。

不知怎样一来，因缘巧合，我的两位最早的朋友李长之和张天麟，都来到了北京师范大学任教。解放以后，运动频仍，一年一小运，三年一大运，运得你晕头转向。知识分子仿佛是交了华盖运，每次运动，知识分子都在劫难逃。李长之因为写过一本《鲁迅批判》，"批判"二字，可能是从日本借用过来的，意思不过是"评论"。到了中国，"革命小将"，也许还有"中将"和"老将"，不了解其含义，于是长之殆矣。至于虎文，由我在上面的叙述，也可以看出，他的经历相当复杂，更是难逃"法"网。因此，每一次运动，我的两位老友在北师大都是首当其冲的"运动员"。到了1957年，双双被划为右派，留职降级，只准搞资料，不许登讲台。长之我在另外一篇文章中已经谈过，这里不再重复，我只谈虎文。

虎文被划为右派以后，当时批斗过多少次，批斗的情况怎样，我都不清楚，估计他头上的"帽子"绝不止右派一顶。反右后的几次小运动中，他被批斗，自在意料中。斗来斗去，他终于得了病，是一种很奇怪的病：全身抽筋。小小的抽筋的经验，我们每个人都会有过的，其痛苦的程度，我们每个人也都感受过的。可他是全身抽筋，那是一种什么滋味，我们只能想象了。据说，痛得厉害时，彻夜号叫，声震屋瓦，连三楼的住者都能听到。我曾到北师大去看过他，给他送去了钱。后来他住进北京一所名牌的医院，我也曾去看过他。大夫给他开出一种非常贵重的药。不知哪一位法制观念极强的人打听他是几级教授。回答说是四级，对方说：不能服用。这话是我听来的，可靠程度我不敢说。总之，虎文转了院，转到了上海去。从此，虎文就一去不复返，走了，永远永远地走了。我失去了一位真正的朋友，至今仍在怀念他。

综观虎文的一生，尽管他有这样那样的问题，我仍然觉得他是一个爱国的人，一个有是非之辨的人，一个重朋友义气的人。总之，是一个好人。他对学术的向往，始终未变。他想写一本《中国母亲的书》，也终于没有写成，拦路虎就是他对政治过分倾心。长才未展，未能享上寿，"长使英雄泪满襟"也。只要我能活着，对他的记忆将永活在我的心中。

2002 年 1 月 14 日写毕

追忆哈隆教授

1935年深秋，我来到了德国的哥廷根。

我曾有过一个公式：

$$天才 + 勤奋 + 机遇 = 成功$$

我十分强调机遇。我是从机遇缝里钻出来的，从山东穷乡僻壤钻到今天的我。

到了德国以后，我被德国学术交换处分配到哥廷根，而乔冠华则被分配到吐平根（Tübingen）。如果颠倒一下的话，则吐平根既无梵学，也无汉学。我在那里混上两年，一无所获，连回国的路费都无从筹措。我在这里真不能不感谢机遇对我的又一次垂青。

我到了哥廷根，真是如鱼得水。到了1936年春，我后来的导师E. Waldschmidt调来哥廷根担任梵学正教授。这就奠定了我一生研究的基础。梵文研究所设在东方研究所（都不是正式的名称）内，这个研究所坐落在大图书馆对面 Gauss-Weber-Haus 内。这是几百年前大数学家 Gauss 和他的同伴 Weber 鼓捣电报的地方。房子极老，一层是阿拉伯研究所、巴比伦亚述研究所、古代埃及文研究所。二层是梵文研究所、斯拉夫语研究所、伊朗研究所。三层最高层则住着俄文讲师 V. Grimm 夫妇。

大学另外有一个汉学研究所，不在 Gauss-Weber-Haus 内，而在离开此地颇远的一个大院子中的大楼里。院子极大，有几株高大的古橡树矗立其间，上摩青天，气象万千。大楼极大，我不知道是做什么用的，楼中也很少碰到人。在二楼，有六七间大房子，四五间小房子，拨归汉学研究所使用。同 Gauss-Weber-Haus 比较起来宽敞多了。

汉学研究所没有正教授，有一位副教授兼主任，他就是 G. 哈隆（G. Haloun）教授。这个研究所和哈隆本人都不被大学所重视。他告诉我：他是苏台德人，不为正统的德国人所尊重。事实上也确实是这样的，我从来没有见过他同德国人有什么来往。哥廷根是德国的科学重镇，有一个科学院，院士们都是正教授中之佼佼者。这同他是不沾边的。在这里，他是孤独的，寂寞的。陪伴他出出进进汉学研究所的，我只看到他夫人一个人。在汉学研究所他的办公室里，他夫人总是陪他坐在那里，手里摆弄着什么针线活，教授则埋首搞自己的研究工作。好像这里就是他们的家庭。他们好像是处在一个孤岛上，形影不离，相依为命。

哈隆教授对中国古籍是下过一番苦功的，尤其是对中国古代音韵学有深湛的研究。用拉丁字母来表示汉字的发音，西方有许多不同的方法。但是，他认为，这些方法都不能真正准确地表示出汉字独特的发音。因此，他自己重新制造了一个崭新的体系，他自己写文章时就使用这一套体系。

在我到达哥廷根以前若干年中，哈隆教授研究的中心问题，似与当时欧洲汉学新潮流相符合，重点研究古代中亚文明。他费了许多年的时间，写了一篇相当长的论文《论月支（化）问题》，发表在有名的《德国东方学会会刊》上，受到了国际汉学家广泛的关注。

哈隆教授能读中文书，但不会说中国话。看这个问题应该有一个历史的观点。几百年前，在欧洲传播一点汉语知识的多半是在中国从事传教活动的神父和牧师。但是，他们虽然能说中国话，却不是汉学家。再晚一些时候，新一代汉学家成长起来了。他们精通汉语和一些少数民族的语文，但是能讲汉语者极少。比如鼎鼎大名的法国的伯希和（Paul Pelliot），我在清华念书时曾听过他一次报告，是用英语讲的。可见他汉话是不灵的。

20 世纪三十年代，我到了德国，汉学家不说汉语的情况并没有改变。哈隆教授绝非例外。一直到比他再晚一代的年轻的汉学家，情况才开始改变。"二战"结束，到中国来去方便，年轻的汉学家便成群结队地来到了中国，从此欧洲汉学家不会讲汉语的情况便永远成为历史了。

我初到哥廷根时，中国留学生只有几个人，都是学理工的，对汉学不感兴趣。此时章士钊的妻子吴弱男（曾担任过孙中山的英文秘书）正带着三个儿子游学欧洲，只有次子章用留在哥廷根学习数学。他从幼年起就饱读诗书，能作诗。我们一见面，谈得非常痛快，他认为我是空谷足音。他母亲说，他平常不同中国留学生来往，认识我了以后，仿佛变了一个人，经常找我来闲聊，彼此如坐春风。章用同哈隆关系不太好。章曾帮助哈隆写过几封致北京一些旧书店买书的信。1935年深秋，我到了哥廷根，领我去见哈隆的记得就是章用。我同哈隆一见如故。对于哈隆教授这一代的欧洲汉学家，我有自己的实事求是的看法，他们的优缺点，我虽然不敢说是了如指掌，但是八九不离十。我们中国人首先应当尊敬他们，是他们把我国的文化传入欧美的，是他们在努力加强西方人对中国文化的了解。他们有了困难，帮助他们是我们的天职。我们没有任何理由小看他们，不尊重他们。

　　哈隆教授，除了自己进行研究工作以外，他最大的成绩就是努力创造了一个规模不小的汉学图书馆。他多方筹措资金，到中国北京去买书。我曾给他写过一些信给北京琉璃厂的某书店，还有东四脩绠堂等书店，按照他提出的书单，把书运往德国。哥廷根大学图书馆并不收藏汉文书籍，对此也毫无兴趣。哈隆的汉学图书馆占有五六间大房子和几间小房子。大房子中，书架上至天花板，估计有几万册。线装书最多，也有不少的日文书籍。记得还有几册明版的通俗小说，在中国也应该属于善本了。对我来讲，最有用的书极多，首先是《大正新修大藏经》一百册。这一部书是我做研究工作必不可少的。可惜在哥廷根只有Prof. Waldschmidt有一套，我无法使用。现在，汉学研究所竟然有一套，只供我一个人使用，真如天降洪福，绝处逢生。此外，这里还有一套长达百本的笔记丛刊。我没事时也常读一读，增加了一些乱七八糟的知识。在这样的情况下，我在哥廷根十年，绝大部分时间是在梵学研究所度过的，其余的时间则多半是在汉学研究所。

我对哈隆的汉学图书馆也可以说是做过一些贡献的。中国木板的旧书往往用蓝色的包皮装裹起来，外面看不到书的名字，这对读者非常不方便。我让国内把虎皮宣纸寄到德国，附上笔和墨。我对每一部这样的书都用宣纸写好书名，贴到书上，让读者一看就知道是什么书，非常方便，而且也美观。几个大书架上，仿佛飞满了黄色的蝴蝶，顿使不太明亮的大书库里也充满了盎然的生气。不但我自己觉得很满意，哈隆更是赞不绝口，有外宾来参观，他也怀着骄傲的神色向他们介绍。这种现象在别的汉学图书馆中也许是见不到的。

时间已经到了1937年，清华同德国的交换期满了，我再也拿不到每月一百二十马克了。但这也并非绝路，既到了德国，总会有办法的，比如申请洪堡基金等等。但是，哈隆教授早已给我安排好了，我被聘为哥廷根大学汉语讲师，工资每月一百五十马克。我的开课通知书赫然贴在大学教务处开课通知栏中，供全校上万名学生选择。在几年中确实有人报名学习汉语普通话，但过不了多久，一一都走光。在当时，汉语对德国用处不大。不管怎样，我反正已经是大学的成员之一。对我来说，在当时的政治环境下，这是非常有利的。

这时陆续有几个中国留学生来到哥廷根。他们中有的是考上了官费留学的，这在当时的中国，没有极强硬的后台是根本不可能的。据说，在两年内，他们每月可以拿到八百马克。其余的留学生中有安徽大地主的子弟，有上海财阀的子女，平时财大气粗；但是，1939年"二战"一爆发，邮路梗阻，家里的钱寄不出来，立即显露出一副狼狈相。反观我这区区一百五十马克，固若金汤，我毫无后顾之忧，每月到大学财务处去领我的工资。所有这一切，我当然必须感谢哈隆教授。

哈隆教授的汉学图书馆在德国在欧洲是名声昭著的。我到图书馆去的时候，时不时地会遇到一些德国汉学家或欧洲其他国家的汉学家来这里查阅书籍，准备写博士论文或其他著作。英国的翻译家 Arthur Waley，就是我在这里认识的。

时间大概是到了1938年，距"二战"爆发还有一年的时间。有一天，哈隆教授告诉我，他已接受英国剑桥大学的邀请去担任汉语讲座教授，对他对我这都是天大的喜事。我向他表示诚挚的祝贺。他说，他真舍不得离开他的汉学图书馆。但是，现在是不离开不行的时候了。他要我同他一起到剑桥去，在那里他为我谋得了一个汉学讲师的位置。我感谢他的美意；但是，我的博士论文还没有完成。此事只好以后再提。

他去国的前几天，我同当时在哥廷根的中国留学生田德望在市政府地下餐厅设宴为他饯行。我们都准时到达。那一天晚上，我看哈隆教授是真动了感情。他坐在那里，半天不说话，最后说："我在哥廷根十几年，没有交一个德国朋友，在去国之前，还是两个中国朋友来给我饯行。"说罢，真正流出了眼泪。从此以后，他携家走英伦。1939年"二战"爆发，我的剑桥梦也随之破灭。我再也没有见到过他。

在《站在胡适之先生墓前》那一篇文章里，我曾列举了平生有恩于我的师友，在德国，我只列了两位：Sieg 和 Waldschmidt。现在看来，不够了，应该加上哈隆教授，没有他的帮助，我在哥廷根是完成不了那样多的工作的。

2003 年 6 月 30 日于三〇一医院

痛悼克家

　　克家走了，永远永远地走了。有人认为是意内之事：一个老肺病，能活到九十九岁，才撒手人寰，不能不算是一个奇迹。在这个奇迹中建立首功者是克家夫人郑曼女士。每次提到郑曼，北大教授邓广铭则赞不绝口。他还利用他的相面的本领，说郑曼是什么"南人北相"。除了相面一点我完全不懂外，邓的意见我是完全同意的。

　　克家和我都是山东人，又都好舞笔弄墨。但是认识比较晚，原因是我在欧洲滞留太久。从 1935 年到 1946 年，一去就是十一年。我们不可能有机会认识。但是，却有机会打笔墨官司。在他的诗集《烙印》中，有一首写洋车夫的诗，其中有两句话：

　　　　夜深了不回家，

　　　　还等什么呢？

这种连三岁孩子都能懂得的道理——无非是想多拉几次，多给家里的老婆孩子带点吃的东西回去。而诗人却浓笔重彩，仿佛手持宝剑追苍蝇，显得有点滑稽而已。因此，我认为这是败笔。

类似这样的笔墨官司向来是难以做结论的。这一场没有结论的官司导致了我同克家成了终身挚友。我去国十一年，1946年夏回到上海，没有地方可住，就睡在克家的榻榻米上。我生平第一次，也是唯一的一次喝醉了酒，地方就在这里，时间是1946年的中秋节。

此时，我已应北京大学任教授之聘。下学期开学前，我无事可做。克家是有工作的，只在空闲的时候带我拜见了几位学术界的老前辈。在上海住够了，卖了一块瑞士表，给家寄了点钱，又到南京去看望长之。白天在无情的台城柳下漫游，晚上就睡在长之的办公桌上。六朝胜境，恍如烟云。

到了三秋树删繁就简的时候，我们陆续从上海、南京迁回北平。但是，他住东城赵堂子胡同，我住西郊北京大学，相距大概总有七八十里路。平常日子，除了偶尔在外面参加同一个会，享受片刻的晤谈之乐之外，要相见除非是梦里相逢了。

然而，忘记了是从什么时候起，我们有了一个不言的君子协定：每年旧历元旦，我们必然会从西郊来到东城克家家里，同克家、郑曼等全家共进午餐。

克家天生是诗人，脑中溢满了感情，尤其重视友谊，视朋友逾亲人。好朋友到门，看他那一副手欲舞足欲蹈的样子，真令人心旷神怡。他里表如一，内外通明。你无论如何也不会想到有半句假话会从他的嘴中流出。

就连那不足七八平米的小客厅，也透露出一些诗人的气质。一进门，就碰到逼人的墨色。三面壁上挂着许多名人的墨迹，郭沫若、冰心、王统照、沈从文等人的都有。这就证明，这客厅真有点像唐代刘禹锡的"陋室"，"谈笑有鸿儒，往来无白丁"。这两句有名的话，也确实能透露出客室男女主人做人的风范。

郑曼这一位女主人，我在上面已经说了一些好话，但是还没有完。她除了身上有那些美德外，根据我的观察，她似乎还有一点特异功能。别人做不到的事她能做到，这不是特异功能又是什么呢？我举一个小例子——种兰花。兰花是长在南方的植物，在北方很难养。我事前也并不知道郑曼养兰花。有一天，我坐在"陋室"中，在不经意中，忽然感到有几缕兰花的香气流入鼻中。鼻管里没有多大地方，容不下多少香气。人一离开赵堂子胡同，香气就随之渐减。到了车子转进燕园深处后湖十里荷香中时，鼻管里已经恍兮惚兮，但是其中有物无物却不知道了。

明眼人一看就知道，上面的说法，或者毋宁说是幻想，是没有人会认真付诸实践的。既然不能去实行，想这些劳什子干吗？这就如镜中月、水中花，聊以自怡悦而已。

写到这里我偶然想到克家的两句诗，大意是：有的人在活着，其实已经死了。有的人死了，其实还在活着。

克家属于后者，他永远永远地活着。

2004 年 10 月 22 日

第四编　笑着走

Wala

　　总有一个女孩子的面影飘动在我的眼前：淡红的双腮，圆圆的大眼睛。这面影对我这样熟悉，却又这样生疏。每次当它浮起来的时候，我一点也不去理会，它只是这么摇摇曳曳地在我眼前浮动一会儿，蓦地又暗淡下去，终于消逝到不知什么地方去了。我的记忆也自然会随了这消逝去的影子追上去，一直追到六年前的波兰车上。

　　也是同现在一样的夏末秋初的天气，我在赤都游了一整天以后，脑海里装满了红红绿绿的花坛的影像，走上波德通车。我们七个中国同学占据了一个车厢，谈笑得颇为热闹。大概快到华沙了吧，车里渐渐暗了下来，这时忽然走进一个年轻的女孩子来。我只觉得有一个秀挺的身影在我眼前一闪，还没等我细看的时候，她已经坐在我的对面。我的地理知识本来不高明。在国内的时候，对波兰我就不大清楚，对波兰的女孩子更模糊成一团。后来读到一位先生游波兰描写波兰女孩子的诗，当时的印象似乎很深，但不久就渐渐淡了下来，终于连一点痕迹都没有了。然而现在自己竟到了波兰，而且对面就坐了一个美丽的波兰女孩子：淡红的双腮，圆圆的大眼睛。

倘若在国内的话，七个男人同一个孤身的女孩子坐在一起，我们即使再道学，恐怕也会说一两句带着暗示的话，让女孩子红上一阵脸，我们好来欣赏娇羞含怒然而却又带笑的态度。然而现在却轮到我们红脸了。女孩子坦然地坐在那里，脸上挂着一丝微笑，把我们七个异邦的青年男子轮流看了一遍，似乎想要说话的样子。但我们都仿佛变成在老师跟前背不出书来的小学生，低了头，没有一个人敢说些什么。终于还是女孩子先开了口。她大概知道我们不能说波兰话，只用德文问我们会说哪一国的话。我们七个中有一半没学过德文。我自己虽然学过，但也只是书本子里的东西。现在既然有人问到了，也只好勉强回答说自己会说德文。谈话也就开始了，而且还是愈来愈热闹。我们真觉得语言的功用有时候并不怎样大，静默或其他别的动作还能表达更多更复杂更深刻的思想。当时我们当然不能长篇大论地叙述什么，有的时候竟连意思都表达不出来，这时我们便相对一笑，在这一笑里，我们似乎互相了解了更多更深的东西。刚才她走进来的时候，先很小心地把一个坐垫放在座位上，然后坐下去。经过了也不知道多少时候，我蓦地发现这坐垫已经移到一位中国同学的身子下面去了；然而他们两个人都没注意到，当时热闹的情形也可以想见了。

在满洲里的时候，我们曾经买了几瓶啤酒似的东西。一路上，每到一个大车站，我们就下去用铁壶提开水来喝，这几瓶东西却始终珍惜着没有打开。现在却仿佛蓦地有一个默契流过我们每个人的心中，一位同学匆匆忙忙地找出来了一瓶打开，没有问别人，其余的人也都兴高采烈地帮忙找杯子，没有一个人有半点反对的意思。不用说，我们第一杯是捧给这位美丽的女孩子的。她用手接了，先不喝，问我这是什么。我本来不很知道这究竟是什么，反正不过是酒一类的东西，而且我脑子里关于这方面的德文字也就只有一个酒字，就顺口回答说："是酒。"她于是喝了一口，立刻抬起眼含着笑仿佛谴责似的问着我说："你说是酒？"这双眼睛这样大，这样亮，又这样圆，再加上玫瑰花似的微笑，这一切深深地压住了我的心。我本来没有意思辩解，现在更没话可说，其实也不能说什么话了。她没有再说什么，拿出她自己带来的饼干分给我们吃。我们又吃又喝，忘记了现在是在火车上，是在异域；忘记了我们是初相识的异国的青年男女，根本忘记了我们自己，忘记了一切。她皮包里带着许多相片，她一张一张地拿给我们看。我们也把我们身边带的书籍画片，甚至连我们的毕业证书都找出来给她看。小小的车厢里充满了融融的欣悦。一位同学忽然问她叫什么名字，她立刻毫不忸怩地把自己的名字写在我们的簿子上：Wala，一个多么美妙令人一听就神往的名字！

　　大概将近半夜了吧，我走到另外一个车厢里想去找一个地方睡一会儿。终于在一个角落里找到一个位子。对面坐了一位大鼻子的中年人。才一出国，看到满车外国人，已经有点觉得生疏；再看了他这大鼻子，仿佛自己已经走进了一个童话的国土里来，有说不出的感觉。这大鼻子仿佛有魔力，把我的眼睛吸住，我非看不行。我敢发誓，我一生还没有看到过这样大的鼻子。他耳朵上又罩上了无线电收音机，衬上这生在脸正中的一块大肉，这一切合起来凑成一幅奇异的图案画，看了我再也忍不住笑起来。但他偏又高兴同我说话，说着破碎的英语，一手指着自己的头，一手指着远处坐着的 Wala，头摇了两摇，奇异的图案画上浮起一丝鄙夷的微笑。我抬起头来看了看 Wala，才发现她头上戴了一顶红红绿绿的小帽子。刚才我竟没有注意到，我的全部精神都让她的淡红的双腮同圆圆的大眼睛吸住了。现在忽然发现她头上的小帽子，只觉得更增加了她的妩媚。一直到现在我还不明白，这位中年人为何讨厌这一顶同她的秀美的面孔相得益彰的小帽子。

我现在已经忆不起来，我们是怎样分的手。大概是我们，至少是我，坐着蒙蒙眬眬地睡了会儿，其间 Wala 就下了车。我当时醒了后确曾觉得非常值得惋惜，我们竟连一声再会都没能说，这美丽的女孩子就像神龙似的去了。我仿佛看了一个夏夜的流星。但后来自己到了德国，蓦地投到一个新的环境里去，整天让工作压得不能喘一口气。以前在国内的时候，无论是做学生，是教书，尽有余裕的时间让自己的幻想出去飞一飞，上至青天，下至黄泉，到种种奇幻的世界里去翱翔，想到许多荒唐的事情，蓦绘给自己种种金色的幻影，然后再回到这个世界里来。现在每天对着自己的全是死板板的现实，自己再没有余裕把幻想放出去，Wala 的影子似乎已经从我的记忆里消逝了去，我再也想不到她了。这样就过去了六个年头。

前两天，一个细雨萧索的初秋的晚上，一位中国同学到我家里来闲谈。谈到附近一个菜园子里新近来了一个波兰女孩子在工作。这女孩子很年轻，长得又非常美丽，父母都很有钱。在波兰刚中学毕业，正要准备进大学的时候，德国军队冲进波兰。在听过几天飞机大炮以后，于是就来了大恐怖，到处是残暴与血光。在风声鹤唳的情况里过了一年，正在庆幸着自己还能活下去的时候，又被希特勒手下的穿黑衣服的两足走兽强迫装进一辆火车里运到德国来，终于被派到哥廷根来，在这个菜园子里做下女。她天天做着牛马的工作，受着牛马的待遇，一生还没有做过这样的苦工。出门的时候，衣襟上还要挂上一个绣着"P"字的黄布，表示她是波兰人，让德国人随时都能注意她的行动；而且也只能白天出门，晚上出去捉来立刻入监狱。电影院戏院一类娱乐的地方是不许她去的。衣服票鞋票当然领不到，衣服鞋破了也只好将就着穿，所以她这样一个年轻又美丽的女孩子，衣服是破烂不堪的，脚下穿的又是木头鞋。工资少到令人吃惊。回家的希望简直更渺茫，只有天知道，她什么时候能再见到她的故乡，她的父母！我的朋友也不由得叹了一口气。

我的眼前电火似的一闪，立刻浮起 Wala 的面影，难道这个女孩子就是 Wala 吗？但立刻我又自己否认，这不会是她的，天下不会有这样凑巧的事情。然而立刻又想到，这女孩子说不定就是 Wala，而且非是她不行；命运是非常古怪的，它有时候会安排下出人意料的事情。就这样，我的脑海里纷乱成一团，躺下无论如何也睡不着，伏在枕上听窗外雨声滴着落叶，一直到不知什么时候。

第二天早晨起来，到研究所去的时候，我就绕路到那菜园子去。这里我以前本来是常走的，一切我都很熟悉。但今天我看到这绿绿的菜畦，黄了叶子的苹果树，中间一座两层的小楼，我的眼前发亮，一切都蓦地对我生疏起来。我仿佛第一次看到这许多东西，我简直失了神似的，觉得以前菜畦没有这样绿，苹果树的叶子也没有黄过，中间并没有这样一座小楼。但现在却清清楚楚地看到眼前有这样一座楼，小小的红窗子就对着黄了叶子的苹果林，小巧得古怪又可爱。我注视这窗口，每一刹那我都盼望着，蓦地会有一个女孩子的头探出来，而且这就是Wala。在黄了叶子的苹果树下面，我也每一刹那都在盼望着，蓦地会有一个秀挺的少女的身影出现，而且这也就是Wala。但我什么也没看到。我带了一颗失望的心走到研究所，工作当然做不下去。黄昏回家的时候，我又绕路从这菜园子旁边走过，我直觉地觉得反正在离我住的地方不远的小楼里有一个Wala在；但我却没有一点愿望再看这小楼，再注视这窗口，只匆匆走过去，仿佛是一个被检阅的兵士。

以后，我每天要绕路到那菜园子附近去走上两趟。我什么也没看到，而且我也不希望看到什么，因为我现在已经知道，这女孩子不会是Wala了。不看到，自己心里终究有一个极渺茫极不成希望的希望：说不定她就真是Wala。怀了这渺茫的希望，回到家来，每当夜深人静的时候，就把幻想放出去，到种种奇幻的世界里去翱翔，想到许多荒唐的事情，给自己摹描种种金色的幻影。这幻想会自然而然地把我带到六年前的波兰车上。我瞪大了眼睛向眼前的空虚处看去，也自然而然地有一个这样熟悉而又这样生疏的女孩子的面影摇摇曳曳地浮现起来：淡红的双腮，圆圆的大眼睛。

我每次想到的就是这似乎平淡然而却又很深刻的诗句："同是

天涯沦落人。"因为，我已经再不怀疑，即使这女孩子不是 Wala，但 Wala 的命运也不会同这女孩子的有什么区别，或者还更坏。她也一定是在看过残暴与血光以后，被另外一个希特勒手下的穿黑衣服的两足走兽强迫装进一辆火车里拖到德国来，在另一块德国土地上，做着牛马的工作，受着牛马的待遇，出门的时候也同样要挂上一个"P"字黄牌，同样不能看到她的父母、她的故乡。但我自己的命运又有什么两样呢？不正有另一群兽类在千山万山外自己的故乡里散布残暴与火光吗？故乡的人们也同样做着牛马的工作，受着牛马的待遇，自己也同样不能见到自己的家属，自己的故乡。"同是天涯沦落人"，但是我们连"相逢"的机会都没有，我真希望我们这曾经一度"相识"者能够相对流一点泪，互相给一点安慰。但是，即使她现在有泪，也只好一个人独洒了，她又到什么地方能找到我呢？有时候，我曾经觉得世界小过，小到令人连呼吸都不自由；但现在我却觉得世界真正太大了。在茫茫的人海里，找寻她，不正像在大海里找寻一粒芥子吗？我们大概终不能再会面了。

1941 年于德国哥廷根

室伏佑厚先生一家

　　这篇文章我几年前就已经动笔写了。但是只起了个头，再也没有写下去，宛如一只断了尾巴的蜻蜓。难道是因为我没有什么可写的吗？难道说我没有什么激情吗？都不是，原因正相反。我要写的东西太多，我的激情也太充沛，以致我踟蹰迟疑，不知如何下笔。现在我由于一个偶然的机会，又来到了香港，住在山顶上的一座高楼上，开窗见海，混混茫茫，渺无涯际。我天天早晨起来，总要站在窗前看海。我凝眸远眺，心飞得很远很远，多次飞越大海，飞到东瀛，飞到室伏佑厚一家那里，我再也无法遏止我这写作的欲望了。

　　我认识室伏佑厚先生一家，完全是一件偶然的事。约在十年前，室伏先生的二女儿法子和他的大女婿三友量顺博士到北大来参观，说是要见我。见就见吧。我们会面了。我的第一个印象是异常好的：两个年轻人都温文尔雅，一举一动，有规有矩。当天晚上，他们就请我到北海仿膳去，室伏佑厚先生在那里大宴宾客。我这是第一次同室伏先生见面，我觉得他敦厚诚恳，精明内含，印象也是异常好的。从此我们就成了朋友。其实我们之间共同的东西并不多，各人的专行也相距千里，岁数也有差距。这样两个人成为朋友，实在不大容易解释。佛家讲究因缘，难道这就是因缘吗？

实事求是的解释也并非没有。1959年，日本前首相石桥湛山先生来中国同周恩来总理会面，商谈中日建交的问题。室伏佑厚先生是石桥的私人秘书。他可以说是中日友谊的见证人。也许是在这之前他已经对中国人民就怀有好感，也许是在这之后，我无法也无须去探讨。总之，室伏先生从此就成了中国人民的好朋友。在过去的三十年内，他来中国已经一百多次了。他大概是把我当成中国人民某一方面的一个代表者。他的女婿三友量顺先生是研究梵文的，研究佛典的。这也许是原因之一吧。

不管是出于什么原因，我们从此就往来起来。1980年，室伏先生第一次邀请我访问日本。在日本所有的费用都由他负担。他同法子和三友亲自驱车到机场去迎接我们。我们下榻新大谷饭店。我在这里第一次会见了日本梵文和佛学权威、蜚声世界学林的东京大学教授中村元博士。他著作等身，光是选集就已经出版了二十多巨册。他虽然已是皤然一翁，但实际上还小我一岁。有一次，在箱根，我们笔谈时，他在纸上写了四个字"以兄事之"，指的就是我。我们也成了朋友。据说他除了做学问以外，对其他事情全无兴趣，颇有点书呆子气。他出国旅行，往往倾囊购书，以致经济拮据。但是他却乐此不疲。有一次出国，他夫人特别叮嘱，不要乱买书，他满口应允。回国时确实没有带回多少书，他夫人甚为宽慰。然而不久，从邮局寄来的书就联翩而至，弄得夫人哭笑不得。

我们在万丈红尘的东京住了几天以后，室伏先生就同法子和三友亲自陪我们乘新干线特快火车到京都去参观。中村元先生在那里等我们。京都是日本故都，各种各样的寺院特别多，大小据说有一千五百多所。中国古诗："南朝四百八十寺，多少楼台烟雨中。"一个城中有四百八十寺，数目已经不算小了。但是同日本京都比较起来，仍然是小巫见大巫。我们在京都主要就是参观这些寺院，有名的古寺都到过了。在参观一座古寺时，遇到了一位一百多岁的老和尚。在谈话中，他常提到李鸿章。我一时颇为吃惊。但是仔细一想，这位老人幼年时正是李鸿章活动的时期，他们原来是同时代的人，只是岁数相差有点悬殊而已。我们在这里参加了日本国际佛教讨论会，会见了许多日本著名的佛教学者。还会见了日本佛教一个宗派的门主，一个英姿飒爽的年轻的东京大学的毕业生，给我留下了深刻而亲切的印象。

在参观佛教寺院时，我的第一个想法就是：在日本当和尚实在是一种福气。寺院几乎都非常宽敞洁净，楼殿巍峨，佛像庄严，花木扶疏，曲径通幽，清池如画，芙蕖倒影，幽静绝尘，恍若世外。有时候风动檐铃，悠扬悦耳，仿佛把我们带到了另外一个世界去，西方的极乐世界难道说就是这个样子吗？

中村元先生在大学里是一个谨严的学者，他客观地研究探讨佛教问题。但是一进入寺院，他就变成了一个信徒。他从口袋里掏出念珠，匍匐在大佛像前，肃穆虔诚，宛然另外一个人了。其间有没有矛盾呢？我看不出。看来二者完全可以和谐地结合起来的。人生的需要多矣，有一点宗教需要，也用不着大惊小怪。只要不妨碍他对于社会和国家做出贡献，可以听其自然的。

在日本期间，最让我难以忘怀的是箱根之行。箱根是日本，甚至世界的旅游胜地。我也久仰大名了。室伏先生早就说过，要我们到箱根去休养几天。我们从京都回到东京以后，又乘火车到了一个地方，下车换乘缆车，到了芦湖边上，然后乘轮船渡芦湖来到箱根。记得我们到的时候，天已经黑下来了，街灯也不是很亮。在淡黄的灯光中，街上寂静无人。商店已经关上了门，但是陈列商品的玻璃窗子仍然灯火通明。我们看不清周围的树木是什么颜色，但是苍翠欲滴的树木的浓绿，我们却能感觉出来。这浓绿是有层次的，从淡到浓，一直到浓得漆黑一团，扑上我们眉头，压上我们心头。此时，薄雾如白练，伸手就可以抓到。我有一种奇异的感觉，仿佛遨游在阆苑仙宫之中。这一种感觉我从来没有过，从那以后也没有过。至今回忆，当时情景，如在眼前。

旅馆的会客厅里则是另一番景象，灯火辉煌，华筵溢香。室伏先生把他的全家人都邀来了。首先是他的夫人千津子，然后是他的大女儿、三友先生的夫人厚子，最后是他的外孙女，才不过一岁多的朋子。我抱过了这一个小女孩，她似乎并不认生，对着我直笑。室伏先生等立刻拍下了这个镜头，说是要我为他的外孙女儿祝福。这个小孩子的名字来自中国的一句话：我们的朋友遍天下。据说还是周总理预先取下来的。这无疑是中日友好的一桩佳话。到了1986年，室伏先生第二次邀请我访日时，我们又来到了箱根，他又把全家都找了来。此时厚子已经又生了一个小女孩：明子。朋子已经三四岁了。岁数大了，长了知识，见了我反而不像第一次那样坦然了。这也是很自然的事情，人生本来就是这样。我同室伏先生一家两度会面，在同一个地方——令人永远忘不掉的天堂乐园般的箱根。这是否是室伏先生有意安排的，我不知道。但是我个人却觉得，这真是再好不过的安排。在这样一个地方，会见一家这样的日本朋友，难道这不算是珠联璧合吗？难道说这不是非常有意义吗？我眼前看到这一个祖孙三代亲切和睦的日本家庭，脑筋里却不禁又回忆起第一次见面时的情景。我简直想把这两幅情景联结在一起，又觉得它们本来就是在一起的。除了增添了一个小女孩外，人还是那一些人，地方还是那个地方，虽然实际上不是一回事，但看上去又确乎像是一回事。我一时间真有点迷离恍惚，然而却满怀喜悦了。

这一次在箱根会面，同上次有一点不同之处，就是，中村元先生也参加了。这一位粹然儒雅又带有一点佛气的日本大学者，平常很少参加这样的集会。这次惠然肯来，对我们来说，实在是一种幸福。我们虽然很少谈论佛教和梵学问题，但是谈的事情却多与此有关。我们有共同的爱好，所以很容易谈得来。他曾对我说，日文中的"箱根"，实际上就是中文的"函谷（关）"。我听了很感兴趣。在箱根这个人间胜境，同这样一位日本学者在一起生活了几天，确实令我永远难忘。这两件事情：一件是能来到箱根，第二件是能同中村元先生在一起，都出于室伏佑厚先生之赐。因此，只要我想到室伏一家，就会想到中村元先生；只要想到中村元先生，就会想到室伏一家。对我来说，这两者真有点难解难分了。

我最近越来越感觉到，佛家说人生如电光石火，中国古人说人生如白驹过隙，这两句话意思一样，确是都非常正确的。我从前很少感觉到老，从来也不服老。然而，一转瞬间，蓦地发现，自己已垂垂老矣。室伏先生也已届还历之年，也算是初入老境了。当我在他这个年龄时，我自认为还是中年。他的心情怎么样，我没有问过他。但是，我想，他也会有同样的心情吧。遥望东天，我潜心默祷，祝他长寿超过百岁！

我同几乎所有的人一样，忙忙碌碌了几十年，天天面对实际，然而真正抓得到的实际好像并不多。一切事物几乎都如镜花，似水月，如轻梦，似白云，什么也抓不住。对待人生，我自认为态度是积极的，唯物的。我觉得，人有生、老、病、死，是自然规律，用不着伤春，也用不着悲秋，叹老不必，嗟贫无由。将来有朝一日离开这个世界时，我也绝不会饮恨吞声。但是，如果能在一切都捉不住的情况下，能捉住哪怕是小小的一点东西，抓住一鳞半爪，我将会得到极大的安慰。同室伏佑厚先生一家的交往，我个人认为，就属于这种极难捉到的东西之一，是异常可贵的。但愿在十年以后，当我即将进入耄耋之年，而室伏先生庆祝他的古稀华诞时，我们都还能健壮地活在人间，那时我将会再给他的一家写点什么。

1988 年 11 月 3 日写于香港中文大学会友楼

我的女房东①

我在上面已经多次谈到我的女房东欧朴尔太太。

我在这里还要再集中来谈。

我不能不谈她。

我们共同生活了整整十年，共过安乐，也共过患难。在这漫长的时间内，她为我操了不知多少心，她确实像自己的母亲一样。回忆起她来，就像回忆一个甜美的梦。

她是一个平平常常的德国妇女。我初到的时候，她大概已有五十岁了，比我大二十五六岁。她没有多少惹人注意的特点，相貌平平常常，衣着平平常常，谈吐平平常常，爱好平平常常，总之是一个非常平常的人。

然而，同她相处的时间越久，便越觉得她在平常中有不平常的地方：她老实，她诚恳，她善良，她和蔼，她不会吹嘘，她不

---

① 此篇选自《留德十年》第二十三节。——编者注

会撒谎。她也有一些小小的偏见与固执，但这些也都是平平常常的，没有什么越轨的地方；这只能增加她的人情味，而绝不能相反。同她相处，不必费心机，设提防，一切都自自然然，使人如处和暖的春风中。

她的生活是十分单调的，平凡的。她的天地实际上就只有她的家庭。中国有一句话说：妇女围着锅台转。德国没有什么锅台，只有煤气灶或电气灶。我的女房东也就是围着这样的灶转。每天一起床，先做早点，给她丈夫一份，给我一份。然后就是无尽无休地擦地板，擦楼道，擦大门外面马路旁边的人行道。地板和楼道天天打蜡，打磨得油光锃亮。楼门外的人行道，不光是扫，而且是用肥皂水洗。人坐在地上，绝不会沾上半点尘土。德国人爱清洁，闻名全球。德文里面有一个词儿 Putzteufel，指打扫房间的洁癖，或有这样洁癖的女人。Teufel 的意思是"魔鬼"，Putz 的意思是"打扫"。别的语言中好像没有完全相当的字。我看，我的女房东，同许多德国妇女一样，就是一个不折不扣的"清扫魔鬼"。

我在生活方面所有的需要，她一手包下来了。德国人生活习惯同中国人不同。早晨起床后，吃早点，然后去上班；十一点左右，吃自己带去的一片黄油夹香肠或奶酪的面包；下午一点左右吃午饭。这是一天的主餐，吃的都是热汤热菜，主食是土豆。下午四点左右，喝一次茶，吃点饼干之类的东西。晚上七时左右吃晚饭，泡一壶茶或者咖啡，吃凉面包、香肠、火腿、干奶酪等等。我是一个年轻的穷学生，一无时间，二无钱来摆这个谱儿。我还是中国老习惯，一日三餐。早点在家里吃，一壶茶，两片面包。午饭在外面馆子里或学生食堂里吃，都是热东西。晚上回家，女房东把他们中午吃的热餐给我留下一份。因此，我的晚餐也都是热汤热菜，同德国人不一样，这基本上是中国办法。这都是女房东在了解了中国人的吃饭习惯之后精心安排的。我每天在研究所里工作了一整天之后，回到家来，能够吃上一顿热乎乎的晚饭，心里当然是美滋滋的。对女房东这番情意，我是由衷地感激的。

晚饭以后，我就在家里工作。到了晚上十点左右，女房东进屋来，把我的被子铺好，把被罩拿下来，放到沙发上。这工作其实是非常简单的，我自己尽可以做。但是，女房东却非做不可，当年她儿子住这一间屋子时，她就是天天这样做的。铺好床以后，她就站在那里，同我闲聊。她把一天的经历，原原本本，详详细细，都向我"汇报"。她见了什么人，买了什么东西，碰到了什么事情，到过什么地方，一一细说，有时还绘声绘形，说得眉飞色舞。我无话可答，只能洗耳恭听。她的一些婆婆妈妈的事情，我并不感兴趣。但是，我初到德国时，听说德语的能力都不强。每天晚上上半小时的"听力课"，对我大有帮助。我的女房东实际上成了我的不收费的义务教员。这一点我从来没有对她说，她也永远不会懂的。"汇报"完了以后，照例说一句："夜安！祝你愉快地安眠！"我也说同样的话，然后她退出，回到自己的房间里。我把皮鞋放在门外，明天早晨，她把鞋擦亮。我这一天的活动就算结束了，上床睡觉。

其余许多杂活，比如说洗衣服、洗床单、准备洗澡水，等等，无不由女房东去干。德国被子是鸭绒的，鸭绒没有被固定起来，在被套里面享有绝对的自由活动的权利。我初到德国时，很不习惯，睡下以后，在梦中翻两次身，鸭绒就都活动到被套的一边去，这里绒毛堆积如山，而另一边则只剩下两层薄布，当然就不能御寒，我往往被冻醒。我向女房东一讲，她笑得眼睛里直流泪。她于是细心教我使用鸭绒被的方法。我就像一个小孩子一样，在她的照顾下愉快地生活。

她的家庭看来是非常和睦的，丈夫忠厚老实，一个独生子不在家，老夫妇俩对儿子爱如掌上明珠。我记得，有一段时间，老头月月购买哥廷根的面包和香肠，打起包裹，送到邮局，寄给在达姆施塔特（Darmstadt）高工念书的儿子。老头腿有点毛病，走路一瘸一拐，很不灵便；虽然拿着手杖，仍然非常吃力。可他不辞辛劳，月月如此。后来老夫妇俩出去度假，顺便去看儿子。到儿子的住处大学生宿舍里去，一瞥间，他们看到老头千辛万苦寄来的面包和香肠，却发了霉，干瘪瘪地躺在桌子下面。老头怎样想，不得而知。老太太回家后，在晚上向我"汇报"时，絮絮叨叨地讲到这件事，说她大为吃惊。但是，奇怪的是，老头还是照样拖着两条沉重的腿，把面包和香肠寄走。我不禁想到，"可怜天下父母心"，古今中外之所同。然而儿女对待父母的态度，东西方却不大相同了。章太太的男房东可以为证。我并不提倡"愚忠愚孝"。但是，即使把父母与子女之间的关系，化为一般人与人之间的关系，像房东儿子的做法不也是有点过分了吗？

女房东心里也是有不平的。

儿子结了婚，住在外城，生了一个小孙女。有一次，全家回家来探望父母。儿媳长得非常漂亮，衣着也十分摩登。但是，女房东对她好像并不热情，对小孙女也并不宠爱。儿媳是年轻人，对好多事情有点"马大哈"，从中也可以看出德国两代人之间的"代沟"。有一天，儿媳使用手纸过多，把马桶给堵塞了。老太太非常不满意，拉着我到卫生间指给我看。她脸上露出了许多怪物相，有愤怒，有轻蔑，有不满，有憎怨。此事她当然不能对儿子讲，连丈夫大概也没有敢讲，茫茫宇宙间她只有对我一个人诉说不平了。

女房东也是有偏见的。

关于戴帽子的偏见，我在上面已经谈过了，这里不再重复。她的偏见不只限于这一点，而且最突出的也不是这一件事。最突出的是宗教偏见。她自己信奉的是耶稣教，对天主教怀有莫名其妙的刻骨的仇恨。世界各地区各民族都毫无例外地有宗教偏见。这种偏见比任何其他偏见都更偏见。欧洲耶稣基督教新旧两派之间的偏见，也是异常突出的。我的女房东没有很高的文化，她的偏见也因而更固执。但她偏偏碰到一个天主教的好人。女房东每个月要雇人洗一次衣服、床单等等，承担这项工作的是一个天主教的老处女，年纪比女房东还要大，总有六十多岁了。她没有财产，没有职业，就靠帮人洗衣服为生。人非常老实，一天说不了几句话，却是一个十分虔诚的信徒，每月的收入，除了维持极其简朴的生活以外，全都交给教堂。她大概希望百年之后能够在虚无缥缈的天堂里占一个角落吧。女房东经常对我说："特雷莎（Therese）忠诚得像黄金一样。"特雷莎是她的名字。但是，忠诚归忠诚，一提到宗教，女房东就愤愤不平，晚上向我"汇报"时，对她也时有微词，具体的例子却从来没有听说过。

我的女房东就是这样一个有不平、有偏见、有自己的与宇宙大局世界大局和国家大局无关的小忧愁小烦恼、有这样那样的特点的平平常常的人；但却是一个心地善良、厚道、不会玩弄任何花招的平常人。

她的一生也是颇为坎坷的，走的并非都是阳关大道。据她自己说，第一次世界大战前，德国人家里普遍都有金子，她家里也一样。大战一结束，德国发了疯似的通货膨胀，把她的一点点黄金都膨胀光了，成了无金阶级。到了第二次世界大战，她只是靠工资过日子。她对政治不感兴趣，她从来不赞扬希特勒，当然更不懂去反对他。由于种族偏见，犹太人她是反对的，但也说不上是"积极分子"，只是随大流而已。她在乡下没有关系户，食品同我一样短缺。在大战中间，她丈夫饿得从一个大胖子变成一个瘦子，终于离开了人世。老两口一生和睦相处，我从来没有听到他们俩拌过嘴，吵过架。老头一死，只剩下她孤零一人。儿子极少回来，屋子里空荡荡的。她心里是什么滋味，我不知道。从表面上来看，她只能同我这一个异邦的青年相依为命了。

战争到了接近尾声的时候，日子越来越难过。不但食品短缺，连燃料也无法弄到。哥廷根市政府俯顺民情，决定让居民到山上去砍伐树木。在这里也可以看到德国人办事之细致、之有条不紊、之遵守法纪。政府工作人员在茫茫的林海中划出了一个可以砍伐的地区，把区内的树逐一检查，可以砍伐者画上红圈。砍伐没有红圈的树，要受到处罚。女房东家里没有劳动力，我当然当仁不让，陪她上山，砍了一天树，运下山来，运到一个木匠家里，用机器截成短段，然后运回家来，贮存在地下室里，供取暖之用。由于那一个木匠态度非常坏，我看不下去，同他吵了一架。他过后到我家来，表示歉意。我觉得，这不过是小事一端，一笑置之而已。

我的女房东是一个平常人，当然不能免俗。当年德国社会中非常重视学衔，说话必须称呼对方的头衔。对方是教授，必须呼之为"教授先生"；对方是博士，必须呼之为"博士先生"。不这样，就显得有点不礼貌。女房东当然不会是例外。我通过了博士口试以后，当天晚上"汇报"时，她突然笑着问我："我从今以后是不是要叫你'博士先生'？"我真是大吃一惊，这是我万万没有想到的。我连忙说："完全没有必要！"她也不再坚持，仍然照旧叫我"季先生"，我称她为"欧朴尔太太"，相安无事。

一想到我的母亲般的女房东，我就回忆联翩。在漫长的十年中，我们晨夕相处，从来没有任何矛盾。值得回忆的事情实在太多太多了；即使回忆困难时期的情景，这回忆也仍然是甜蜜的。这些回忆一时是写不完的。因此我也就不再写下去了。

离开德国以后，在瑞士停留期间，我曾给女房东写过几次信。回国以后，在北平，我费了千辛万苦，弄到了一罐美国咖啡，大喜若狂。我知道，她同许多德国人一样，嗜咖啡若命。我连忙跑到邮局，把邮包寄走，期望它能越过千山万水，送到老太太手中，让她在孤苦伶仃的生活中获得一点喜悦。我不记得收到了她的回信。到了五十年代，"海外关系"成了十分危险的东西。我再也不敢写信给她，从此便云天渺茫，互不相闻。正如杜甫所说的"明日隔山岳，世事两茫茫"了。

1983年，在离开哥廷根将近四十年之后，我又回到了我的第二故乡。我特意挤出时间，到我的故居去看了看。房子整洁如故，四十年漫长岁月的痕迹一点也看不出来。我走上三楼，我的住房门外的铜牌上已经换了名字。我也无从打听女房东的下落，她恐怕早已离开了人世，同她丈夫一起，静卧在公墓的一个角落里。我回首前尘，百感交集。人生本来就是这样，我有什么办法呢？我只有虔心祷祝她那在天之灵——如果有的话——永远安息。

1991 年 5 月

迈耶（Meyer）一家[①]

迈耶一家同我住在一条街上，相距不远。我现在已经记不清楚，我是怎样认识他们的。可能是由于田德望住在那里，我去看田，从而就认识了。田走后，又有中国留学生住在那里，三来两往，就成了熟人。

他们家有老夫妇俩和两个如花似玉的女儿。老头同我的男房东欧朴尔先生非常相像，两个人原来都是大胖子，后来饿瘦了。脾气简直是一模一样，老实巴交，不会说话，也很少说话。在人多的时候，呆坐在旁边，一言不发；脸上却总是挂着憨厚的微笑。这样的人，一看就知道，他绝不会撒谎、骗人。他也是一个小职员，天天忙着上班、干活。后来退休了，整天待在家里，不大出来活动。家庭中执掌大权的是他的太太。她同我的女房东年龄差不多，但是言谈举动，两人却不大一样。迈耶太太似乎更活泼，

---

① 　此篇选自《留德十年》第二十六节。——编者注

更能说会道，更善于应对进退，更擅长交际。据我所知，她待中国学生也是非常友好的。住在她家里的中国学生同她关系都处得非常好。她也是一个典型的德国妇女，家庭中一切杂活她都包了下来。她给中国学生做的事情，同我的女房东一模一样。我每次到她家去，总看到她忙忙碌碌，里里外外，连轴转。但她总是喜笑颜开，我从来没有看到她愁眉苦脸过。她们家是一个非常愉快美满的家庭。

我同她们家来往比较多，还有另外一个原因。在我写作博士论文的那几年中，我用德文写成稿子，在送给教授看之前，必须用打字机打成清稿；而我自己既没有打字机，也不会打字。因为屡次反复修改，打字量是非常大的。适逢迈耶家的大小姐伊姆加德（Irmgard）能打字，又自己有打字机，而且她还愿意帮我打。于是，有很长的一段时间，我几乎天天晚上到她家去。因为原稿改得太乱，而且论文内容稀奇古怪，对伊姆加德来说，简直像天书一般。因此，她打字时，我必须坐在旁边，以备咨询。这样往往工作到深夜，我才摸黑回家。

我考试完结以后，打论文的任务完全结束了。但是，在我仍然留在德国的四五年间，我自己又写了几篇论文，所以一直到我于1945年离开德国时，还经常到伊姆加德家里去打字。她家里有什么喜庆日子，招待客人吃点心，吃茶，我必被邀请参加。特别是在她生日的那一天，我一定去祝贺。她母亲安排座位时，总让我坐在她旁边。此时，留在哥廷根的中国学生越来越少。以前星期日总在席勒草坪会面的几个好友都已走了。我一个人形单影只，寂寞之感，时来袭人。我也乐得到迈耶家去享受一点友情之乐，在战争喧闹声中，寻得一点清静。这在当时是非常难能可贵的。至今记忆犹新，恍如昨日。

在这样的情况下，我离开迈耶一家，离开伊姆加德，心里是什么滋味，完全可以想象。1945年9月24日，我在日记里写道：

> 吃过晚饭，七点半到 Meyer 家去，同 Irmgard 打字。她劝我不要离开德国。她今天晚上特别活泼可爱。我真有点舍不得离开她。但又有什么办法？像我这样一个人不配爱她这样一个美丽的女孩子。

同年10月2日，在我离开哥廷根的前四天，我在日记里写道：

> 回到家来，吃过午饭，校阅稿子。三点到 Meyer 家，把稿子打完。Irmgard 只是依依不舍，令我不知怎样好。

日记是当时的真实记录，不是我今天的回想；是代表我当时的感情，不是今天的感情。我就是怀着这样的感情离开迈耶一家，离开伊姆加德的。到了瑞士，我同她通过几次信，回国以后，就断了音讯。说我不想她，那不是真话。1983年，我回到哥廷根时，曾打听过她，当然是杳如黄鹤。如果她还留在人间的话，恐怕也将近古稀之年了。而今我已垂垂老矣。世界上还能想到她的人恐怕不会太多。等到我不能想到她的时候，世界上能想到她的人，恐怕就没有了。

1991年5月

我写我

我写我，真是一个绝妙的题目；但是，我的文章却不一定妙，甚至很不妙。

每一个人都有一个"我"，二者亲密无间，因为实际上是一个东西。按理说，人对自己的"我"应该是十分了解的；然而，事实上却不尽然。依我看，大部分人是不了解自己的，都是自视过高的。这在人类历史上竟成了一个哲学上的大问题。否则古希腊哲人发出狮子吼"要认识你自己"，岂不成了一句空话吗？

我认为，我是认识自己的，换句话说，是有点自知之明的。我经常像鲁迅先生说的那样剖析自己。然而结果并不美妙，我剖析得有点过了头，我的自知之明过了头，有时候真感到自己一无是处。

这表现在什么地方呢？

拿写文章做一个例子。专就学术文章而言，我并不认为"文章是自己的好"。我真正满意的学术论文并不多。反而别人的学术文章，包括一些青年后辈的文章在内，我觉得是好的。为什么会出现这种心情呢？我还没得到答案。

再谈文学作品。在中学时候，虽然小伙伴们曾赠我一个"诗人"的绰号，实际上我没有认真写过诗。至于散文，则是写的，而且已经写了六十多年，加起来也有七八十万字了。然而自己真正满意的也屈指可数。在另一方面，别人的散文真正觉得好的也十分有限。这又是什么原因呢？我也还没得到答案。

在品行的好坏方面，我有自己的看法。什么叫好？什么又叫坏？我不通伦理学，没有深邃的理论，我只能讲几句大白话。我认为，只替自己着想，只考虑个人利益，就是坏。反之能替别人着想，考虑别人的利益，就是好。为自己着想和为别人着想，后者能超过一半，他就是好人。低于一半，则是不好的人；低得过多，则是坏人。

拿这个尺度来衡量一下自己，我只能承认自己是一个好人。我尽管有不少的私心杂念，但是总起来看，我考虑别人的利益还是多于一半的。至于说真话与说谎，这当然也是衡量品行的一个标准。我说过不少谎话，因为非此则不能生存。但是我还是敢于讲真话的。我的真话总是大大地超过谎话。因此我是一个好人。

我这样一个自命为好人的人，生活情趣怎样呢？我是一个感情充沛的人，也是兴趣不老少的人。然而事实上生活了八十年以后，到头来自己都感到自己枯燥乏味，干干巴巴，好像是一棵枯树，只有树干和树枝，而没有一朵鲜花，一片绿叶。自己搞的所谓"学问"，别人称之为"天书"。自己写的一些专门的学术著作，别人视之为神秘。年届耄耋，过去也曾有过一些幻想，想在生活方面改弦更张，减少一点枯燥，增添一点滋润，在枯枝粗干上开出一点鲜花，长上一点绿叶；然而直到今天，仍然是忙忙碌碌，有时候整天连轴转，"为他人作嫁衣裳"，而且退休无日，路穷有期，可叹亦复可笑！

我这一生，同别人差不多，阳关大道，独木小桥，都走过跨过。坎坎坷坷，弯弯曲曲，一路走了过来。我不能不承认，我运气不错，所得到的成功，所获得的虚名，都有点名不副实。在另一方面，我的倒霉也有非常人所可得者。在那骇人听闻的所谓什么"大革命"中，因为敢于仗义执言，几乎把老命赔上。皮肉之苦也是永世难忘的。

现在，我的人生之旅快到终点了。我常常回忆八十年来的历程，感慨万端。我曾问过自己一个问题：如果真有那么一个造物主，要加恩于我，让我下一辈子还转生为人，我是不是还走今生走的这一条路？经过了一些思虑，我的回答是：还要走这一条路。但是有一个附带条件：让我的脸皮厚一些，让我的心黑一点，让我考虑自己的利益多一点，让我自知之明少一点。

1992 年 11 月 16 日

赋得永久的悔

题目是韩小蕙女士出的，所以名之曰"赋得"。但文章是我心甘情愿作的，所以不是八股。

我为什么心甘情愿作这样一篇文章呢？一言以蔽之，题目出得好，不但实获我心，而且先获我心：我早就想写这样一篇东西了。

我已经到了望九之年。在过去的七八十年中，从乡下到城里；从国内到国外；从小学、中学、大学到洋研究院；从"志于学"到超过"从心所欲不逾矩"，曲曲折折，坎坎坷坷，既走过阳关大道，也走过独木小桥；既经过"山重水复疑无路"，又看到"柳暗花明又一村"，喜悦与忧伤并驾，失望与希望齐飞，我的经历可谓多矣。要讲后悔之事，那是俯拾即是。要选其中最深切、最真实、最难忘的悔，也就是永久的悔，那也是唾手可得，因为它片刻也没有离开过我的心。

我这永久的悔就是：不该离开故乡，离开母亲。

我出生在鲁西北一个极端贫困的村庄里。我们家是贫中之贫，真可以说是贫无立锥之地。"十年浩劫"中，我自己跳出来反对北大那一位倒行逆施但又炙手可热的"老佛爷"，被她视为眼中钉，必欲除之而后快。她手下的小喽啰们曾两次窜到我的故乡，处心积虑把我"打"成地主。他们那种狗仗人势穷凶极恶的教师爷架子，并没有能吓倒我的乡亲。我小时候的一位伙伴指着他们的鼻子，大声说："如果让整个官庄来诉苦的话，季羡林家里是第一家！"

这一句话并没有夸大，它说的是实情。我祖父母早亡，留下了我父亲等三个兄弟，孤苦伶仃，无依无靠。最小的十一叔送了人。我父亲和九叔饿得没有办法，只好到别人家的枣林里去捡落到地上的干枣充饥。这当然不是长久之计。最后兄弟俩被逼背井离乡，盲流到济南去谋生。此时他俩也不过十几二十岁。在举目无亲的大城市里，必然是经过千辛万苦，九叔在济南落住了脚。于是我父亲就回到了故乡，说是农民，但又无田可耕。又必然是经过千辛万苦，九叔从济南有时寄点钱回家，使父亲赖以生活。不知怎么一来，竟然寻（读若 xín）上了媳妇，她就是我的母亲。母亲的娘家姓赵，门当户对，她家穷得同我们家差不多，否则也绝不会结亲。她家里饭都吃不上，哪里有钱、有闲上学。所以我母亲一个字也不识，活了一辈子，连个名字都没有。她家是在另一个庄上，离我们庄五里路。这个五里路就是我母亲毕生所走的最长的距离。

北京大学那一位"老佛爷"要"打"成"地主"的人，也就是我，就出生在这样一个家庭里，就有这样一位母亲。

后来我听说，我们家确实也"阔"过一阵。大概在清末民初，九叔在东三省用口袋里剩下的最后的五角钱，买了十分之一的湖北水灾奖券，中了奖。兄弟俩商量，要"富贵而归故乡"，回家扬一下眉，吐一下气。于是把钱运回家，九叔仍然留在城里，乡里的事由父亲一手张罗。他用荒唐离奇的价钱，买了砖瓦，盖了房子；又用荒唐离奇的价钱，置了一块带一口水井的田地。一时兴会淋漓，真正扬眉吐气了。可惜好景不长，我父亲又用荒唐离奇的方式，仿佛宋江一样，豁达大度，招待四方朋友。一转瞬间，盖成的瓦房又拆了卖砖，卖瓦。有水井的田地也改变了主人。全家又回归到原来的情况。我就是在这个时候，在这样的情况下降生到人间来的。

　　母亲当然亲身经历了这个巨大的变化。可惜，当我同母亲住在一起的时候，我只有几岁，告诉我，我也不懂。所以，我们家这一次陡然上升，又陡然下降，只像是昙花一现，我到现在也不完全明白。这个谜恐怕要成为永恒的谜了。

　　不管怎样，我们家又恢复到从前那种穷困的情况。后来听人说，我们家那时只有半亩多地。这半亩多地是怎么来的，我也不清楚。一家三口人就靠这半亩多地生活。城里的九叔当然还会给点接济，然而像中湖北水灾奖那样的事儿，一辈子有一次也不算少了，九叔没有多少钱接济他的哥哥了。

　　家里日子是怎样过的，我年龄太小，说不清楚。反正吃得极坏，这个我是懂得的。按照当时的标准，吃"白的"（指麦子面）最高，其次是吃小米面或棒子面饼子，最次是吃红高粱饼子，颜色是红的，像猪肝一样。"白的"与我们家无缘。"黄的"（小米面或棒子面饼子颜色都是黄的）与我们缘分也不大。终日为伍者只有"红的"。这"红的"又苦又涩，真是难以下咽。但不吃又害饿。我真有点谈"红"色变了。

但是，小孩子也有小孩子的办法。我祖父的堂兄是一个举人，他的夫人我喊她奶奶。他们这一支是有钱有地的。虽然举人死了，但家境依然很好。我这一位大奶奶仍然健在。她的亲孙子早亡，所以把全部的钟爱都倾注到我身上来。她是整个官庄能够吃"白的"的仅有的几个人中之一。她不但自己吃，而且每天都给我留出半个或者四分之一个白面馍馍来。我每天早晨一睁眼，立即跳下炕来向村里跑。我们家住在村外。我跑到大奶奶跟前，清脆甜美地喊上一声："奶奶！"她立即笑得合不上嘴，把手缩回到肥大的袖子，从口袋里掏出一小块馍馍，递给我。这是我一天最幸福的时刻。

此外，我也偶尔能够吃一点"白的"，这是我自己用劳动换来的。一到夏天麦收季节，我们家根本没有什么麦子可收。对门住的宁家大婶子和大姑——她们家也穷得够呛——就带我到本村或外村富人的地里去"拾麦子"。所谓"拾麦子"就是别家的长工割过麦子，总还会剩下那么一点点麦穗，这些都是不值得一捡的，我们这些穷人就来"拾"。因为剩下的绝不会多，我们拾上半天，也不过拾半篮子；然而对我们来说，这已经是如获至宝了。一定是大婶和大姑对我特别照顾，以一个四五岁、五六岁的孩子，拾上一个夏天，也能拾上十斤八斤麦粒。这些都是母亲亲手搓出来的。为了对我加以奖励，麦季过后，母亲便把麦子磨成面，蒸成馍馍，或贴成白面饼子，让我解解馋。我于是就大快朵颐了。

记得有一年，我拾麦子的成绩也许是有点"超常"。到了中秋节——农民嘴里叫"八月十五"——母亲不知从哪里弄了点月饼，给我掰了一块，我就蹲在一块石头旁边，大吃起来。在当时，对我来说，月饼可真是神奇的好东西，龙肝凤髓也难以比得上的，我难得吃上一次。我当时并没有注意母亲是否也在吃。现在回想起来，她根本一口也没有吃。不但是月饼，连其他"白的"，母亲从来都没有尝过，都留给我吃了。她大概是毕生就与红色的高粱饼子为伍。到了俭年，连这个也吃不上，那就只有吃野菜了。

至于肉类，吃的回忆似乎是一片空白。我姥娘家隔壁是一家卖煮牛肉的作坊。给农民劳苦耕耘了一辈子的老黄牛，到了老年，耕不动了，几个农民便以极其低的价钱买来，用极其野蛮的办法杀死，把肉煮烂，然后卖掉。老牛肉难煮，实在没有办法，农民就在肉锅里小便一通，这样肉就好烂。农民心肠好，有了这种情况，就昭告四邻："今天的肉你们别买！"老娘家穷，虽然极其疼爱我这个外孙，也只能用土罐子，花几个制钱，装一罐子牛肉汤，聊胜于无。记得有一次，罐子里多了一块牛肚子。这就成了我的专利。我舍不得一气吃掉，就用生了锈的小铁刀，一块一块地割着吃，慢慢地吃。这一块牛肚真可以同月饼媲美了。

"白的"、月饼和牛肚难得，"黄的"怎样呢？"黄的"也同样难得。但是，尽管我只有几岁，我却也想出了办法。到了春、夏、秋三个季节，庄外的草和庄稼都长起来了。我就到庄外去割草，或者到人家高粱地里去劈高粱叶。劈高粱叶，田主不但不禁止，而且还欢迎；因为叶子一劈，通风情况就能改进，高粱长得就能更好，粮食打得就能更多。草和高粱叶都是喂牛用的。我们家穷，从来没有养过牛。我二大爷家是有地的，经常养着两头大牛。我这草和高粱叶就是给它们准备的。每当我这个不到三块豆腐干高的孩子背着一大捆草或高粱叶走进二大爷的大门，我心里有所恃而不恐，把草放在牛圈里，赖着不走，总能蹭上一顿"黄的"吃，不会被二大娘"捲"（我们那里的土话，意思是"骂"）出来。到了过年的时候，自己心里觉得，在过去的一年里，自己喂牛立了功，又有了勇气到二大爷家里赖着吃黄面糕。黄面糕是用黄米面加上枣蒸成的。颜色虽黄，却位列"白的"之上，因为一年只在过年时吃一次，"物以稀为贵"，于是黄面糕就贵了起来。

我上面讲的全是吃的东西。为什么一讲到母亲就讲起吃的东西来了呢？原因并不复杂。第一，我作为一个孩子容易关心吃的东西。第二，所有我在上面提到的好吃的东西，几乎都与母亲无缘。除了"红的"以外，其余她都不沾边儿。我在她身边只待到六岁，以后两次奔丧回家，待的时间也很短。现在我回忆起来，连母亲的面影都是迷离模糊的，没有一个清晰的轮廓。特别有一点，让我难解而又易解：我无论如何也回忆不起母亲的笑容来，她好像是一辈子都没有笑过。家境贫困，儿子远离，她受尽了苦难，笑容从何而来呢？有一次我回家听对面的宁大婶子告诉我说："你娘经常说：'早知道送出去回不来，我无论如何也不会放他走的！'"简短的一句话里面含着多少辛酸、多少悲伤啊！母亲不知有多少日日夜夜，眼望远方，盼望自己的儿子回来啊！然而这个儿子却始终没有归去，一直到母亲离开这个世界。

对于这个情况，我最初懵懵懂懂，理解得并不深刻。到了上高中的时候，自己大了几岁，逐渐理解了。但是自己寄人篱下，经济不能独立，空有雄心壮志，怎奈无法实现，我暗暗地下定了决心，立下誓愿：一旦大学毕业，自己找到工作，立即迎养母亲。然而没有等到我大学毕业，母亲就离开我走了，永远永远地走了。古人说"树欲静而风不止，子欲养而亲不待"，这话正应到我身上。我不忍想象母亲临终时思念爱子的情况；一想到，我就会心肝俱裂，眼泪盈眶。当我从北平赶回济南，又从济南赶回清平奔丧的时候，看到了母亲的棺材，看到那简陋的屋子，我真想一头撞死在棺材上，随母亲于地下。我后悔，我真后悔，我千不该万不该离开了母亲。世界上无论什么名誉，什么地位，什么幸福，什么尊荣，都比不上待在母亲身边，即使她一个字也不识，即使整天吃"红的"。

这就是我的"永久的悔"。

1994 年 3 月 5 日

寸草心

我已至望九之年，在这漫长的生命中，亲属先我而去的，人数颇多。俗话说："死人生活在活人的记忆里。"先走的亲属当然就活在我的记忆里。越是年老，想到他们的次数越多。想得最厉害的偏偏是几位妇女。因为我是一个激烈的女权卫护者吗？不是的。那么究竟原因何在呢？我说不清。反正事实就是这样，我只能说是因缘和合了。

我在下面依次讲四位妇女。前三位属于"寸草心"的范畴，最后一位算是借了光。

大奶奶

我的上一辈，大排行，共十一位兄弟。老大、老二，我叫他们"大大爷""二大爷"，是同父同母所生。大大爷是个举人，做过一任教谕，官阶未必入流，却是我们庄最高的功名，最大的官，因此家中颇为富有。兄弟俩分家，每人还各得地五六十亩。后来被划为富农。老三、老四、老五、老六、老八、老十，我从未见过，他们父母生身情况不清楚，因家贫遭灾，闯了关东，黄鹤一去不复归矣。老七、老九、老十一，是同父同母所生。老七是我父亲，从小父母双亡，我从来没有见过我的祖父母。贫无立锥之地，十一叔送给了别人，改了姓。九叔也万般无奈被迫背井离乡，流落济南，好歹算是在那里立定了脚跟。我六岁离家，投奔的就是九叔。

所谓"大奶奶"，就是举人的妻子。大大爷生过一个儿子，也就是说，大奶奶有过一个儿子。可惜在娶妻生子后就夭亡了。我从来没有见过他。因此，在我上一辈十一人中，男孩子只有我这一个独根独苗。在旧社会"不孝有三，无后为大"的环境中，我成了家中的宝贝，自是意中事。可能还有一些别的原因，在我六岁离家之前，我就成了大奶奶的心头肉，一天不见也不行。

我们家住在村外，大奶奶住在村内。有很长一段时间，我每天早晨一睁眼，滚下土炕，一溜烟就跑到村内，一头扑到大奶奶怀里。只见她把手缩进非常宽大的袖筒里，不知从什么地方拿出半块或一整个白面馒头，递给我。当时吃白面馒头叫作吃"白的"，全村能每天吃"白的"的人，屈指可数，大奶奶是其中一个，也是季家全家唯一的一个。对我这个连"黄的"（指小米面和玉米面）都吃不到，只能凑合着吃"红的"（红高粱面）的小孩子，"白的"简直就像是龙肝凤髓，是我一天望眼欲穿地最希望享受到的。

按年龄推算起来，从能跑路到离开家，大约是从三岁到六岁，是我每天必见大奶奶的时期，也是我一生最难忘怀的一段生活。我的记忆中往往闪出一株大柳树的影子。大奶奶弥勒佛似的端坐在一把奇大的椅子上。她身躯胖大，据说食量很大。有一次，家人给她炖了一锅肉。她问家里的人："肉炖好了没有？给我盛一碗拿两个馒头来，我尝尝！"食量可见一斑。可惜我现在怎么样也挖不出吃肉的回忆。我不会没吃过的。大概我的最高愿望也不过是吃点"白的"，超过这个标准，对我就如云天渺茫，连回忆都没有了。

可是我终于离开了大奶奶，以古稀或耄耋的高龄，失掉我这块心头肉，大奶奶内心的悲伤，完全可以想象。"遥怜小儿女，未解忆长安。"我只有六岁，稍有点不安，转眼就忘了。等我第一次从济南回家的时候，是送大奶奶入土的。从此我就永远失掉了大奶奶。

大奶奶会永远活在我的记忆中。

我的母亲

我是一个最爱母亲的人，却又是一个享受母爱最少的人。我六岁离开母亲，以后有两次短暂的会面，都是由于回家奔丧。最后一次是分离八年以后，又回家奔丧。这次奔的却是母亲的丧。回到老家，母亲已经躺在棺材里，连遗容都没能见上。从此，人天永隔，连回忆里母亲的面影都变得迷离模糊，连在梦中都见不到母亲的真面目了。这样的梦，我生平不知已有多少次。直到耄耋之年，我仍然频频梦到面目不清的母亲，总是老泪纵横，哭着醒来。对享受母亲的爱来说，我注定是一个永恒的悲剧人物了。奈之何哉！奈之何哉！

关于母亲，我已经写了很多，这里不想再重复。我只想写一件我绝不相信其为真而又热切希望其为真的小事。

在清华大学念书时，母亲突然去世。我从北平赶回济南，又赶回清平，送母亲入土。我回到家里，看到的只是一个黑棺材，母亲的面容再也看不到了。有一天夜里，我正睡在里间的土炕上，十一叔陪着我。中间隔一片枣树林的对门的宁大叔，径直走进屋内，绕过母亲的棺材，走到里屋炕前，把我叫醒，说他的老婆宁大婶"撞客"了——我们那里把鬼附人体叫作"撞客"，撞的"客"就是我母亲。我大吃一惊，一骨碌爬起来，跌跌撞撞，跟着宁大叔，穿过枣林，来到他家。宁大婶坐在炕上，闭着眼睛，嘴里却不停地说着话，不是她说话，而是我母亲。一见我（毋宁说是一"听到我"，因为她没有睁眼），就抓住我的手，说："儿啊！你让娘想得好苦呀！离家八年，也不回来看看我。你知道，娘心里是什么滋味呀！"如此刺刺不休，说个不停。我仿佛当头挨了一棒，懵懵懂懂，不知所措。按理说，听到母亲的声音，我应当号啕大哭。然而，我没有，我似乎又清醒过来。我在潜意识中，连声问着自己：这是可能的吗？这是真事吗？我心里酸甜苦辣，搅成了一锅酱。我对"母亲"说："娘啊！你不该来找宁大婶呀！你不该麻烦宁大婶呀！"我自己的声音传到我自己的耳朵里，一片空虚，一片淡漠。然而，我又不能不这样，我的那一点

"科学"起了支配的作用。"母亲"连声说："是啊！是啊！我要走了。"于是宁大姊睁开了眼睛，木然、愕然坐在土炕上。我回到自己家里，看到母亲的棺材，伏在土炕上，一直哭到天明。

我不能相信这是真的，但是希望它是真的。倚间望子，望了八年，终于"看"到了自己心爱的独子，对母亲来说不也是一种安慰吗？但这是多么渺茫、多么神奇的一种安慰呀！

母亲永远活在我的记忆里。

我的婶母

这里指的是我九叔续弦的夫人。第一位夫人，虽然是把我抚养大的，我应当感谢她；但是，留给我的却不都是愉快的回忆。我写不出什么文章。

这一位续弦的婶母，是在1935年夏天我离开济南以后才同叔父结婚的，我并没见过她。到了德国写家信，虽然"敬禀者"的对象中也有"婶母"这个称呼，却对我来说是一个空洞的概念，一直到1947年，也就是说十二年以后，我从北平乘飞机回济南，才把概念同真人对上了号。

婶母（后来我们家里称她为"老祖"）是绝顶聪明的人，也是一个有个性有脾气的人。我初回到家，她是斜着眼睛看我的。这也难怪，结婚十几年了，忽然凭空冒出来了一个侄子。"他是什么人呢？好人？坏人？好不好对付？"她似乎有这样多问号。这是人之常情，不能怪她。

我却对她非常尊敬。她不是个一般的人。在我离家十二年里，我在欧洲经历了第二次世界大战，她在国内经历了日军占领和抗日战争。我是亲老、家贫、子幼，可是鞭长莫及。有五六年，音讯不通。上有老，下有小，叔父脾气又极暴烈，甚至有点乖戾，极难侍奉。有时候，经济没有来源，全靠她一个人支持。她摆过烟摊；到小市上去卖衣服家具；在日军刺刀下去领混合面；骑着马到济南南乡里去勘查田地，充当"地牙子"，赚点钱供家用；靠自己幼时所学的中医知识，给人看病。她以"少妻"的身份，对付难以对付的"老夫"。她的苦心至今还催我下泪。在这万分艰苦的情况下，她没让孙女和孙子失学，把他们抚养成人。总之，一句话，如果没有老祖，我们的家早就完了。我回到家里来也恐怕只能看到一座空房，妻离子散，叔父归天。

我自认还不是一个浑人。我极重感情，绝不忘恩。老祖的所作所为，我看到眼里，记在心中。回北平以后，给她写了一封长信，称她为"老季家的功臣"。听说，她很高兴。见了自己的娘家人，详细通报。从此，她再也不斜着眼睛看我了，我们两人之间的关系十分融洽，互相尊重。我们全家都尊敬她，热爱她，"老祖"这一个朴素简明的称号，就能代表我们全家人的心。

叔父去世以后，老祖同我的妻子彭德华从济南迁来北京。我们一起生活了将近三十年，从没有半点龃龉，总是你尊我敬。自从我六岁到济南以后，六七十年来，我们家从来没有吵过架，这是极为难得的。我看进入吉尼斯世界纪录，也不为过。老祖到我们家以后，我们能这样和睦，主要归功于她和德华二人，我在其中起的作用，微乎其微。以八十多的高龄，老祖身体健康，精神愉快，操持家务，全都靠她。我们只请了做小时工的保姆。老祖天天背着一个大黑布包，出去采买食品菜蔬，成为朗润园的美谈。老祖是非常满意的，告诉自己的娘家人说："这一家子都是很孝顺的。"可见她晚年心情之一斑。我个人也是非常满意的，我安享了二三十年的清福。老祖以九十岁的高龄离开人世。我想她是含笑离开的。

老祖永远活在我的记忆里。

我的妻子

我在上面说过：德华不应该属于"寸草心"的范畴。她借了光。人世间借光的事情也是常有的。

我因为是季家的独根独苗，身上负有传宗接代的重大任务，所以十八岁就结了婚。父母之命，媒妁之言，自不在话下。德华长我四岁。对我们家来说，她真正做到了"毫不利己，专门利人"，一辈子勤勤恳恳，有时候还要含辛茹苦。上有公婆，下有稚子幼女，丈夫十几年不在家。公公又极难侍候，家里又穷，经济朝不保夕。在这些年，她究竟受了多少苦，她只是偶尔对我流露一点，我实在说不清楚。

德华天资不是太高，只念过小学，大概能认千八百字。当我念小学的时候，我曾偷偷地看过许多旧小说，什么《西游记》《封神演义》《彭公案》《施公案》《济公传》《七侠五义》《小五义》等等都看过。当时这些书对我来说是"禁书"，叔叔称之为

"闲书"。看"闲书"是大罪状，是绝对不允许的。但是，不但我，连叔父的女儿秋妹都偷偷地看过不少。她把小说中常见的词儿"飞檐走壁"念成"飞腾走壁"，一时传为笑柄。可是，德华一辈子也没有看过任何一部小说，别的书更谈不上了。她没有给我写过一封信，她根本拿不起笔来。到了晚年，连早年能认的千八百字也都大半还给了老师，剩下的不太多了。因此，她对我一辈子搞的这一套玩意儿根本不知道是什么东西，有什么意义。她似乎从来也没有想知道过。在这方面，我们俩毫无共同的语言。

在文化方面，她就是这个样子。然而，在道德方面，她却是超一流的。上对公婆，她真正尽上了孝道；下对子女，她真正做到了慈母应做的一切；中对丈夫，她绝对忠诚，绝对服从，绝对爱护。她是一个极为难得的孝顺媳妇，贤妻良母。她对待任何人都是忠厚诚恳，从来没有说过半句闲话。她不会撒谎，我敢保证，她一辈子没有说过半句谎话。如果中国将来要修"二十几史"，而其中又有什么"妇女列传"或"闺秀列传"的话，她应该榜上有名。

1962 年，老祖同德华从济南搬到北京来，我过单身汉生活数十年，现在总算是有了一个家。这也是德华一生的黄金时期，也是我一生最幸福的时候。我们家里和睦相处，你尊我让，从来没有吵过嘴。有时候家人朋友团聚，食前方丈，杯盘满桌，烹饪往往由她们二人主厨。饭菜上桌，众人狼吞虎咽，她们俩却往往是坐在一旁，笑眯眯地看着我们吃，脸上流露出极为怡悦的表情。对这样的家庭，一切赞誉之词都是无用的，都会黯然失色的。

我活到了八十多，参透了人生真谛。人生无常，无法抗御。我在极端的快乐中，往往心头闪过一丝暗影：天下无不散的筵席。我们家这一出十分美满的戏，早晚会有煞戏的时候。果然，老祖先走了，去年德华又走了。她也已活到超过"米寿"，她可以瞑目了。德华永远活在我的记忆里。

　　　　　　　　　　　　1995 年 6 月 24 日—25 日

老年四"得"

　　著名的历史学家周一良教授，在他去世前的一段时间内，在一些公开场合，讲了他的或者他听到的老年健身法。每一次讲，他都是眉开眼笑、眉飞色舞，十分投入。他讲了四句话：吃得进，拉得出，睡得着，想得开。这话我曾听过几次。我在心里的第一个反应是：这有什么好讲的呢？不就是这样子吗？

　　一良先生不幸逝世以后，迫使我时常想到一些与他有关的事情，以上四句话，四个"得"，当然也在其中。我越想越觉得，这四句话确实很平凡；但是，人世间真正的真理不都是平凡的吗？真理蕴藏于平凡中，世事就是如此。

　　前三句话，就是我们所说的吃喝拉撒睡那一套，是每一个人每天都必须处理的，简直没有什么还值得考虑和研究的价值。但这是年轻人和某一些中年人的看法。当年我在清华大学读书的时候，从来没想到这四个"得"的问题，因为它们不成问题。当时听说一个个子高大的同学患失眠症，我大惊失色。我睡觉总是睡不够的，一个人怎么会失眠呢？失眠对我来说简直像是一个神话。至于吃和拉，更是不在话下。每一顿饭，如果少吃了一点，则不久就感到饿意。"二战"期间我在德国时，饿得连地球都想吞下去（借用俄国文豪果戈理《巡按使》中的话）。有一次下乡帮助农民摘苹果，得到四五斤土豆，我回家后一顿吃光，幸而没有撑死。怎么能够吃不下呢？直到八十岁，拉对我也从来没有成为问题。

可是，"如今一切都改变"。前三个"得"，对我都成问题了。三天两头，总要便秘一次。吃了三黄片或果导，则立即变为腹泻，弄得我束手无策，不知所措。至于吃，我可以说，现在想吃什么就有什么。然而有时却什么也不想吃。偶尔有点饿意，便大喜若狂，昭告身边的朋友们："我害饿了！"睡眠则多年来靠舒乐、安定过日子，不值一提了。

我认为，周一良先生的四"得"的要害是第四个，也就是"想得开"。人，虽自称为"万物之灵"，对于其他生物可以任意杀害，也并不总是高兴的。常言道："不如意事常八九，可与言人无二三。"这两句话对谁都适合，连叱咤风云的君王和大独裁者，以及手持原子弹吓唬别的民族的新法西斯头子，也不会例外。对待这种情况，万应神药只有一味，就是"想得开"。可惜绝大多数人做不到。尤其是我提到的三种人，他们想不开，也根本不想想得开，最后只能成为不齿于人类的狗屎堆。

想不开的事情很多，但统而言之不出"名利"二字，所谓"名缰利锁"者便是。世界上能有几人真正逃得出这个缰和这条锁？

对于我们知识分子，名缰尤其难逃。逃不出的前车之鉴比比皆是。周一良先生的第四"得"，我们实在应深思。它不但适用于老年人，对中青年人也同样适用。

2002 年 6 月 16 日

笑着走

走者，离开这个世界之谓也。赵朴初老先生，在他生前曾对我说过一些预言式的话。比如，1986 年，朴老和我奉命陪班禅大师乘空军专机赴尼泊尔公干。专机机场在大机场的后面。当我同李玉洁女士走进专机候机大厅时，朴老对他的夫人说："这两个人是一股气。"后来又听说，朴老说：别人都是哭着走，独独季羡林是笑着走。这一句话给我留下了很深的印象。我认为，他是十分了解我的。

现在就来分析一下我对这一句话的看法。应该分两个层次：逻辑分析和思想感情分析。

先谈逻辑分析。

江淹的《恨赋》最后两句是："自古皆有死，莫不饮恨而吞声。"第一句话是说，死是不可避免的。对待不可避免的事情，最聪明的办法是，以不可避视之，然后随遇而安，甚至逆来顺受，使不可避免的危害性降至最低点。如果对生死之类的不可避免性进行挑战，则必然遇到大灾难。"服食求神仙，多为药所误"，秦皇、汉武、唐宗等等是典型的例子。既然非走不可，哭又有什么意义呢？反不如笑着走更使自己洒脱、满意、愉快。这个道理并不深奥，一说就明白的。我想把江淹的文章改一下：既然自古皆有死，何必饮恨而吞声呢？

总之，从逻辑上来分析，达到了上面的认识，我能笑着走，是不成问题的。

但是，人不仅有逻辑，他还有思想感情。逻辑上能想得通的，思想感情未必能接受。而且思想感情的特点是变动不居。一时冲动，往往是靠不住的。因此，想在思想感情上承认自己能笑着走，必须有长期的磨炼。

在这里，我想，我必须讲几句朴老的话。不是介绍朴老这个人。"天下谁人不识君"，朴老是用不着介绍的。我想讲的是朴老的"特异功能"。很多人都知道，朴老一生吃素，不近女色，他有特异功能，是理所当然的。他是虔诚的佛教徒，一生不妄言。他说我会笑着走，我是深信不疑的。

我虽然已经九十五岁，但自觉现在讨论走的问题，为时尚早。再过十年，庶几近之。

2006 年 3 月 19 日

图书在版编目（CIP）数据

遥远的怀念 / 季羡林著；季诺编 .—北京：作家出版社，
2020.12

（季羡林人生六书）

ISBN 978-7-5212-0879-5

Ⅰ.①遥… Ⅱ.①季…②季… Ⅲ.①散文集—中国—当代
Ⅳ.① I267

中国版本图书馆 CIP 数据核字（2020）第 018373 号

遥远的怀念

作　　者：季羡林
编　　选：季　诺
责任编辑：省登宇　周李立
装帧设计：琥珀视觉
出版发行：作家出版社有限公司
社　　址：北京农展馆南里 10 号　　　邮　　编：100125
电话传真：86-10-65067186（发行中心及邮购部）
　　　　　86-10-65004079（总编室）
E-mail:zuojia @ zuojia.net.cn
http://www.zuojiachubanshe.com
印　　刷：北京盛通印刷股份有限公司
成品尺寸：142×210
字　　数：270 千
印　　张：10
印　　数：001-10000
版　　次：2020 年 12 月第 1 版
印　　次：2020 年 12 月第 1 次印刷
ISBN 978-7-5212-0879-5
定　　价：39.00 元